U0501110

谜托邦

MYSTOPIA

华文推理新大陆
推理迷的乌托邦

[日] 栉木理宇 著

邵懿 译

老蜂

北京联合出版公司
Beijing United Publishing Co.,Ltd.

登场人物

鸫矢亚美 　亨一的妻子，就职于旅行社代理公司

鸫矢亨一 　杀人事件中的被害人，就职于建筑事务所

友安小轮 　居住在神奈川县的办公人员

岸智保 　小轮的恋人

丹下薰子 　居住在东京都的硕士研究生

丹下雅文 　薰子的父亲，律师

佃秀一郎 　薰子的外公，原律师

永尾刚三 　杀害美沙绪的凶手

今道弥平 　千叶县警察地域科二组地域安全对策室室长，警部候补

菅原 　荻洼警局刑事科强行犯组巡查，佐坂湘的后辈

中乡 　荻洼警局刑事科强行犯组组长，佐坂湘的上司

北野谷辉巳 　警视厅侦查一科第二强行犯组侦查二组巡查部长

佐坂美沙绪 　湘的姐姐，已故

佐坂湘 　荻洼警局刑事科强行犯组巡查部长

野吕濑辰男　百合的父亲

野吕濑百合　被害人

宫崎千秋　保雄之妻

宫崎保雄　竹根义和原来的同事

竹根义和　原死刑犯

野田　身份神秘的老翁。鸨矢茂子的友人

绿川　为生活贫困人员鸨矢茂子提供保护和指导的民生委员

关谷　东京都内某中学教师，亨一的恩师

绵谷　亨一的同事

鸨矢茂子　亨一的外婆

鸨矢美玲　亨一的母亲，小酒吧『扶子』的从业人员

"小湘，如果明天姐姐消失不见了，你会怎么办？"姐姐笑着问。

那一刻的记忆，奇妙且鲜明地印刻在佐坂湘的脑海中。姐弟俩的年龄相差较大，那时，佐坂湘的姐姐十六岁，读高中一年级，而他只是一个一年级的小学生。

他以为又要开始玩姐姐最擅长的捉迷藏游戏了。

"找你呀。"湘回答道。

"如果找不到呢？"

"花时间继续找。"

"花了时间还是找不到呢？"

"嗯……那我就先回家、吃饭、睡觉、起床，再去找你。"

姐姐笑了起来："哈哈，小湘可真坚持不懈。"

读小学一年级的湘，还不太懂坚持不懈的意思。仅仅因为感受到姐姐的喜悦，他也很开心。

姐姐比他大九岁，留着垂肩的长发，有着如同陶瓷玉器般的肌肤，一双在阳光下会发出浅棕色光芒的眼睛，是附近出了名的美少女。直到中学二年级，都是校吹奏乐队的单簧管吹奏手。到了中学三年级，姐姐为了专心致志地应对高中入学考试，便果断地放弃了单簧管的吹奏生涯。

姐姐的口头禅是"有志者事竟成"，正因为她有这样的信念，付出的努力终究会开花结果，她被县内最难考的重点高中录取了。

父母欢天喜地，祖母更是将录取通知书置于佛坛之上，拜了又拜。湘虽然有点不明所以，却也和家人一样开心。

"湘，你这个姐姐真让人自豪啊！"父亲搂着湘的肩膀说道。他嗯了一声，跟着点了点头。

实际上，她真的是一个让人引以为豪的姐姐。她很漂亮、很温柔、很聪明，待人和蔼、惹人喜爱，湘也非常爱她。虽然他有时候会跟祖母或者母亲顶嘴，但他绝不会对姐姐说不。

可是这么让人引以为豪的姐姐，有一天真的消失不见了。

姐姐再也没有回家，饭桌上也没有了她的身影。她放在门口的鞋子不见了踪影，衣橱里的制服也不见了。她的房间上了锁，谁都不允许进入。

而代替这些东西的，是放在佛坛上的照片。

为什么姐姐的照片和祖父的照片放在一起？

父亲瘦了许多，母亲也整日以泪洗面。祖母一下子老了很多，从早到晚把自己关在房间里，这样的日子变多了。

家人们在湘的面前从不谈论任何与姐姐相关的话题。因此他只要听见附近居民闲谈，就会立刻竖起耳朵，只能通过这种方式收集和姐姐有关的只言片语，再将这些"碎片"拼命地在脑袋里重组。

"……真可怜……连对方的来历都不知道……"

"还不是因为那户人家的女儿长得漂亮嘛……背后被人说三道四……是啊，每天早上坐电车时候，偶然还会在同一节车厢遇到……"

"凶手跟我父亲的年龄差不多……据说是被逼着交往……想想也是，一般来说，当然会拒绝。"

"这不是因为惹怒了对方才开始纠缠她的……"

"好像跟学校的老师也进行了沟通……不过……一个拿死工资的老师，当然奉行多一事不如少一事的原则。"

"这事也别指望巡警了……"

湘用被子把身体裹得紧紧的，心想：姐姐心里一定早有预感了。

所以那天，她才会问我："如果明天姐姐消失不见了，你会怎么办？"姐姐的内心深处，已经有了可能在未来的某一天会从家人面前消失的预感。

寻找。

佐坂湘发誓。

他在被窝中蜷缩成团，暗自告诉自己。

一直寻找——回家、吃饭、睡觉、起床，再继续寻找。只要活着，就用一生的时间来寻找姐姐。

其实湘知道姐姐再也回不来了。她的遗体被找到的时候，已然是一具白骨。凶手被捕了，锒铛入狱。湘明白再怎么寻找，姐姐也已经不在这个世界上了。即使这样……

即使这样，他还是一直继续寻找下去。

年幼的湘，闷声哭泣。

为了不让他人听见哭声，他用嘴咬住睡衣的袖口。姐姐的葬礼上未曾流下的泪水，此时如同决堤的洪水，不能自已。

仅有月亮透过微微拉开的窗帘缝隙，安静地看着这一切。

第
一
章

1

友安小轮现在非常恐惧。

在小轮二十六年的人生中，从未体验过如此巨大的恐惧。她出生于一个平静安稳的家庭，在极其稳定的环境中成长。

小轮的父亲任职于设在神奈川的一家造纸分公司，职务为社长，这家公司排在日本前五；母亲在婚前似乎做过医疗机构的工作人员，婚后则一直做家庭主妇；大哥未婚，是研究人员；二哥是公司职员，现在与妻子居住在名古屋。

大哥比小轮大十一岁，二哥比她大八岁。对于已经放弃生育第三胎的双亲来说，时隔八年再次怀孕，实属偶然。

小轮的父母和祖父母，甚至两个哥哥都希望这第三个孩子是女孩。于是，带着全家的希望降生的小轮，在众人的关爱下，无忧无虑地长大。

小轮小学阶段就读于公立学校，不过到了初中，她进入了一所可直升高中的私立女校。小轮六年的学校社团时光都给了排球部，并在高三的时候，担任排球部的副部长。

大学一年级的秋天，小轮第一次和男生恋爱。对方是一个社团的前辈，两人交往了一年半。之后因为忙于各自的就职活动，这段感情自然而然地冷了下来，走到尽头。

她的第二任男朋友是朋友介绍的，碍于情面，硬着头皮跟对方在一起了。后来两人的关系越发疏远，最终结束了这段稀里糊涂的感情。这时小轮二十四岁，在此之后的两年时间里，她再未恋爱。

小轮目前就职于某家中小型企业的总务部。

一言以蔽之，这家中小型企业是她父亲任职的造纸公司的分包商，员工总数超过二百五十人。

"友安真的是一个非常有教养的姑娘。"上司这么说道。

"小轮太守规矩了。"同一时期进入公司的女孩开玩笑道。

"不知为何，总想和友安走得更近一点。"男同事们笑着说。

面对这些话语，小轮总是施以礼貌的微笑作为回应。

这并非她通过父亲的关系才获得的工作机会，但还得考虑父亲的立场。"最好的办法是保持低调和沉默。"小轮这么想着。

去年夏天，小轮下定决心离开老家，开始一个人的生活。

然而，生活非但没有精彩纷呈，在安定下来后，变得越发索然无味。公司和公寓两点一线，每天都过着毫无波澜的平淡日子。

2

友安小轮的恐惧始于和岸智保的邂逅。

和他的相遇发生在初冬时节。每每从记忆中挖掘这段往事，脑海中总是会浮现出那个开朗的声音。

"你好，打扰了。我们是小田环境开发公司的，一直承蒙贵公司的关照，今天是来做这个月的预算报表的。"

铿锵有力的声音在整个公司回荡。

小轮从椅子上起身，一群身着工作服的男员工一溜小跑过来。

"哪里，哪里，我们也一直受到你们的关照。我们先从一楼的仓库开始吧。"

"小田环境开发"是小轮所在公司同商业合作伙伴一道请来负责废弃物处理和回收的承包商，和小轮的公司每两个月签一次合同，工作内容是回收仓库和事务所内的垃圾和废弃物。

"现在我来确认一下。可燃垃圾四箱、PET 塑料瓶两袋、空瓶一袋、铝制空罐……"

说话的男人胸前贴着主任字样的姓名牌，他手中的圆珠笔在文件上一一确认。在他身后，站着一个年轻工人，看起来有点无所事事。

目测这个年轻人和小轮差不多年龄，身材高挑、纤瘦。他低着头，看不清脸，只见露出的颈背好似未被太阳灼烧过，出奇地白。

这是个新人吧。

小轮的视线无意识地扫到年轻人胸前的姓名牌，上面印着"岸"。这个字除了"KISHI"，应该没有其他读法了吧。也许是为了让他了解和熟悉工作内容，才将他一起带过来的。

主任将手中的文件夹放下，对着小轮笑道："友安小姐，你看仓库整理得差不多了。接下来，让我们看一下贵公司的办公区吧。"

话音落下的一瞬间，只见新人男员工的肩膀上抬了一下。

就像是触电时激起的反应。现场注意到这个动作的只有小轮。新人好似感到很诧异。

小轮心想："我的名字就这么奇怪吗？"不过也没过多放在心上，立刻说道："嗯，二楼就拜托各位了。"

办事很有效率的"小田环境开发"完成了预算单，并于第二天下午，再次派遣了两名员工，其中一个就是昨天来过的新人男员工。

他们默默地工作着。将可燃垃圾以及 PET 塑料瓶、坏了的办公椅等物品运走，动作娴熟地装上车。

工作结束后，岸将夹着每日工作记录表的文件夹递给小轮。

"不好意思，请您在记录表上盖个章。"

小轮接过来，粗略地扫视了一遍，取出印章，印上名字。"友安"两个字鲜明地印在了记录表纸上。

"……啊，那个。"

岸发出了让人感到惊讶的声音。

小轮不禁抬头看向他。岸似乎一下子想起了什么，闭口不言，摇摇头，嘴里念道："没，没什么，对不起。"

一旁站着的一位五十岁上下的员工，仿佛并不关心刚刚发生的事，正准备离开。

再次遇见岸，是第二周的事情。

遇见他的地方是距离公司步行六分钟的超市。

小轮下班离开公司后，进入超市后，先抬头看了看挂在墙壁上的时钟。

下午六点四十九分。

小轮心想：部门加班又拖了不少时间。

今天已经来不及准备晚饭了，买个便当随便应付吧。不过，这家店的蔬菜和盒装便当要下午七点才会贴上半价贴签。

小轮忍不住感叹自己也成了吝啬鬼。毕竟她拒绝了父母在经济上的援助，靠着每月到手并不丰厚的薪水过活。既然如此，就只有降低生活成本了。

"就先在店里闲逛一下吧。"小轮喃喃自语道。

她左手腕挎着购物篮，沿着蔬菜柜台一路走过去，依次将青椒、口蘑、豆腐放入篮中。

突然，小轮停下了脚步。在并列摆放小麦粉和富强粉的货架对面，她看到了一张熟悉的面孔。

是"岸"。

他没有穿工作服，而是穿了一件皱巴巴的棉布长袖T恤。肯定没错，正是最近在公司遇到的"小田环境开发"的员工。小轮清楚地记得他手脚细长、走路奇怪的样子，还有那张棱角分明的侧脸。

小轮想着上前跟他打声招呼，又有些犹豫不决。到头来还是打消了这个念头。

毕竟只见过两次面，没有熟络到可以随意打声招呼的程度。更何况，小轮怀疑对方是否还记得自己。要是突然被不认识的女人打招呼，他也许会困惑吧。

小轮开始往回走，向调味料货架走去。

然而，没过几分钟，她就再次碰见岸，这一次是在速食品货架前。他并没有拿着购物篮，而是一直盯着速食品的货架。小轮以为他很快就会挪步到其他地方，没想到他始终岿然不动，紧盯着货架上的商品。

小轮歪着头思考他在干什么。正常情况下，如果要买什么东西，拿一个购物篮就可以了。可他的样子显得很可疑。

就在她思索的一刹那。

"喂，我说你！刚刚是不是把什么东西放进口袋了！"

"叮"的一声，小轮的耳中刺响，着实吓了她一跳。一个家庭主妇打扮的中年女人正在慢慢逼近岸。

"说你呢！喂，就是你！不理我，别装傻！这可是惯犯才有的样子！你是个惯犯吧？我这就叫店员报警。"

中年女人情绪越发激动。她身着一件上等面料的针织 T 恤，胸前印有卷毛狮子狗图案。这身打扮怎么看都不像是抓小偷的便衣警察，一定是个热心肠的市民。"

"啊？不，不，不是，那个……"

岸的仓皇失措溢于言表。

中年女人环视四周，眼光在寻找店员。那张涂着大红色口红的嘴唇再次张开。她深吸一口气，看样子是在为下一秒的大喊做准备。

就在此时，小轮不由自主地向前跨出一大步。

"大……大哉，你在这里呀。"

小轮面带僵硬的笑容，一溜小跑，来到岸的身旁。

"讨厌，你别一个人在这里乱转呀。我还在想你又跑到哪儿去了。要这个速食品是吧，放我这里。"

虽然小轮滔滔不绝地说出了一连串话，依然感觉到背后中年女人投来的目光，如芒刺在背。

这个时候已经不可能回头了。小轮一把拽过岸的手臂，做出非常亲密的样子，紧紧地挽着。

就这样两人离开了速食品货架，走过精肉柜台，在乳制品柜台前停下了脚步。

小轮觉得自己紧张到肺部的空气都要被挤爆了。

"那个，谢，谢谢，谢谢你……"

带着歉意的声音落下。

是岸的声音。

"……对不起。其实我并没想那么做……我，看上去很可疑是吗？所以才会被误认为是要偷东西的小偷吧。"

"没，没有，不是的，没事了。"

小轮摇着另一只未提购物篮的手，说道。

"没有很可疑呀。其实我一直在看，知道你并没有偷任何东西。啊，那个，我并不是带着什么意图才故意看你的。对了，我想，你大概不记得我了，我是前几天在公司负责接待你们'小田环境开发'的……"

"我记得。"岸嘴角上扬，露出一排洁白的牙齿。

那张锥子脸瞬间变得柔和。岸笑起来时，神情意外地温柔。

"扑通"，小轮听到了自己的心跳声。一股热浪迅速席卷她的脸颊和耳朵。

"你是友安吧？"岸问道。

"是……啊，你认识我？"

"你不是在每日工作记录表上盖过章嘛。而且，我名字里智保的发音跟友安一样。不好意思，还没自报家门，我叫岸智保。所以那天听到对着你一个姑娘也叫'智保'时，我着实吓了一跳。"

他害羞地挠了挠头，继续说道："说起来有点不好意思，其实我是在等七点时店员会在便当盒上贴上半价贴签。要是傻站在便当柜台前，未免太显眼了，所以我就在各类货架前闲逛。哦，也对，像我这种脏乱的打扮，难怪看起来很可疑。"

"不，没……"小轮连忙否认。

为什么她的目光无法从眼前这个男人身上移开。对小轮来说，有生以来第一次出现了这样的感情。

她欲言又止，再咽了咽口水，终于吞吞吐吐地说出话来："那个，我的名字是小轮，友安小轮。现在已经过了七点，我也要买便当。你方便的话，要不要去我家一起吃半价的便当？"

3

事后，智保多次提起小轮的这次邀请，以此来调侃她。

"那真是我此生第一次被搭讪。"智保咪咪地笑，眼睛眯成了一条线，就像一只猫。

小轮很喜欢智保这种表情，伸出手戳了下他的肩膀。

"你就不问我是不是有生以来第一次搭讪别人？"小轮回了一句。

"对啊，明明是你问了：'要不要去我家一起吃半价的便当？'真厉害，我一点心理准备都没有。"

"还不是因为那天是发薪日的前一天。不然我肯定说：'找个地方去吃饭吧。'倒是你，看你等着店员来贴半价贴签老半天了，我就想大概你身上也没钱。"

"就算是这样，一开始就把别人请到家里也太危险了，这方面你还是要加强警惕。万一我是个为非作歹的坏人怎么办？"

"那个瞬间就想那么做。"

是的，就是那一瞬间，天时地利人和，毫无道理可言。

在那一瞬间，小轮坠入了爱河。恐怕这才是她的初恋。

自从两人关系迅速升温，小轮从智保嘴里得知他并非"小田环境开发"的正式员工，只是在那家公司打零工。而且，他没有固定的住所，每天晚上睡网吧。

"你说的是真的吗？那你的简历上就没法写居住地址了。"

"我就把网吧的地址写上去了。在面试的时候直率地表明'我来应聘，就是想要付得起房租'，当场就被录用了。对方说，一穷二白也无所谓，有追求就行。"

"好吧，像是你们经理能说出来的话。"小轮不禁苦笑。

没过多久，智保把他的行李物品从网吧拿了出来，在小轮居住的公寓里安顿了下来。

"小轮 —— 小小的戒指[1]，真是个稀有的名字。"智保看着从政府部门寄来的信封上的名字，真切地说道。

小轮躺在地上，枕在智保的腿上，应声道："我妈妈很喜欢首饰品。但是，在生下我大哥后，身体开始对金属过敏。为了弥补这种心理落差，她给我二哥取名大哉 —— 钻石的大哉[2]。再之后就是我，套在手指上的小戒指。"

"啊，原来如此，大哉。"

---

[1] 小轮名字中的"轮"取自日语"指輪"的"輪"，意为戒指。

[2] 大哉在日语中的发音为DAIYA，取自日语中钻石的发音。

"嗯？"

"那天在超市里，你叫着'大哉，你在这里呀'，当时我的脑袋一片混乱，心想：谁是大哉。"

"这是瞬间脱口而出的。话说回来，以前经常跟我一起去逛超市的男性，就是二哥大哉。"

"我原以为这一定是你男朋友的名字。"

"如果我有男朋友，绝对不会叫你。那你现在肯定还睡在网吧里。"

"这倒也是，那我还得好好感谢你脱口而出的'大哉'。"智保微笑着说，"说到戒指，就不得不提《上流社会》中的格蕾丝·凯利。你知道这部电影吗？格蕾丝手上戴着的是摩纳哥大公送的真的结婚戒指。戒指上镶着十克拉还是十一克拉的超大钻石。"

"没听说过这部电影，你看过吗？"

"我在还小的时候看过，现在只记得她被大公求婚时的情景，格蕾丝·凯利真漂亮。那时候认为她就是世界上最漂亮的女人。你跟她比就差那么一丁点儿，第二名。"

"哎哟，你这个说辞也是从电影里学来的？"

"不，这可是我的原创。"他用手梳拢着小轮的头发，眯着眼接着说道，"感觉肚子有点饿了。去买半价便当吗？还是我来做一点简餐？"

智保对电影如数家珍，准确地说是对老电影。

"外公生前喜欢看电影。对一个生活在农村小镇的人来说，这可是个时髦的爱好。这几本剪贴本就是外公给我的纪念品。"

智保在落脚小轮的公寓时，他所有的家当只有一个皱巴巴的双肩包。别说智能手机，就连老式的按键手机都没有。双肩包里装着一个破烂的钱包、三条替换的内裤以及两件 T 恤。剩下的就是五本厚重的、订缀着电影海报的剪贴本。

"用今天的眼光看以前的电影海报，叫复古，可真是招人喜爱。"

小轮翻阅着剪贴本，有些出神，接着叹了口气。

"就是这个女演员！看起来绝对比如今的女演员们更漂亮，啊，多么美丽的女人啊。不光优雅，还端庄大方。"

剪贴本上的电影海报时间集中在二十世纪四十年代到七十年代。

其中，希区柯克和比利·怀尔德的作品占据了大部分，接下来是亨利·乔治·克鲁佐、奥逊·威尔斯、罗杰·瓦迪姆等导演的作品。

小轮远称不上是一个电影迷。朋友约她去看的电影，充其量是无线电视[3]上宣传的那种大电影。要说电影类型的话，她更喜欢那种很多车辆互相追逐的华丽动作片。

当她看了智保带来的剪贴本后，彻底颠覆了对电影世界的认知。

首先他们一同观看了《大逃亡》，紧接着看了《雌雄大盗》和《逍遥骑士》。《第三人》让她感到很震惊，在看《飞跃疯人院》的时候还哭了；然后就是《通往绞刑架的电梯》《出租车司机》《教父》《双重赔偿》《怒海沉尸》《巴比龙》《火烧摩天楼》《警探哈里》《现代启示录》，一部接着一部看。

"这部电影应该挺有意思。"

"嗯，很有意思。"

两人翻阅着剪贴本，时不时地发出感叹。周末两天，一起去影碟租赁商店已经成了一种习惯。他们租碟并非因为需要，就是单纯喜欢

---

[3] 日语原文为"地上波"，指通过地面天线传播的电波或信号的电视。

站在整齐排放影碟的货架前，慢慢浏览影碟包装和封面，然后再租下来的过程。

"我对战争电影不感兴趣。"

"不，这种电影很有趣。"

在智保的推荐下，小轮看过后觉得还挺有意思的。由此，从剪贴本里夹着折纸的《大逃亡》开始，按顺序看了《桂河大桥》《虎！虎！虎！》和《雄鹰飘落》。

"说起来，过去日本也有很多惊悚题材的电影。"智保说道。

小轮横躺在智保的身边，翻阅着剪贴本，说："《恐惧的代价》算是吧，《新九霄惊魂》也是，《恐怖窥视》《意乱情迷》《恐怖内阁》，再加上《恶魔》《德古拉之子》《勾魂手》，等等。"

"那时候没办法。"智保苦笑着说，"当时不像现在，没有将原外语的标题直接片假名化的趋势。所以将带有'恐怖''恶魔'等字眼的关键词加入电影名中，观众对这部电影的类型也就了然于胸了。"

"可这会造成很多相似的电影名，不是很难给观众留下深刻印象了吗？与其说极易混淆，不如说就是乱成一锅粥。等一下，这个故事梗概有意思。'主人公名叫萨姆，是一个律师，和妻子过着平静的生活，自从穷凶极恶的犯人麦克斯出狱后，萨姆一家的日常被恐怖紧紧包围……'电影名字叫《恐怖角》。小智，要不我们下一次休息日去借来看看？"

正说着，小轮一抬头，吓了一跳。

她正撞见到智保的侧脸，非常僵硬且脸色发白。这是她第一次看到这样的表情。甚至在那一瞬间，她感觉智保像完全换了一个人似的。

"……不要看吧。"他压低喉咙发出的声音，奇妙且平静。

"那部电影不怎么有趣，还是不要看了吧。"

经过这次聊天，几个月之后，当小轮回想起这个细节，她发现这是智保唯一拒绝看的电影。

4

一天，某人毫无征兆地突然出现。

那是距离春天来临还很远的冬天。小轮嘴里一边轻声念叨"真是个讨厌的天气"，一边加快步伐朝公寓走去。她相信了天气预报的预测，没带伞。当然，也有一部分原因是被有史以来最温暖的冬天和连续阳光灿烂的日子弄了个措手不及。

可是今天的冷风"飕飕"地刮在她的脸颊上，和昨天相比完全是两个季节。穿过肺部的空气都是干燥和沉重的。飘落的不仅是雨，还夹杂着雪。

小轮急匆匆地想赶在雨势变大前回家，但她今天穿着一双浅口单鞋，不太能跑，这让她感到沮丧。

好不容易回到公寓，小轮终于松了口气。

一般来说，小轮比智保要早到家三十分钟。她走上公寓的外墙楼梯。每登一步，浅口单鞋的后跟就和金属的阶梯碰撞，发出嘈杂的声音。

小轮心想："今天晚饭吃火锅吧。"

就在这时，她发现有一个黑影正蹲在公共走廊里。黑影在二楼最里侧，正对着小轮和智保居住的房间 —— 一个人靠着围栏坐着。

小轮看着那个身影，陷入沉思。

小智？应该不是。

她有那么一瞬间怀疑是小智忘带钥匙才坐在门前等她，但不是。那个影子比较小，比智保的要小两圈。

小轮提高了警惕，向那个身影走近。随着越走越近，那个身影也变得鲜明起来。

是个"老妇人"。

她坐在水泥地上，一条腿放平伸直，另一条腿则弯曲着，双手抱住弯曲的膝盖。一绺黄灰色的头发从包裹着头的围巾里掉出来。一绺流苏在冷冽的寒风中飘荡。身上穿着一件大衣，原本应该是浅棕色的，眼下已经褪色发暗，貌似穿了很长一段时间。

小轮猜不出"老妇人"的年龄。在她的印象里，老人的脸都大同小异。但眼前这个人的脸 —— 被太阳晒得布满皱纹，看起来应该有八十岁。

"您，那个……"小轮战战兢兢地说道。

眼前的老妇人肯定不是这个公寓里的住户。应该是迷路了，或是患有阿尔茨海默病。她是在公共走廊的屋檐下躲雨吧。小轮寻思着是否应该在下雪前报警，让老妇人得到保护。

"啊，对不起。"老妇人说着，将伸直的一条腿缩了回去。

这是让小轮出乎意料的声音和动作。小轮松了口气，即使是阿尔茨海默病患者，也不像是重症。

"来，请。不用管我，请进。"老妇人笑着催促着小轮。她的声音听起来带着一股被酒精灼伤般的嘶哑。

"好，好的……"小轮感到既吃惊又害怕，她避开老妇人，站在了自家门前。

"那，那个，您是找人吗？还是，您迷路了？要不，我帮您叫巡警来吧。"

"啊，没事，没事的。你请，别管我。"老妇人摇了摇手说。

她的右脸颊上贴着一大块纱布，脖子上不明所以地挂着一只铁风铃，从她那件暗淡的浅棕色大衣胸前露出来，随着老妇人的动作发出"丁零丁零"的声响。

"我只是累了，想在这里坐一会儿而已。别管我，请，你请。"

"嗯。"小轮无能为力，背对老妇人，将钥匙插进门锁，迅速闪进室内，然后将房门反锁。她又从猫眼里向外张望了一下，老妇人保持着跟刚才一样的坐姿。

小轮还在纠结，不报警真的没关系吗。但是，通过简单的交流感觉老妇人很稳健，也不像腿脚不利索的样子。小轮又想了一会儿，才突然意识到既然她走累了，为什么还特意登上楼梯，走到二楼走廊的最里端？一楼也有公共走廊。正常情况下，老人感到腿脚累了，会选择在一楼的檐端休息。那她究竟为什么要特意爬上楼梯，甚至走到最里侧的房门前坐下呢？

莫名其妙。

正因为不明所以，小轮突然觉得那个老妇人让人瘆得慌。

小轮迅速将 U 形锁扣了起来。平时，智保回来之前 U 形锁是不会扣上的，但那天，仅是锁上门锁依然让小轮感到不安。

小轮心中不停地祈祷，希望智保能早点回来。她匆匆忙忙将浅口单鞋脱了下来。

"小智，那个老妇人还在门口吗？"小轮开口问已经回到家的智保。

"老妇人？"智保有点不解。

看到智保的反应，那位老妇人应该已经不在门口了，小轮终于如释重负。

"实际上，今天碰到了一件可怕的事。"小轮向智保倾诉，"有个不认识的老妇人，正对着我们家门口坐着。她嘴里说'累了，坐一会儿'，既然累了还爬上二楼，这不是很奇怪吗？我一开始以为她是老年痴呆，但跟她简单交流后又觉得不像。不知道她要干什么，总觉得心里毛毛的。"

心情舒缓了的小轮滔滔不绝地说起来，甚至没有注意到智保并没有接她的话茬儿。

"虽说对方是老妇人，但我一个人待在房间里还是有点怕。说真的，我已经好几次想要报警……"

突然，她的双肩被智保紧紧抓住。

"……'她'长什么样？"

"啊？"

"脸长什么样？什么打扮？"

智保的神色变得异常慌张，小轮不知所措，直眨巴眼。感觉到他抓住双肩的十指传来的力道已经透过衣料，深深地嵌入皮肤中。

"长什么样？没，没什么特别，就是一个普通的老妇人。但是着装有点奇怪。她的右脸颊贴着一大块纱布，脖子上挂着一只铁风铃。"

一眨眼的工夫，在小轮近距离的凝视下，智保的神情凝固了——他的脸颊失去了血色，变得惨白。

"智，小智？"

慌了手脚的小轮，呼唤着恋人的名字。肩膀依然被他紧紧抓着，她对着眼前这个目光呆滞、怅然若失、精神恍惚的男人又呼喊了几次。

"小智，喂，你到底怎么了？"

足足数十秒后，智保才缓过神来，双手同时放开了小轮的肩膀。

"……对不起。"说着，智保用手背擦了擦额头上的汗，"对不起，我今天身体好像有点不舒服。头好痛……可能感冒了。不吃晚饭了，我去睡了。"

从那天起，智保完全变了一个人。

他每隔两个小时都会给小轮所在的公司打电话，问她："没事吧？""有没有发生什么事？"还时常在半夜里被噩梦惊醒，对周遭的声响也变得极其敏感。

在观看租来的影碟时，智保不仅会哭出声来，甚至抽抽嗒嗒哭个不停。那是一部关于少年棒球的电影。描述的是一支弱小的队伍变为强队，并在联赛中过关斩将，拼到最后夺冠的故事。教练会在重要比赛的关键时刻，换下主力队员，让技艺不高的板凳球员出场，感受比赛的气氛。

这个桥段看得智保那豆大的泪珠不住地流，激烈的呜咽声，几乎让小轮因为感动而落下的眼泪憋了回去。

"我，我也……"智保哽咽着说，"我也打过棒球……在我还小的时候。后来中途必须要转校，从此以后就再没碰过棒球。我也没有想过继续在其他队伍打球。虽然我的妈妈鼓励我继续打下去，但是……"

说到这里，智保就再没说下去，然后就只有他啜泣的声音回荡在空气中。

小轮闭口无言。

在一起的这些日子里，智保对于过去只字未提。他出生在哪里？父母双亲、兄弟姐妹还健在吗？小时候就读于什么学校？在学校做过什么？小轮对此一无所知。因为她觉得不知道也无妨。

"听好了，你真有了想亲近的对象，千万不能刨根问底。"这是小轮的母亲时常挂在嘴边的话，"刨根问底地问别人是非常失礼的，千万别这么做。你能做的只有等待。如果对方把你放在同等重要的位置，终有一天，对方会开诚布公地对你袒露一切。"

其实小轮早就隐约感到，智保一直在回避关于双亲的话题。从他嘴里听来的全是他外公的事情，而且全是外公和电影相关的事情。像刚才那样，从智保嘴里谈及过去发生的事情时，说出"妈妈"这样的称呼还是头一遭。

"……没事了。"小轮向着还在哭泣的智保轻声私语。

"没事了。现在我在你身边，一定没事的。"

小轮觉得这句话很空洞，但也只能这么说。

她伸手触摸了他的肩膀，又在背后抱了抱他，其实小轮内心还想去抚摸一下他的头发，不知为何又做不到。

关了灯的房间里，充满了智保低沉的啜泣声。

5

"呼 —— "小轮睁开双眼。

睡眼蒙眬，四周一片漆黑。她转过头，朝着放在枕边的时钟望去。表盘上的荧光数字显示的时间是两点四十七分。

咦，怎么会在这个时候醒？

小轮用手揉了揉眼睛。她睡眠一直很好，就算半夜醒来，一般也是上洗手间。然而此刻，她并没有这样的感觉。

她又看向智保。

两个人挤在一张狭窄的单人床上睡觉。最初小轮睡床，智保则用一条备用毯子铺在地上睡。

"地上凉，要不你别睡地上了？"当时小轮这样提议。

不过，现在情况不同了。自从智保的情绪变得不稳定以来，反而是他想要紧贴着小轮入睡。只要她一下床，他也会跟着醒，并打开房间里的电灯。

"小轮、小轮，你在哪里？"他甚至会立刻起身去寻找她。

真是个莫名其妙的人。

小轮望着他的睡颜，棱角分明的坚挺鼻梁、薄嘴唇，稀疏的睫毛和两道浓眉。

你到底是谁？谜一般的男人。容颜没有任何奇怪的地方。光说眼睛和鼻子部分，可以算中上水平，因此也不算长相平凡。

小轮总是羡慕智保的浓眉。她自己的眉毛又稀又短，必须使用眉粉才能变得好看。她对于自己身体的其他部分倒也没什么不满，但她不喜欢素颜，这会让她整个人显得很没精神。

小轮用手指描了一下智保的眉毛，心想：如果他们将来有了孩子，这个部分像他就好了。

智保并没有醒来的迹象。小轮想：他一定感到很安全。被一个人依靠的感觉让她很欣喜。

"丁零"，窗外的声音划破了寂静。

"丁零零""丁零""丁零零零零零零"……

尖锐的金属音连续传来，这是小轮曾经听过的声音。

小轮抬起头，朝着落地窗方向望去。窗外有一个阳台，因为窗帘被拉得严严实实，她看不到窗外的样子。

即便如此，她仍旧可以感觉到人的气息，直觉告诉她外面有人。一瞬间，她的神经绷紧，鸡皮疙瘩迅速爬满了两条胳膊。

"丁零零""丁零""丁零零零零零零"……

——是风铃！

忽然，小轮感到身旁有人在看她，于是便将视线转了过去。黑暗中浮现出两道白光。小轮几乎就要厉声尖叫起来，但她立刻意识到这是智保的眼睛，便慌忙收起了声音。

智保在小轮醒来之前可能就一直醒着，只是装作睡着了。

"别出声！"智保压低声音说道。

"可，可是。"

"别出声，忍住。只要不去理睬，过一会儿就会离开。"

"过一会儿？"

"反正绝对不能打开窗帘，不去探听外面的动静。就像现在这样安静地待在床上。"

小轮很想问为什么。为什么明明在自己的家里，却还必须要躲避？阳台上的人是谁？莫非是那个"老妇人"？若是这样，她又是如何爬上来的？为什么又会在大半夜里来？智保是否知道那个老妇人是谁？

此时此刻，小轮喉咙发僵，声音干涸。小轮带着这些不能问出口的疑问，默不作声地躲进智保的怀里。

第二天醒来，两个人的状态都非常糟糕。

昨晚的风铃声一直持续到灰白色的光透进窗帘的缝隙才停止。抬头看时钟，已过凌晨四点。平日里的小轮和智保每天七点起床，八点十五分出门。但这一晚，俩人都睡不着，在床上待了四个多小时。

到了七点，闹钟响起。小轮拖着沉重的脑袋从床上爬了起来，回头问智保："早饭吃什么？"

"不吃。"

小轮其实很想回一句"我就知道"，但还是忍住了。她在马克杯里泡了一杯速溶咖啡，递给智保。咖啡泡得很浓，让他稍微清醒点。

"我想，这附近都能听到那个声音吧。"

"……"

"但愿不会给别人带去困扰。"

"……"

智保一言不发地喝完了咖啡。伸手一把抓起上班用的双肩包，站起身来。

"这就上班去了？"

"嗯，你把门关好。"

小轮看了看电视机画面显示的时间是七点三十二分，比平时出门的时间早了四十多分钟。

她又不自觉地用余光寻找那几本电影剪贴本，发现还在之后，心就定了。只要那些剪贴本还在，小智是不会离开的。所以，他还是想待在这里的，哪儿都不会去。

小轮心里念叨着，突然意识到一个问题。

为什么我会有这种想法？

为什么夜间响起的连续风铃声，会让自己担心智保要离开呢？不对，应该是为何风铃声会让我如此恐惧？

"我先走了。"智保站在门口鞋柜旁，将双肩包背上，随意地穿上那双脚后跟已经磨损的阿迪达斯运动鞋。

门打开，室外的空气吹进室内。下一瞬间，小轮立刻用手捂住鼻子。

"哇！"

空气中夹杂着一股极其强烈的恶臭。

"这，这什么臭味。到底哪里飘来的？"小轮不禁站起身来，一溜小跑到玄关处。

智保刚想伸出手去制止小轮跑过来，但为时已晚。小轮已经瞥到了玄关处发出恶臭的源头 —— 整扇房门被黏糊糊的、棕色黏土状物体所覆盖。

仔细一看，那东西不是别的，而是某种生物的排泄物，能散发出这股刺鼻臭味的，很有可能是猫狗的粪便。

门上已经有数十只苍蝇叮在上面，"嗡嗡"地扑棱着翅膀，形成了龙卷风状的风柱，上下跃动。透过这根苍蝇"柱子"，只见隔开两个房间的邻居开了一条门缝，脸上带着极度厌恶的表情，恼羞成怒地瞪着他们。

小轮感到血压升高，怒不可遏。

眼下已经不是风铃造成的噪声问题，而是如果别人举报到管理公司，二人就会因为扰民而被驱逐出这栋公寓。所以，二人必须立刻跟邻居们道歉，然后抓紧时间打扫。

但智保立刻制止了她。

"我来打扫。你，进屋去。"

"不，不行，怎么可以……"

"好了，别说了……那家伙没准正躲在哪里看着。你进屋去，把窗帘拉起来。"

那家伙是谁？正躲在哪里看着又是什么意思？小轮想问，但放弃了。她明白，即使追问，智保也不会回答。

她只说了一句："等有空了，把所有的事告诉我吧。"

智保没有回答。

小轮紧紧咬住牙关，看着提着水走出房间的智保。

6

小轮今天不加班，也没有顺路去超市和便利店，而是直接回了公寓。在确认周边没有老妇人的身影后，她匆匆地跑上了楼梯。

万幸的是房门前干净整洁，保持着智保今天早上清扫后的样子。小轮用不停颤抖的手焦急地打开了房门，时刻提防着身后，然后迅速进入房间。

事到如今，她开始后悔没有住在一个安保系统完备的小区里。其实这座城镇的治安已经是县内数一数二的了，而且小轮回家的时间也不算太晚，即便女孩子单身居住，也没必要过分警戒。

可如今竟然发生了这种事，小轮难以接受。

智保在她回到家大约三十分钟后也到了。

"小轮，你没事吧？"这是他到家后发出的第一声。

"你，你呢？"小轮抬起头，看到智保的外眼角在不停地抽搐，"外面，有人吗？"

"没有。你今天没出什么事吧？"

"嗯，我没事。"小轮点了点头，又问了句，"今晚吃什么？"

小轮问完，觉得自己像个傻子，都这种时候了还纠结这些琐事。不过，这也反映出她心底想回到正常生活的渴望，她想像往常一样吃晚饭、嘻嘻哈哈地看电视、泡澡睡觉。小轮在心中重现着曾经的生活，想让心情平静下来。

智保好像也受到了这种情绪的感染，他脸上紧绷的肌肉慢慢放松下来："今晚就吃得简单一点吧。昨晚的土豆炖肉还剩一点，用鸡蛋勾个芡，撒点胡椒粉……一人一碗速食味噌汤就好了。"说完，智保又提醒了一句，"别开换气扇。"

那天晚上，没听到风铃声响起。

接下去的两晚也没有听到。

连续度过了几个安稳的夜晚之后，小轮觉得自己之前总怀疑哪里有问题，应该是自己想得太多了。也许那位老妇人真的只是在这里稍稍休憩，而半夜里响起的风铃声，只是偶然听到的。

不管怎么说，老妇人绝对不可能攀登上二楼的阳台。当时自己和智保无缘无故地神经紧绷，正所谓疑心生暗鬼，把自己都给唬住了。

情况一定是这样的 —— 小轮一边将买来的牛奶和莴苣塞进冰箱，一边做着心理建设。

虽然她意识到自己当前的处境，但现在她并不想直视这些问题。这时，小轮的脑中浮现出一个被她忽略的词语 —— 常态性偏差，即面对不合理的事实选择视而不见，认为自己没事的一种心理状态。

小轮和智保若无其事地继续生活着，绝口不提"老妇人"的事。

两个人度过了几天平静的日子。

他们将注意力从紧张的氛围中移开，回到日常的生活，到点吃饭，到点睡觉。欢乐的笑声开始重新围绕着他俩。

唯一的区别是，他们都不再看电影。

小轮明白智保的内心对这事一直耿耿于怀，他的注意力其实也一直都在这扇房门的外面。但是早已意识到这一点的她，还是宁可选择装聋作哑。

7

第八天的夜里，奇怪的声音又响起了。

这次先醒来的是智保，随后小轮也马上醒了。这一醒，就像是从睡梦中被拖出来一样。

风铃声响了。

"丁零""丁零零零"……又是那只铁风铃发出的声音。

"小智……"

"嘘！"智保竖起手指放在嘴唇前。

无情的声音就在近处，这种声音似乎可以击穿耳膜，令人焦躁不安，胃部也像被挤压了一下，开始疼痛。

小轮将视线上移到枕边的时钟。凌晨两点十七分。

突然，风铃声停了，取而代之的是传来一声沉闷的"咚"。

小轮吓得在床上缩成了一团，她花了几秒钟的时间才反应过来，那是用脚踹房门的声音。

间隔一段时间，再度响起踹门声。接二连三响起"咚"的声音。踹门声随着次数的增加变响变快。接着，门铃响了。毫无间断的门铃声、让人神经紧张的高亢噪声，一遍又一遍地循环着。

小轮心想，周边住户一定可以听得到。隔壁的住户、隔壁的隔壁住户，一定会察觉到这种异常。

救命，请大家帮忙报警。小轮蜷缩着身体，两手交握，心中默默祈祷着。

拜托了，帮我们报警吧。

恐惧。不堪忍受的恐惧。虽然小轮觉得那个柔弱的老妇人不至于把房门踹破，但是那个声音、那个踹门的声音始终不停。

太反常了。正常人绝对不会在凌晨疯狂踹别人家的房门，那是不讲理的人才会做出的事。

所以，多说无用。祈祷和哀求都没有意义。我们被抓住了。没有理由，没有逻辑，被囚禁在来历不明的事物中。

就在思考的瞬间，"嘣"的一声，小轮脑中那根紧绷的弦断了。

小轮从床上"跳"起来。

"你……喂？"

话音未落，小轮已经滑下床，她身后是一脸惊愕的智保。

小轮抓起放在枕边的手机，迅速朝玄关走去。她的内心已经无法忍受，无法再等别人去报警。不能再躲在床上任凭事态发展。

她下定决心自己报警。对了，可以从猫眼处向外看，这样外面的人就可以听到自己拨打电话报警的声音了。

"你好，是警察吗？现在我家门外有一个可疑的人。请快点来，长相和服装是……"她把报警时要用到的话术在心里默念了一遍。如此一来，门外的那个人绝对会害怕，肯定会在警察来之前逃走。

小轮光着脚，半蹲在门口鞋柜处。

身后的智保叫唤着什么，小轮都充耳不闻。只见她用手掌抵住房门，稍稍直起身体，从猫眼处窥视外面。

漆黑一片。

怎么回事？

小轮有点迷糊。

为什么？为什么什么都看不见？因为是半夜，外面才如此漆黑？不，不可能。公共走廊亮着长夜灯，而且公寓旁边也有路灯。那么，如此黑暗是……

就在这时，只见一只"眼睛"从猫眼处移开了。

"哇！"小轮吓得惨叫一声，急忙从门口后退数步。

对方也在向屋里窥视。

意识到这点的小轮，突然大汗淋漓，黏稠的冷汗沾满全身。

不能再看了，小轮提醒自己不能再看猫眼了。

和那个家伙的距离仅仅隔了一扇门，刚刚的大叫，对方一定听到了。因此，绝对不能再往那里看了。

但是，身体却不听使唤。手脚无意识地自行移动起来，将相同的动作又重复了一遍。右手掌抵住房门，直起身体，透过猫眼窥视。

门外是那个老妇人。

黄灰色的头发，穿着那件褪色的浅棕色邋遢大衣，右脸颊贴着一大块纱布，还有脖子上的那只铁风铃。

老妇人在笑。

老妇人面带嘲讽的笑容，她知道自己非常接近小轮。她很开心，欢呼雀跃着，那张爬满皱纹的脸更加扭曲。

小轮的手机从手上滑落。

她的世界开始晃动，腿脚不稳，无法站立。

若非智保在身后一把抱住她，失神的小轮可能已经头朝地倒在地上了。她在智保的怀中，茫然地看着他紧绷的脸。

报警的想法已经烟消云散。

小轮蜷缩着身体，依偎在恋人的怀中。

附近警局的警察过了四十分钟才姗姗来迟。

"我们接到了附近居民的报警。"在听过小轮一连串的讲述后，年轻警官的语气明显变得温和，"是一位老妇人吗？年龄在八十岁左右？没有，外面没人。我没看到有什么人离开。恐怕是患有阿尔茨海默病，不知道去哪儿才在这里徘徊的吧。"

"不，没有感觉到她患有阿尔茨海默病，对话的时候也是应答自如。"小轮继续说明。

"啊，这样啊。看来你们认识啊，都能在一起说话。"警察自顾自地下了结论。

小轮急忙打断他："等一下，您搞错了。我压根儿不认识那个老妇人。深更半夜的，她这么三番五次……不管怎么想都会觉得这事儿很奇怪吧？拜托您认真地听我讲。"

警察摇摇手："好吧，就当她没有得阿尔茨海默病，其实各地的老人都会干出这种事。他们很孤独的。"

"孤独？"

"现在就是这样的时代啊。我也知道他们很烦人，但也请不要对他们太凶。"

小轮看着面带苦笑说出这番话的警察，哑口无言。

双方的对话仿佛不在同一频道上。连日来经历了怎样的恐怖、对那个风铃声是何等恐惧，根本无法让眼前的警察感同身受。

就因为对方是"老人"。

"不是像你说的那样，这些都不是问题的关键。"

"好了，好了，请你冷静下来。"警察用手势示意小轮闭嘴。

"那个老妇人啊，一定觉得你长得很像她的孙女，所以才会以这样的理由三番五次来你家门口。反正也没有对你造成实际的伤害，对吧？不过就是一个老妇人，别那么紧张，放松心情。"

"别那么紧张？"小轮再一次哑口无言。她在背后暗暗握紧拳头，让自己冷静下来，再开口问道。

"也就是说，您不会帮助我，是吗？"

"我们警察也不是什么事都能解决的。没发生事情，我们也不能行动。要是发现了那位老妇人，我会提醒她别去了，让她引起重视。这样行吗？"

显然，警察并不重视小轮的诉求。

他的态度也好、用词也罢，无不透露出不耐烦的情绪。"别为了一个手无缚鸡之力的老妇人大惊小怪，这种事情你自己可以想办法解决。"虽然警察嘴上没明说，但他的眼神已经告诉了小轮。

"对不起。"警察离开之后，智保嘟囔了一句。

"什么意思？"小轮回头看着他，"为什么道歉？"

智保没有回答。小轮继续说着，情绪也越发激动。

"你为什么要为今晚的骚乱道歉？理由是什么？你告诉我，你刚才说的'对不起'到底是在对不起什么！"

沉默笼罩了整个房间，一片令人喘不过气的沉寂。

片刻之后，"对不起，把你卷进来了。"智保轻声叹道。

"到底怎么回事？"小轮追问道。

"不，不，我……我不想这样，已经半年多没发生什么事情了，我以为大概结束了。所以……是我大意了。我不想让你感到困扰，希望你就知道这些。真的非常对不起。"

半年多，没发生什么事情，以为大概结束了，大意了。

小轮在消化这些语句。

也就是说，这事情并非是近期才开始的，而是长时间追随着他。为什么？何时开始的？究竟持续多长时间了？

"……你……来到这个城镇前，住在哪里？"小轮用颤抖的声音问道。

小轮知道智保是个聪明人，做事认真、勤奋，没有一点轻浮，和那些素来居无定所、到处流浪的人明显不同。

"你之前在哪里生活？到底是干什么的？你的家乡在什么县市？在什么样的地方长大？你的名字是真的吗？喜欢看电影的外公是真实存在的吗？到今天为止你跟我讲的话，有多少是真的？我……我对你一无所知！"

小轮接二连三抛出疑问，如决堤洪水。

直到现在，她都在努力控制自己去追问，她多么想等智保亲口告诉他。所以，当事态变得不可控制时，小轮忍耐的极限也到了，就像泄洪的水，冲口而出。

智保依然沉默，纹丝不动地戳在小轮面前。只有耷拉着的眼皮在微微抽动，紧闭的双唇和握紧的双拳，如同石头般无法撬动。

小轮越来越焦躁，一拳打在智保的胸口。但是，智保依然没有任何反应。

一拳，又一拳，再一拳……

终于，智保的双唇哆嗦着微张开："对不起。"

小轮放下了拳头。她明白了无论跟他怎么说、怎么打他都是徒劳的。因为智保毫无反应，犹如拳打棉花一样有劲使不上。

智保别过脸去，不再看小轮的脸。他紧紧地闭上眼睛。

小轮半张着嘴，还没想好接着要说什么。不管怎样，主要是想跟他倾诉，想呼喊他的名字。

但是，风铃的声音撕裂了空气。"丁零""丁零零零零"……

"听，听见了吗？"

小轮抬头看着智保，对他的恼怒瞬时抛到了脑后，取而代之的是翻腾而来的恐惧。

风铃声在某处响起。不是来自附近的声音。但是，它乘着风，清晰地响了起来。"丁零""丁零""丁零零零零零"……

"这……我幻听了？还是，那声音真实存在？"小轮用双手捂住耳朵，她感到自己的手掌心已经沾满了潮湿的汗水。

"我好像要疯了。"

这不是夸张。

小轮确信，如果此刻房门再被踹上一脚，她一定会疯。紧绷的弦会随着张力彻底断开。恐惧、害怕的感觉浸润全身。

不知道过了多久，时钟表盘上的指针指向了六点，外面逐渐明亮起来。亮光透过紧闭的窗帘射入房内，天空的边缘正在变白。这个漫长的黑夜，终于结束了。

随着早晨的到来，夜晚还会如约而至。

太令人胆寒了，无法形容地害怕。

小轮一直用手捂着耳朵，蹲在地上。

那天早晨。智保丢下一句"我出门了"，便离开了公寓。之后再也没有回来。

夜里，时钟走过了七点，又走过了十点，他还是没有回来。

小轮没有办法，只能一个人度过夜晚。她紧闭窗户，把窗帘拉得严严实实，门锁及 U 形锁反反复复确认无数次之后，才爬上床去，并且她在枕边放了一把水果刀，至少可以当成防身的武器。

不过，夜里并没有响起风铃声。

第二天，小轮给"小田环境开发"打去了电话。

"您找岸是吧，他昨天辞职了。"一位认识智保的职员礼节性地回答道，"打零工的职员在工作一段时间后辞职，并不是什么新鲜事。"

第三天、第四天，智保依然未归。

与此同时，风铃声也再未响起。

智保原先放在地板固定位置的电影剪贴本和那个皱巴巴的双肩包都不见了。不过，小轮买来给智保用的马克杯和筷子还摆在原位，算是他曾经在这个房间里待过的证明。

小轮终于想明白了，智保从最初就没想过要在这里久居。他孑然一身，不会增加额外的行李，方便随时离开，甚至连一只袜子都没留下。

在春天快要过去的时候，她开始准备放弃这段感情。

记忆是很难磨灭的，她在茫茫人海中看到身高接近智保的男性时，就会下意识去追寻。走路的时候，她会有意无意地在人群中不断找寻他的身影。

　　然而，时间慢慢平息了她的爱意。当小轮对公司同事坦荡地把这段奇妙的失恋经历说出来的时候，日子又过了一个月。

　　当然，智保是"小田环境开发"的工作人员这点不可能明说。

　　"虽说是走得很近的人，但不知道为什么，会被一个来历不明的人跟踪。同居的人什么都没有解释，就这样消失了。"小轮说得有点模棱两可。

　　"要我说啊，这不就是跟踪案件。"在听完小轮的话之后，女同事自信满满地断言，似乎把智保当成了女性。

　　"逃避家暴丈夫的人好像都有这种感觉。这种人跟谁都可以平淡地交流，但不会对任何人敞开心扉；总是做好逃跑的准备，不会额外增加行李，仅随身携带重要物品；不会对别人说出某些事情的深层原因以及个人情况，还有点神经质，总是在害怕什么，然后突然有一天，毫无征兆地人间蒸发。怎么样，我说的都对得上号吧！"

　　原来如此，小轮心想。

　　她从没想过给那个老妇人扣上"跟踪狂"的帽子。听同事这么一说，二者倒是吻合。

　　一听到跟踪狂这个词，脑海中就会想到"痴情种""前对象"。结合智保的态度，他确实很像被跟踪狂跟踪的人，毕竟他长着一双容易让人意乱神迷的眼睛。

　　莫非智保？不，不可能，小轮无法想象他和那个"老妇人"有男女关系。

但从另一方面来看，智保确实有在被追求的可能。不管年龄多大，女人毕竟是女人，况且智保称得上是有魅力的男人。

智保现在在做些什么呢？

估计他又在某个城镇里过起了隐姓埋名的生活，随后那个"老妇人"会再次找到他吧？

尖锐的风铃声，在脑海深处苏醒。

小轮深深地叹了口气。

又过了一段时间，就在内心伤痛即将痊愈时，小轮在影碟租赁店里发现了《恐怖角》。经过一番犹豫，小轮拿着影碟走到柜台前。

回到家后，小轮立刻打开播放机。果然是一部讲述跟踪狂的电影。

不过，这部电影演的不是男女之间由爱生恨的故事。影片讲述了一个强奸犯认为自己入狱是因为他的辩护律师对自己做出了不利的指证，于是怀恨在心，追着律师一家一步一步地展开隐蔽的骚扰。

在电影的前半段里，强奸犯对律师进行跟踪、监视，杀死律师家的宠物狗……这种精神暴力令人备受折磨，犹如用棉线勒住了脖子。

电影结束后，小轮将碟片从播放机里取出，拿起手机，打开谷歌搜索页，在搜索栏内输入关键词"跟踪狂"。

网页上跳出"被跟踪者逃跑""非情感纠纷的跟踪管控法""警察救助被跟踪者"……

小轮一个劲儿地滑动着手指。

第
二
章

1

雨云逼近。

佐坂湘皱着眉头从强行犯组[4]专用警车上下来。风里带着水汽,比想象中要湿润,他用手抚摸着微湿的脸颊。佐坂湘现在的职务是获洼警局刑事科的巡查部长。

凶案现场位于杉并区的公寓——"白根高地"。公寓周围已经被警方用保护现场的黄色警示带围了起来。

道路旁边停了三辆闪烁着刺眼警灯的巡逻警车,每隔五米站着一名年轻的警察,摆出一副切勿靠近的姿态,略显滑稽。

巡逻警车后面停了一辆警用厢型车,透过车的后窗,可以看到法医的帽子。

黄色警示带周围站满了围观的人,他们手举着手机,拍下从公寓

_____

[4] 这里的强行犯组属于获洼警局刑事科,具体负责侦办抢劫、杀人、绑架、性侵等重大案件。相当于我国的省或市下属的区县刑警队。

进进出出的搜查员们。估计接下来就会发布在社交媒体上。"光拍公寓出入口有什么乐趣……"佐坂嘟囔了一句，将写有"搜查"二字的臂章套上袖口。

凶案现场是公寓的四〇六室。

房门前也已经拉好了警示带。

在敞开的客厅里，搜查员和法医正忙着在屋内四处调查取证。在场的都是些熟人。

一名搜查员瞥见佐坂进了房间，举起单手示意。他是同属荻洼警局刑事科强行犯组的菅原巡查。

佐坂摆手示意菅原不要过来，自己套上两层鞋套，踏进室内。

"被害人呢？"

"被害人是这里的住户。除了颈部有勒痕外，胸部有两处、腹部有三处刺伤的痕迹。室内没有被破坏，会不会是仇杀？"

菅原可能有点紧张，语速飞快地汇报了情况。

这名部下去年才从搜查专科学校毕业，刚刚接手搜查工作，是个名副其实的菜鸟。这次杀人事件的搜查，对他来说还是第一次亲身实践。

"喂，小湘。"这个熟不拘礼的声音来自老资格的验尸官。只见他单膝跪地，在遗体旁边向佐坂招手，"喂，过来看一下，已经很久没见过这么惨的尸体了。"

验尸官正说着，佐坂已经走到尸体的侧面，蹲了下来。

被害人是一名年龄在二十岁到三十岁的男性，从面部状态来看，死者是被勒死的。脸色发紫，眼球差点儿就要从眼眶里暴出来了；扭曲的舌头松弛地垂在两排牙齿间；颈部有明显的勒痕。

不仅如此，被害人身上的 T 恤被染成了鲜红色，几处伤口都是刀具造成的，主要集中在胸部和腹部。

佐坂开口问验尸官："这些伤口是深还是浅？"

"哎哟，好问题。小湘果然是'破案迷'。"

"请别提这个外号了。"

验尸官已经摩拳擦掌，无视正皱着眉头的佐坂，开口说道："毕竟还要等解剖后才能得出准确的结论，不过依我看，伤口不深。你那个新人部下刚才说'除了颈部有勒痕外，胸部有两处、腹部有三处刺伤的痕迹'，很有可能刺杀发生在前：凶手先刺伤了腹部和胸部，等被害人倒下后，再将其勒死。担心对方没有死透，所以又补了几刀吧。"

"也就是凶手害怕被害人反击，以防万一而为之？"

"应该是。刺伤的伤口并不深，可以推测凶手并未使出太大的力气。我说一个很自然的推测：凶手可能是女性、老人或者病人，也可能是身材矮小、身体状况不佳的男性。若是健康的成年男性，被害人会因为感到恐惧而挣扎，容易造成过度伤害。"

"因此，仇杀这条线还不能排除。"佐坂说着。

"凶手对被害人怀有强烈的怨恨，歇斯底里地一刀刀刺下去，哪怕对方已经死了也要多补几刀。"

"这话没错。所以，现在下结论还是太早了。"验尸官耸耸肩说道。

"无论怎样，被害人的直接死因是窒息。眼睑和眼结膜上有许多针尖大小的出血点，舌骨断了，还有失禁和遗精现象。这具尸体呈现出典型的窒息死状。不过也不能排除被害人是因失血过多而死的可能。"

"多补几刀……"佐坂嘟囔了一句，环顾屋内四周。

这是一间三居室，房间打扫得很干净，充满生活气息。桌上有三瓶香水、一口剩下半碗汤的汤锅。

碗柜上放着供两三个人使用的餐具。这些餐具造型简单，却不失为良品；还有咖啡机、搅拌机、洗碗机，冰箱的门上贴着兔子和猫图案的冰箱贴。

客厅里有一台四十二英寸的电视机和一台 DVD 播放机、一张深黄色的转角沙发，抽屉柜上有一个相框和三个巴掌大小的大象摆件。

很明显，这里不会是独居男子住的地方。

相框里的照片是被害男子和一个面带笑容的年轻女子的合影。相片中的女子长得非常漂亮，照片的背景似乎是南方的某座岛屿，应该在巴厘岛或者普吉岛附近，怎么看这都是新婚蜜月旅行时拍的照片。

背后传来菅原的报告声："被害人鸩矢亨一，二十九岁，在东京都内的建筑事务所工作，是这套房子的承租人。已经通过他放在钱包里的驾驶证确认过身份。"

"钱包还在的话，那盗窃案的可能性就变得很小了。"佐坂回头看向菅原。

"是的。钱包里装有现金两万一千日元。另外，银行卡、社会保险卡都在，还有两张信用卡，都是普通信用卡。"

"案件第一发现人是谁？"

"隔壁邻居。据邻居说：'先听到一声哀号，紧接着伴随乱跑乱跳的声音。一开始以为是夫妻吵架，后面觉得不对劲儿，就跑去看情况。只见一只鞋子夹在门缝里，房门因此敞开。邻居觉得有点奇怪，便去窥探一番，这一看就看到有人倒在地上，再看到像血一样的红色液体便立刻报了警。'"

"夹在门缝里的鞋子呢？"

"是一只没有鞋带的运动鞋，也称懒人鞋，是女性的鞋子。长度为二十三点五厘米，颜色是藏青色。应该是鸨矢亨一妻子的物品。"

"那位妻子呢？"

"现在正在寻找。"

"寻找？意思是她不在现场？"

"是的。"

"要么是被凶手带走了，要么是她自发地从案发现场逃走，后者的可能性更大吧。"

"是的。"

"你不早说！"

佐坂用一只手捂住脸，下意识地挪步到窗口，向楼下望去。就在黄色警示带的对面，一辆黑色的搜查车开了过来。

从车上下来的是荻洼警局刑事科强行犯组组长，中乡。

佐坂伸出手，搭在菅原的肩膀上："组长亲临现场了。菅原，你按照案发顺序向中乡组长梳理一遍情况。听好了，一定要按照顺序。仔细一点，别像刚才跟我汇报的时候那样，把被害人妻子的情况给漏了。"

2

中乡能坐上组长的位子，真是慢慢熬上来的，他和那些"吉祥物上司"截然不同。

现如今说到组长，都只把升迁考试作为己任，其中还有不少人把现场完全丢给部下去处理。但中乡是一个想要全面掌握案情的上司。因此，像这样的凶杀案必定会亲力亲为。

"小湘啊，"中乡组长把为数不多的头发拢上去，还未到五十岁，大部分头发都已经离开了他的脑袋，"你怎么看？看起来应该就是逃跑的妻子犯下的罪行吧？"

"目前还无法断言。"佐坂慎重地回答。从菅原手上拿过记录，打开，"被害人的妻子叫鹈矢亚美，二十八岁。那张被认为是新婚旅行时拍的照片背面，记录的日期是去年三月。第一发现人曾证言：'太太很客气，先生也很温柔。时至今日，从来没听到过夫妻两人吵架的声音，因此，这次的吵闹声让我觉得很诧异。啊，你问他老婆以前有没有脸肿或者瘀青？没有，从来没有。'的确，从屋内的样子来看，没有家庭暴力的痕迹。"

"行。不过话说夫妻之间的杀人动机，不仅只有家庭暴力，还有出轨、借债、冷暴力等等，多如牛毛。"

"没错。"佐坂点头同意。

"凶器呢？"中乡组长摩挲着自己的下巴。

菅原回答道："鞋柜旁掉落了一根塑料绳。塑料绳上沾有血迹，与颈部勒痕一致。但刀具类凶器还未找到。"

"被刺了这么多刀，没有反抗的迹象？"

"手臂上有几处因防卫而造成的创伤。刺伤全部集中在正面，背后没有伤，没有争斗的痕迹。因此，趁被害人不注意的情况下发生刺杀行为的可能性较大，通常来讲，如果是女性刺杀毫无防备的男性，应该从背后下手更合理。"

"推测死亡时间是几点？"

"从直肠温度来判断，时间为下午六点到八点之间。隔壁邻居听到哀号时刚过晚上七点，因为那个时候 BS 电视台刚开始播放旅游节目。

推测的时间和邻居的证言几乎吻合。"

"好的。"中乡组长从鼻子里呼出一口气，"被害人和落跑妻子的手机呢？"

"被害人的手机还在卧室里充电。嫌疑人的……"佐坂停顿了一下，"在家里未发现鸨矢亚美的手机。"佐坂换了一个用词。毕竟还没确定亚美是否为凶手，称她为嫌疑人还为时过早。

"应该可以看到被害人手机上记录的号码吧。妻子那边联系过了吗？"

"联系了，关机，因此 GPS 未能定位。"

"嗯，应该是特意关机的吧。突然犯下罪行后这样做也是意料之中的。你怎么看，'破案迷'小湘？"

"请别再提这个外号了。"佐坂皱着眉头说道，"你们越叫越起劲，我可没觉得这有什么好玩的。"

"哎哟，生气了。"中乡组长摆了摆手，想要缓和气氛，"明白，明白。你熟悉的事件里被害者都是女性，而且都是年轻貌美的女性。"

"……"佐坂放弃了反驳。其实他知道中乡组长和验尸官并无恶意，主要是他不想跑题，也不想自寻烦恼。

只有极少数人知道佐坂湘出自"被害人家庭"。

距离他的姐姐被杀已经过去了二十七年。事件发生后，姐姐的牌位搬动过两次。当时参与事件搜查的人员，现在大部分都已退休。案件发生于《跟踪狂规制法》出台之前，确实是次不幸的杀人事件。

凶手早已出狱。

杀害姐姐的男人，一审获刑十二年。他因为不服判决而上诉，被法庭驳回上诉，维持原判；在服刑期间，因为表现良好，成为模范囚而减刑，在服刑九年后获得假释。

佐坂对自己说，一定要找到那个男人。如果他知道那个家伙现在在哪儿、在做什么，恐怕自己无法保持冷静。

温柔、美丽、聪明的姐姐永远地离开了，而剥夺她无限美好未来的男人只服刑九年就被放了。这绝对不可原谅。

但是佐坂知道，如果自己一心只想复仇，姐姐是不会开心的。抛开道德和法律，姐姐只是不希望弟弟为了复仇耗费掉整个人生。

所以，佐坂成了一名警察。

佐坂从某私立大学法学部毕业后，通过了警察入职考试 I 类 [5]。根据规定，在警察学校进行为期六个月的训练，并且在交通警察的岗位任职一段时间后，才可以被任命为警局的警员。

现在，佐坂成了荻洼警局刑事科强行犯组的一员。他对过去的事件，尤其是被害人为女性的案件，会比其他人加倍卖力地调查。因此，同事们和上司戏称他为"破案迷"。

佐坂知道大家没有恶意，可被人说多了也有厌烦的时候。只是他也不想特意反驳什么，毕竟知识就是力量，如果积累的知识对破案有帮助，其他事情都好商量。但是，如果杀害了手无缚鸡之力的年轻女性的凶手依然逍遥法外，佐坂绝对忍不了。

"好了，好了，这次也用不着小湘费力了。这起事件看起来非常简单。"中乡组长像是看透了佐坂的心思，伸出手拍了拍他的肩膀。

"只穿着一只鞋的女人肯定跑不远，这事都不用搜查本部 [6] 出面。

---

[5] 日本警察入职考试分为 I 类和 III 类。区别在于 I 类的报考对象为大学毕业生。III 类的报考对象为高中毕业生。通过 I 类考试和 III 类考试均能成为警察，但薪资有高低。

[6] 搜查本部：在日本发生重大案件时，为了进行侦查工作，由警察厅或案发地管辖区域内的警局临时设置的组织。

不过慎重起见，菅原，你把死者妻子可能逃跑的地方全都找出来。"

但是，事情走向出乎了中乡组长的预测。

三个小时过去了，鸨矢亨一的妻子 —— 亚美仍未找到，反而出现了好几个目击证人。

"我看到一个女人被塞进了车，车停在路边的投币式停车位上。车型应该是轻型货车。女人的头发是湿的，非常凌乱，我看到她脚上只穿了一只鞋，因此觉得很奇怪。"

目击者指出，将女人塞进车里的是一名男性。"男人身高一米六左右，是个老年人，年龄在八十岁左右。"关于该男子的样貌特征，得到的证词都是一致的。

"要是一个体形高大魁梧的男人强行将女人带上车，我会立刻报警。但那个男的已经上了年纪；那女人看上去极不情愿，却也没喊救命。所以我以为他们是一家的，只是在吵架而已，那我就没必要报警了。"

"我以为那女人喝醉了，她只穿了一只鞋，就是喝多了嘛。然后，她的爸爸或者爷爷来接这个烂醉如泥的女人。"

目击者们你一言我一语地说着。

"那就可以认为是嫌疑对象拿着刀具威胁鸨矢亚美上车了。"佐坂说道。

中乡组长双臂交叉在胸前："没错。刀具类凶器没有落在现场，附近的绿化带和沟渠里也未发现。即便是体形瘦弱的老年男性，想拿着刀强行带走一名女性也是很容易的。更何况，这名女性上一刻刚目睹了自己的丈夫被人杀害。"

"都已经吓得魂飞魄散了，根本无法呼救吧。就算反抗，也不过是隔靴搔痒。"

佐坂点头同意。

"好吧,我撤回三个小时前说的话。"中乡组长叹了口气,"通知搜查本部……近两年来,我的管辖范围内可是一片祥和啊。唉,这么说起来,没跟本厅共事有两年了。"

3

根据警察本部长的命令,"白根高地公寓杀人及绑架案搜查本部"设在了荻洼警局的会议室。

按规矩,搜查部长一般由荻洼警局局长担任。这起事件发生在住宅区核心位置,上面也希望由对这一区域有足够了解的人来担任。

搜查主任[7]则由本厅搜查一科的科长助理担任,职位是警部,这仍是警界的规矩。副主任是荻洼警局的搜查科科长。

本厅派过来的第二强行犯组第二搜查科的人马也到了。他们同荻洼警局的警员们组成了搜查小组,开展对周边的走访取证、排除关系人以及收集证据的工作。

搜查小组还分为后勤保障组、媒体预备组和证据管理小组。

两年前的案件也是和本厅派下来的第二科一起调查的。也就是说,又要和北野谷共事了。佐坂暗自苦笑。

---

[7] 搜查主任:属地发生重大案件的警局,会将案件上报警视厅,若在属地警局临时设立搜查本部,根据案件的性质,指派警视厅内人员到搜查本部进行各种工作。本作品中因发生刑事案件,故警视厅指派了专门负责重大刑案的搜查一科的警员到场。

北野谷辉巳是第二强行犯组第二科的知名搜查员，职位和佐坂同级，都是巡查部长。年龄比佐坂大四五岁。

原则上，搜查组是本地警局和本厅各派一人，组成两人工作小组，组合大致是一个年轻警员加一个经验丰富的警员。两年前，北野谷主动提出希望和佐坂一起搜查。

和传言中说的一样，北野谷确实顽固。

但他作为搜查员确实称得上优秀。不管怎么说，和满腹经纶的佐坂不同，北野谷是一个经验丰富的人，这使得他能有效凭借直觉和灵感办案。

"佐坂，会议开始了。"菅原的声音打断了佐坂的思绪。

"好的，走吧。"

说着，佐坂站起身来。

"我先来讲一下案件的概要。警方接到报案的时间是六月十九日的晚上七点四十九分。报案人是被害人的邻居，一家公司的职员。这名男性报案人也是本案的第一发现者。晚上七点刚过，报案人听见隔壁被害人的屋子里有异常的动静和哀号声传出。据他所说：'之后隔壁没了动静，我就在电视节目结束时去看了下情况。'"

担任本次案件搜查副主任的搜查科科长，在报告桌前将案件概要进行简单说明：

"被害人是白根高地公寓四○六室的住户，名叫鸨矢亨一，二十九岁。任职于千代田区的建筑事务所，是一名一级建筑师。案发的公寓是对外出租的，租客的姓名就是鸨矢亨一。物业管理公司表示，被害人从未拖欠过租金，也没有产生过噪声、臭味等，至今没有和邻居闹过矛盾。"

佐坂的视线盯着资料上的记录，和科长的声音同步。

主席台后面依次坐着搜查本部长和搜查主任及各科室的科长们。正对着领导们的是佐坂和菅原等下属的座位，长条桌配塑料折叠椅向两边排开。

"死因是使用细绳类凶器致颈动脉和颈静脉闭塞而引起的脑缺氧，也就是被勒死的。另外，胸部有两处、腹部有三处刺伤。验尸报告显示，造成这些刺伤的凶器是长度十七厘米的刀具。此刀具目前仍未找到。现在我们推测，凶器已被凶手带走。现场还发现了与鸨矢亚美相同血型的血液。"科长的嗓音洪亮，贯穿整个会议室。

这时，佐坂感觉背后被人戳了一下，他立刻回过头去。

正是北野谷辉巳。

万年不变的满脸凶相，皮包骨头、面瘦肌黄。不过他可没病，天生长得就是这张未经加工的脸。别看他体形不大，却因为这个独特的面相，让同事还有嫌疑人都不敢小瞧他。

"哟，听说你这个家伙亲临案发现场了。"

"呃，算是吧。"

佐坂为了不影响周围的其他人，轻声回答。北野谷的风格真是连一句正常的问候都没有，上来就直奔主题。

"你怎么看？"

"什么意思？"

"我们假设被害人的老婆是被凶手强行带走的，而非自己主动逃跑，那么从邻居听到哀号的时间算起，已经过了十四个小时以上。你怎么看？"

"'四十八小时黄金时间'……"佐坂低声回答。

一般而言，当发生绑架案时，若能在二十四小时内发现人质，其生存率有百分之七十；四十八小时内则降为百分之五十；一旦过了这个黄金时间，生存率就会一下子降低许多。

另外，如果凶手最初的绑架目的就是杀害或强奸，则不受此限。黄金救援时间仅为失踪后的两三个小时。

"凶手的目的还不清楚，现在什么都说不清楚。绑架成年人和绑架幼儿大为不同，还是要具体情况具体处理。"

"的确如此，"北野谷表示同意地点点头，"教科书式的满分回答。可这等于什么都没回答。"

说着，北野谷将前倾的脑袋从佐坂面前移开，双手互抱，露出难看的脸色，将背部贴在折叠椅的靠背上。

佐坂也将脸转了回去，朝正面望去。报告桌前继续传来科长的声音："被害人的妻子 —— 鸫矢亚美，被众多目击者看到在案发现场，也就是白根高地公寓大门前的马路上遭人绑架。鸫矢亚美今年二十八岁，是涩谷区一家旅行代理商的工作人员。身高约一米六，身材纤瘦。肖像照请参照各位手上的资料。被绑架的时候穿的服装，正是在家里被带走时穿的。上衣有横条纹，颜色为藏青色与白色；下装也为藏青色，只有一只脚穿了藏青色的懒人鞋。另外，她很可能当时已经受伤了。"

佐坂将资料打开，看着鸫矢亚美的肖像。

还是那张大概是新婚旅行时拍的照片。晴空万里的背景下，鸫矢亚美在老公身旁露出笑颜。

即使是像素较低的复印照，也能看出鸫矢亚美明显的双眼皮，以及高挺的鼻梁。嘴角咧开，能看见两排洁白整齐的牙齿。

而被害人鸨矢亨一看上去也是一个风度翩翩的帅哥。

看到照片上爽朗的笑容，简直无法和那扭曲的死相联系起来。想必生前一定是非常般配的高颜值夫妇。

"现在说一下绑架鸨矢亚美的男人的样貌。身高约一米六。根据众多目击者的证言，此人为八十岁左右的男性，上身穿黑色工作服，下身着偏黑的裤子。通过公寓的监控录像确认，此人在公寓大门前，用门禁对讲机和四〇六室取得联系后进入公寓，并被拍到了走进电梯到四楼的身影。目前无法判断此人究竟是认识被害人，还是装扮成了工作人员。他特意用工作服把头部包得严实，就是为了不让监控拍到脸部。在离开公寓时也是如此遮掩，他让亚美走在身前，自己则将工作服遮住脸部，跟在其后。应该是用刀具威胁鸨矢亚美，强行从房间里带离。众多目击者说过'因为太暗，看不清脸'。"

八十岁的老年男性，用刀具绑架了年轻女性？

佐坂在心中嘀咕着。

一般来说，这是祖父和孙辈的年龄差，但也不能断言案件中有怨恨或因痴情引发的纠葛。当今社会的老年人，生理和心理都渐趋年轻化，不管到多大年龄，男人永远不会对女人失去兴趣。

被害人和他的妻子，究竟谁才是真正的袭击目标？

"根据目击者证言，绑架所使用的车辆是一辆轻型货车，颜色为藏青色。距离停车点几米的便利店和二十几米的'柏青哥'的监控拍下了该货车的影像，但车牌号被污泥遮挡，看不清。"

"照车牌系统呢？"

主席台旁边有人提问。只见科长有点答不上话："系统还在解析。不过，那个车牌无法读取……"

话到最后有点含糊其词。

这时听见有人吸了下鼻子。

见没人发言，科长咳嗽一声继续说道："我继续讲下去。那个，没有在现场发现鸫矢亚美的手机，暂时认定是凶手带走了。而且应该处于关机状态，所以 GPS 无法定位。"

搜查小组的分组工作直到会议结束后两小时才开始进行。

和佐坂湘预想的一样，他被分到了取证组。所谓取证组，也叫证据管理小组，主要按照被害人的社交圈、有利益往来的人、亲人、朋友等顺序，一一筛查。

他的搭档也如他所料，正是北野谷辉巳。

"喂，干活了！"北野谷火速卷起资料，敲打着佐坂肩膀。果然，类似打招呼的问候语一句都别想听到。

"大家一起开这种会，简直就是浪费时间。吃饭和上厕所等下再说，马上开干。这是你说的'四十八小时黄金时间'。"

4

佐坂和北野谷坐上电车，往千代田区方向赶去。

"首先，我们需要收集被害人的信息。从被害人的手机使用记录来看，有一个人与被害人通话频繁，且经常在 LINE（即时通信软件）上互动。此人是被害人的男性同事，名叫绵谷。要从这家伙那里尽可能多地获取这对夫妇的信息。"

"嗯。"佐坂点点头，不敢说"不"。

鸨矢亨一工作的建筑事务所位于一栋办公楼的三楼。佐坂和北野谷被带到一个贴有'多功能室'的房间。房间内尽管并排放着长桌和折叠椅，还是显得空荡荡的，十分冷清。

"真可怕。"绵谷脱口而出。

从绵谷的表情来看，他确实受到了惊吓。也许是没有睡好的缘故，绵谷的眼睑处有点肿，两眼充血，看起来和亨一差不多年纪，只是少白头多了点，显老。

鸨矢亨一在自己家里被刺杀的新闻，电视和网络已经在昨晚报道过了。但是警方还未将鸨矢亚美的绑架案透露给媒体，关于这件事，搜查主任有自己的判断。

"请问，你和鸨矢亨一是怎样的关系？"佐坂问道。

"怎样的关系？同事一场。不过，我和他在学生时代就认识了。"

"学生时代，是高中还是大学？"

"读大学的时候认识的。鸨矢和我同在一所大学攻读建筑学专业。"

绵谷口中的大学，是一所有名的私立大学。北野谷立马解锁自己的手机，检索那所大学是否有建筑学专业。

佐坂用余光扫到了北野谷确认的手势，继续问道："从认识起就一直来往至今是吧。那除了工作关系以外，你们私下会出去玩吗？"

"出去玩的话，其实最近很少。我目前单身，而他是有家室的人，最多就是工作结束后一起去开心地喝一杯。"

"你认识鸨矢的太太吗？"

"这个嘛，他们结婚的时候邀请了我，而且我还去他们的新居玩过。"

"印象如何？"

"是一个开朗大方、给人感觉很好的女性。让人觉得她能把任何事情都做得井井有条。"

"井井有条？具体是指什么？"

"嗯……怎么说好呢？"绵谷思考着，"就说细节方面吧，她会将事情安排得井井有条。例如，规矩地拿筷子，与别人爽快地打招呼，及时说'谢谢'……可以说家教很好。我想表达的是，像她这样的女性，放在现在的社会可以说很少见吧。"

"家教很好，是吗？"北野谷直起背来，问道。

"那么鸧矢亨一的家教呢？"

"什么意思？"

"他的家教也很好？"

"我不明白你问这个是什么意思。"绵谷面露不快。

北野谷并不理会："我刚才查过了，你们这所大学的建筑学专业，偏差值[8]达到六十四，也就是全体考生的前百分之八，很厉害，说明从小就得去好的培训班补课，然后从好学校毕业，才能轻松通过考试，没错吧？"

"警察先生，我也好、那家伙也好，都不是你说的那样。对不住了，跟你期望的不一样。"绵谷的语气明显比之前急躁，"那是一所有着独特学费借贷制度的大学。这是它美丽、迷人的地方，因此，学校才会有很多穷苦学生。"

"那么，你和鸧矢在毕业后还要还助学贷款？"

---

[8]　日本对于学生智能、学习能力的一项计算公式值。在日本的高考中，各大学在录取学生时，常常用偏差值评价学生的学习能力，并且作为录取的（常常是唯一）标准。偏差值与试卷难度无关，也与考试人数无关。偏差值在 50 以上，属于较好成绩；偏差值在 60 以上，可以上较好的大学。

“当然了。”

“难不成你们现在还在继续还款？”

“是啊。有时在工作上得到奖金后会提前还款。不过也快还完了，又不是什么看不到头的数额。”

“原来如此。我可以认为鸨矢也是同样的情况吗？也就是说，他结婚的时候是有债务在身的？嗯，这事他妻子知道吗？”

“这个……”绵谷有点接不上话，“我认为应该知道。鸨矢是那种一定会在婚前阐明自己优缺点的家伙，只有全都说明白了，才会步入婚姻。”

“这都是你的想象，你从没听鸨矢亲口告诉过你吧？”

“你这不都是废话嘛！像这样刨根问底地问别人的隐私，即使是关系再好的朋友也很失礼，不是吗？”绵谷有些生气，面色泛红。

北野谷点了点头说道：“不好意思。如果让你感到不快，恕我失礼。”

说完，他向佐坂使了个眼色，不得已，佐坂只得把话茬儿接过来，继续问：“现在换我来问你几个问题。鸨矢先生的助学贷款，差不多还有几年能够还完？就算是猜测也没关系，请你回答一下。”

“哦，那现在允许我猜测了？”绵谷吐了口气，似乎是在平息自己的怒气，“他还款的进度跟我差不多，或许比我更快些。估计用不了三年吧。就像我之前说的，鸨矢在结婚前也曾提前还过几次款。”

“明白了。恕我才疏学浅，我们不太清楚一级建筑师的平均薪酬在什么水平。按照你们的薪资水平来看，那并不是一笔还不起的贷款吧？”

“那肯定。”绵谷果断地回答。

当然这个情况还需要再去证实。不过在佐坂看来，实际情况应该跟绵谷说的差不多。贷款金额没有影响到正常的生活开支，不是造成家庭不和的导火线。

"对了，刚刚你说自己还去他们的新居玩过，在你看来，鸫矢夫妇的生活状态怎么样？"

"非常正常，而且看起来很幸福。公寓的日照充足，家里整理得干净整洁，看上去没有任何问题。"

"鸫矢亨一先生和亚美小姐结婚前交往了几年？"

"两年左右吧。听说他们是在陶艺同好会上认识的。"

"同好会？"

"就是面向社会人的同好会，在文化馆举办的活动，制作一些壶，还有餐具之类的，之后还会参与市里举办的展览会。"

"啊，陶艺呀。"佐坂附和了一句。

实话说，这对佐坂而言完全是个陌生的领域。要是知道这对夫妇是怎么相遇的，就能找到他们共同认识的人。

"交往了大约两年，然后结婚。那他和亚美小姐开始交往以及婚后，你觉得鸫矢有什么变化吗？"

"有。那家伙居然戒烟了。"绵谷脱口而出，"鸫矢从学生时代开始就是个老烟枪。他倒不是不能喝酒，只是不喜欢。不玩老虎机，不赌马，没轿车，也没摩托车。他总是说：'烟草是我唯一的嗜好，只有这个是戒不掉的。'然而，就在认识亚美不久，他便彻底戒烟。据说亚美天生支气管不好，我当时很惊讶，他为了一个女人竟把曾经信誓旦旦说不会戒的烟给戒了。"

"花钱方面呢？男人要是有了女朋友，往往会在女朋友身上花很多钱。"

"没有，那家伙真的是相反类型，我认为他是勒紧裤腰带过日子。他从交往开始，就是冲着结婚去的。一边还助学贷款，一边不停地存钱。"

"哦！"佐坂点头赞同，继续问道，"你听鸫矢先生抱怨过老人吗？像和近邻有矛盾、发生交通事故，或遗产纠纷之类的？"

"老人？没有。"绵谷不停地眨眼，"从没听说过他和谁有矛盾，那家伙相当温厚老实。他要是遇到什么棘手的事情，一会定找事务所的顾问律师讨论。我们顾问律师的横向关系网很厉害，会给我们介绍各种领域的优秀律师，'财产纠纷找这个人''想离婚找那个人'。"

"这样啊。"佐坂不再问下去。绵谷说起话来没有半分迟疑，看样子不像是在说谎。

北野谷直起上半身，代替佐坂继续问下去："鸫矢亨一先生从什么时候开始吸烟的？"

"啊？"绵谷眉头紧锁，就这一瞬间，脸上表露出警戒和不信任。

北野谷挠了挠头："也没什么，就是听你刚才说鸫矢先生是一个处事非常认真的男人。考进偏差值六十四的私立大学，并申请了助学贷款完成学业。二十六岁就通过了一级建筑师的考试。对吃喝玩乐没有兴趣，用钱也具有规划性。只有那句'从学生时代开始就是个老烟枪'，让我觉得有些特别。"

"……抽烟又不犯法吧。"

"当然。便利店和超市都可以买到。"北野谷耸了耸肩，"我们又不是管教不良少年的部门，只是想找到杀害鸫矢先生的凶手，所以要全面地了解被害人。至于问他从多少岁开始吸烟这个问题，可没有指责的意思，这么解释你应该明白了吧。鸫矢先生是进入大学之后开始吸烟的，还是之前就开始了？"

绵谷盯着北野谷看了片刻，过了一会儿，紧绷的肩膀松弛下来，说道："应该是很早的时候，在读大学以前。"

"确切来讲，大概是多少岁？"

"这个嘛，比起我来说应该更早，可能小学五六年级的时候吧。"绵谷自嘲般地笑了起来，挠了挠头。

佐坂这时候第一次注意到。他的指尖和指甲已被烟油子染得严重发黄。

这是在农村老人手上经常能看到的指甲。要变成这样，得抽 Peace 和 hi-lite 这类尼古丁和焦油量含量高的香烟长达数十年。绵谷才二十九岁，指甲就变成了这样，烟龄至少有十五年。

绵谷似乎是在辩解："请别误会，这并不是他的错。"他停顿了一下，继续说下去，"非要讲的话，那家伙的生长环境不好。香烟就放在他随手可及的地方。就算吸烟，身边也没有大人骂他。说到底，一个小学生，如果家长能满足他的物质和精神需求，根本不可能伸手去拿烟。话说回来，你们不要因为香烟这种东西，就对他先入为主。"

5

佐坂和北野谷两人再次坐上电车。

两人握着车内拉手环，并排着随车摇晃。非通勤时间段的电车很空，但他们不习惯坐着。

"被害人的指甲也被尼古丁染成那样？验尸的时候没有注意。你是在看照片的时候就已经确认了这点？"佐坂轻声问道。

"非常夸张的颜色。因为我从不吸烟，所以很在意。"

北野谷看着车窗外的风景，回答道。

"我故意引他发火，让他情绪不稳定，不过这个同事的证言没什么破绽，大致上可以采信。至于被害人生前的一些事情，你看，这位朋友即使真的发火了，也要袒护被害人，说他是个好人，说他处事认真优秀，但家庭环境不怎么好。而绵谷在评价阿亚使用筷子的动作时提到了'家教很好'，这种下意识的对比很具有参考价值。"

搜查小组内部用"阿亚"这个暗语来代替鸧矢亚美，因为目前还不能百分百确定她是被绑架的受害人。另外，小组称呼从现场离开的老人时使用暗语"阿对"，就是搜查对象的意思。

现在，巡逻队一边在半径五公里的范围内展开搜索，一边派三名搜查员在被害人的屋内等电话，毕竟有可能接到嫌疑对象打来的要求赎金的电话。

不过到目前为止，固定电话和鸧矢亨一的手机都没有接到过这样的电话。

"阿亚的父母呢？"

"已经顺利联系上了。今天上午，他们已经去了当地的警局，现在应该快到搜查本部了。"

两人在确认身旁没有其他乘客的情况下，压低声音叽叽咕咕地聊着。

"他们并未反对两人结婚？"

"嗯？"

"假设被害人的家庭环境不好，无法想象阿亚的父母会举双手赞成这门亲事，也许他们到最后会为了夺回自己的女儿而刺杀女婿。虽然这个想法过于离奇，但也不排除有这种可能。"

"也对，要我是父母，挑选女儿的结婚对象时必须慎重考虑。不可能养育了二十几年，白白嫁给一个没用的男人跟着吃苦。"

"嘿，你可别这么说，北野谷，你不是单身吗？"

"滚蛋！你这家伙不也是单身啊。好了，不要胡乱假设了。"他把五官扭成一团，没好气地吐出一句话。

北野谷没再说什么。佐坂俯视着站在身旁的他，怎么看北野谷都要比身高一米七五的佐坂矮十厘米以上。

警视厅在警察录用考试的时候设有身高体重限制。虽然最近有传言说，要在全国范围内逐步废除这种限制，不过在佐坂通过录用考试的时候，确实明确规定"男性身高达到一米六以上，体重达到四十八公斤以上"，北野谷应该正好踩在红线上。

以这个身躯，跟黑帮打交道时也能起到震慑的效果，真是令人敬佩。

佐坂心中嘀咕着，将视线转回窗外。

随着列车前进，窗外的景色不断变换。也许是梅雨季节的原因，落在公寓住宅墙壁上的雨渍非常明显。在阴霾的天空下，整个世界看起来非常沉闷。只有透过树篱瞥见的那一抹蓝色矢车菊拥有一种奇妙的鲜艳，但那抹蓝色也于瞬间失去踪影。列车疾驰着，前方林立的广告牌从右至左飞速划过视线，消失在身后。

列车滑进车站，视线里尽是灰蒙蒙的一片。

耳际传来列车员播报站名的声音。

陶艺同好会"陶和"的教室位于杉并区文化馆内，这是一个会员超过三十人的大团体。入会费为月付，一周开展两次活动。课程分为手工成模和电动陶轮，各自分为初级、中级和高级。鸫矢夫妇共同参加的是电动陶轮中级课程。

"我看到电视里播放了，被害人真的是那位鸫矢先生吗？确定没看错人吗？"

这名同好会中级课程的女性负责人神情紧张，肩膀绷得紧紧的。

"您和鸫矢亨一先生是什么时候认识的？"佐坂开口问道。

女性负责人流露出不安的眼神，显得忧心忡忡："从他来我们同好会开始，差不多四年前吧。"

"他和亚美小姐是谁更早入会的？"

"亚美更早一点吧，大概早一年。亚美现在在你们警方那里吗？应该是在等待亨一先生的遗体解剖吧。那她大概什么时候回家？之后会有葬礼吗？如果亚美没有意见，我愿意尽我所能提供帮助。"负责人越说身体越往前倾。"不好意思，搜查刚开始，现在无法告知具体时间。"佐坂伸出手示意对方冷静，"您觉得鸫矢夫妇为人怎么样？"

"这个嘛……两个人都很普通，极普通的好人，不是那种会卷入恐怖事件的夫妇。"她讲话时有点语塞。

"亨一先生是个极其认真的人，话不多，虽然感觉有点不太习惯和女性交流，反而感觉他更真诚。……亚美很开朗，是个人见人爱的女孩。"

"听说您在鸫矢夫妇的婚宴上作为新娘的朋友代表发言了？"佐坂说出了从绵谷那里打听到的消息，"当时您还谈到了两人初次见面时的情形。能不能告诉我们，他们夫妻俩是如何一步步建立恋爱关系的？"

"嗯，嗯，可以。"女性负责人点了点头，"两个人是在一次展览会的庆功宴后变得熟络起来的。他们回家的路线正好一致，所以宴会结束后，亨一先生提出送亚美回家。第二天，亚美给我发了短信，称赞亨一先生'给人感觉很好''很温柔'。我记得我当时就有预感，他们俩应该是有了什么进展。"

"在那之后，两人就开始谈恋爱了是吗？"

"开始一段关系没那么容易。最初的两三个月里，他们只是通过邮件和 LINE 进行交流。我想捉弄一下她，就问她：'你和鸨矢先生发展得如何了？'没想到她满腹惆怅地回答：'我也没什么可说的，反正我觉得他也不讨厌我。'我心里咯噔了一下。"

"那就是说，鸨矢先生在那个时间点上，对亚美小姐兴趣不大？"

"不，恰恰相反。无论谁都能看出他对亚美有着一颗炽热的心。但是，他不知道如何邀请亚美，感觉很没有自信。我们在一旁看着也只能干着急，亚美在感情这方面是个害羞的女孩。"

负责人的语气已经逐渐放松，佐坂抓紧追问："那他俩谈恋爱的契机是什么？"

"这个嘛……"负责人欲言又止，"这个，其实我在婚宴上差点说了出来。我在这里跟二位警官说的话，请你们保密，千万别泄露出去。"女性负责人给佐坂提了个醒，才继续说下去，"实际上，当时在同好会内，有个男人一直纠缠亚美。"

"纠缠？跟踪狂吗？"

"我觉得倒不至于是跟踪狂，但给亚美造成了困扰是千真万确的。对方的年龄也相差太远了。"

"年龄相差太远？"佐坂重复了一遍，眼神瞥了瞥旁边的北野谷。他在克制自己的情绪，尽可能以平静的声音问道，"您说年龄相差太远，是差多少？"

"那人是退休了才来同好会的，大概六十六七岁的样子。"负责人脱口而出。

佐坂内心有点失望。这个年龄与目击者描述的年龄不符。嫌疑人是六十几岁的可能性不是没有，但只能说明他比看上去的要老。

负责人继续往下说："亚美无论对谁都很热情，又懂礼貌，深受老人们的欢迎。那个男人一定是误解了亚美的热情。对于一个二十多岁的女孩子来说，六十多岁的男人比她的父亲还大，说句不好听的，都可以做她的爷爷了，根本不可能成为恋爱对象吧，但男方可能并不会这么想。"

"怎么说？"

"据说亚美是个被祖父宠大的孩子，因此她总是对老人们很亲切，嘴里经常说：'他们和我祖父去世时的年龄相仿……'过马路的时候，她会帮助年纪大的人，坐电车时也会让座。这样的温柔与礼貌反而给她招来了怨恨。虽然她在被纠缠、跟踪的情况下十分苦恼，但她说绝不能对老人恶语相向。即便如此，他们两个也是不可能在一起的。"

"那么解救亚美于水火之中的，就是鸨矢亨一先生？"

"没错。"她点点头，表示佐坂猜对了，"他尽量和亚美一起回家。如果对方非要跟亚美讲话，他会上前打断他们，俨然一副守卫亚美的架势。也就是在那段时间，两人的关系终于有了进展，那个老人反而成了亚美和亨一先生的丘比特，虽然这么说有点不太恰当。从此，二人的关系就热络起来，经过几次约会，正式开始交往。"

"那个纠缠亚美小姐的老人，现在还是同好会的会员吗？"

"不是了。自从两人开始谈恋爱后，他就立刻退会了，毕竟没脸在这里继续待下去。虽然感到过意不去，但继续挽留他也不太好，于是我们的老师就受理了他的退会申请。"

"原来是这样啊。"佐坂点点头，这些信息需要再核实，"听说他们俩交往了两年左右就结婚了。谈恋爱期间吵过架吗？亚美小姐有没有找您商量过什么？"

"没有，恋爱谈得很顺利。"

"婚宴呢？婚宴办得顺利吗？出席婚宴的人里有没有谁比较可疑？"

"可疑……"

负责人眉头一锁。佐坂一声不吭，等待她继续说下去。

"倒也谈不上可疑……"负责人换了种语调继续着，佐坂从她的表情和表达中发现她有些跑题，"就是我觉得出席婚宴的男女双方亲友人数有点不平衡。从比例上讲六比四，不，七比三吧，亚美家的亲友来得更多。"

佐坂思考着，他认为这样的比例可不是"有点"不平衡。

"您能告诉我出席婚宴的都有哪些人吗？"

"亚美这边有从小学到大学的朋友，以及公司的同事；同好会的会员包括我在内有三人；亲戚的话，父母都来了。亨一先生那边是大学朋友和同事。还有，呃，是……母亲吧。"

这名女负责人不太擅长说谎，在提到鸨矢亨一的母亲时，很明显语塞了。

北野谷见势，立刻抛出问题："他的母亲，是不是'可疑的人'？"

"啊，没，没，没这回事。"负责人慌忙地摆了摆手。

"真的谈不上可疑。只是亨一先生的这位母亲让我感到非常意外。"

"意外是什么意思？"

"怎么说呢……打扮得花里胡哨的……比较健谈。"女负责人的话时断时续，似乎有什么难言之隐。

北野谷不再说话，佐坂也跟着停下了提问。三个人陷入了尴尬的沉默。

负责人考虑再三，最终从包里拿出手机，在屏幕上刷动多次，然后将手机递给佐坂。"这是在婚宴上拍的集体照，前排最左边的就是亨一先生的母亲。"

看了照片，佐坂理解了刚刚负责人的话。

照片里是一个浓妆艳抹、染成金发的五十多岁的中年女性。作为新郎的母亲出席婚宴，却穿着一条开衩连衣裙，裙缝几乎开到了大腿根部。大量饮酒后，整张脸红彤彤的，她站在新郎的一位男性朋友身边，娇媚地倚靠在他身上。而另一边应该就是新娘的父母，父亲着黑色婚礼正装，母亲着黑五花纹的和服礼服。与之相比，新郎的母亲丑态毕露。

"我觉得她一定是因为儿子结婚了感到孤单，所以当天纵情地喝了不少酒。"女负责人很注意措辞。

"他们并未反对两人结婚？"佐坂的脑袋里回想起刚刚来的路上问北野谷的问题。

倘若被害人的家庭环境不好，很难想象阿亚的父母会举双手赞成这门亲事。

"谢谢。"佐坂将手机放回负责人的手里。她松了口气。

佐坂继续问道："对了，'陶和'有八十岁左右的男性会员吗？"

"啊？没有啊。"突然提出的这个问题让负责人瞪大了眼睛，感到惊讶。

"我们这里年龄最大的是一位七十四岁的女性，男性中最大的是六十八岁。"

"您有纠缠亚美小姐的那个会员的照片吗？我想尽可能确认一下他的长相。"

"请稍等，我去拿一下文化馆的会刊。"女性负责人站起身来。

两分钟不到，她就回来了，指着会刊上的彩色照片说道："这是三年前拍的照片。这位是最年长的。然后，这位是……拜托两位警官，请一定保密，千万别说是我告诉你们的。这位就是纠缠亚美的堀老先生。"

佐坂瞄了一眼，马上就觉得不是。

无论哪一个看上去年龄都不大于七十五岁。不但没有比同年龄老，浓密的黑发更显年轻。不过以防万一，佐坂还是决定带走会刊。

"这本会刊可以让我们带走吗？"

"嗯，请便。这个是我们免费赠阅的。"

佐坂道谢后，将会刊放进文件夹中，再次向负责人问道："文化馆内总共有多少个举办活动的同好会？另外，适合年龄层偏大一些的同好会也请告诉我。"

"现在正常举办活动的同好会大概有十三四个。要说年龄层偏大的同好会，应该是俳句或者围棋吧。"

"你们平时和这两个同好会有交流吗？"

"几乎没交流。除非同时和水彩画同好会与书法同好会参展，才会互动一下。"

"明白了。那么，他们有没有和其他同好会的同人发生过纠纷或争执？"

"我认为没有，不过我也没把握。"女性负责人果断地回答。

佐坂心想：今天差不多就到这里了。就在这时，身旁的北野谷缓缓开口问道："最后，能不能让我们看一下鸫矢夫妻的作品？"

"啊？"

"陶艺实物也行、图片也行，能不能让我们鉴赏一下两位的陶艺作品？"

"哦，好，有的。请到这边来。"

负责人从椅子上站起身来。

"这两个都是去年秋天参展的作品。"佐坂蹲在橱窗玻璃柜前，身后响起女负责人的声音。

鸫矢亚美的作品是单只花瓶。纤细的瓶身为纯白色，瓶口施以金彩装饰。

佐坂是个门外汉，无法判断眼前的作品是好是坏。虽然不懂，但还是能感觉到这个作品有着女性特有的优雅。

"左右几乎完全对称。"北野谷评价道，"作品缺乏感性，但整体效果还算协调。看样子是出自一个有常识、有智慧的女性之手。非常经典的作品。"

"你懂陶艺？"

"你问我懂陶艺？你把我的兴趣忘了？"

"啊……哦，唉，我想起来了。"佐坂小声回答，声音里夹杂着一声叹息。

鸫矢亨一的作品是一个绿色的茶杯。不懂陶艺知识的佐坂一眼看出这是个好作品。北野谷的评价却很犀利："这家伙完全没有自我表现欲。既然特意花钱入会学习，就应该创作出一些放飞思想的作品。但他始终没有突破自我，而是选择了这种不显眼的颜色和造型，一味地套模板。做出这种作品，恐怕连他自己都不喜欢吧。这个男人智商很高，修补的技术也很巧妙。但是，往深层次看，他对自己的评价很低。"

佐坂听了这话，觉得北野谷讲得过分了。负责人双眼圆睁，盯着北野谷看。

佐坂心想：自己今后的人生应该不会去学习陶艺。万一去学，也绝对不会把作品给北野谷看。不，把他当成私交的对象也不行。

最后，两人要来了纠缠鸮矢的"堀"的联系方式，离开了文化馆。

6

堀退休前是某公司的职员，皮肤因为常年打高尔夫而晒得黝黑，肩部和上臂的肌肉紧致，但肚子上依然有明显的赘肉。

"孩子们都已经独立了，现在我和妻子两个人生活。"堀笑着说。他和妻子两人住在五室两厅的公寓里，悠闲地过着隐居生活。

鞋柜上放着巴利和菲拉格慕的鞋子，墙壁的角落上挂着 MAJESTY 的高尔夫套装。

这里的提问交给北野谷了，佐坂负责记录。

北野谷可以扮演居高临下的长者，也可以扮演献媚的小丑，这回他做了后者。堀慢慢地上了套，北野谷即将剥下他的假面。

"一般来说，你不喜欢就说不喜欢呀。女人真是狡猾。"堀愤慨地说，"一旦情况有变，她们迅速扮演成受害者的角色。亚美真的约过我。她约我出去，后来当她有了另外的男人时，就改变了主意。为什么女人会是那样的？生了一张连小虫都不敢杀的脸，想来真可怕。嗯，我看到新闻了。鸫矢君真的是碰到灾祸了。这么一想，我觉得我的运气还不错，避免了一场厄运，没有和一个疯女人扯上关系。唉，这也算是不幸中的万幸。"

说完，堀叹了口气。紧接着继续道："你为什么要说是我强迫她呢？警察先生，您太不解风情了吧。不是说女人嘴上说'不'，其实就是'要'的意思吗？"

堀不由得发出一声冷笑。

"她嘴上说讨厌我时，有几分是真不耐烦，又有几分是一种策略？我觉得关键要弄清楚这点。如果被拒绝一次就退缩了，这种男人是废物。况且，女孩子一般比较早熟。在亚美这种女孩子的眼里，像我这样的成熟男人是很有魅力的。我还有一双慧眼，能看透想要在我面前逞强的人，这可是我终身受欢迎的秘密哦。"

佐坂听了这番话，有点呆若木鸡。

根据会刊上的资料显示，堀现在六十九岁。这个岁数的人嘴上刚说完"你不喜欢就说不喜欢"，转而又说出"女人嘴上说'不'，其实就是'要'的意思"，"像我这样的成熟男人是很有魅力的"。说起这些话来没完没了。但北野谷忍耐着恭维眼前的堀。

堀依然滔滔不绝，不过很快，他开始用带有阴郁的语气说话："你们想想，到我这把年纪了，人生唯一没做的事情就是恋爱。"

他本身眼睑下垂，这让表情看起来更严肃。

"我跟妻子是通过相亲结婚的。我的意思不是说相亲不好，在那个年代相亲很常见。在父母的介绍下，和一个门当户对的女孩结婚，生两三个孩子，觉得出人头地就是人生的乐趣。……但是，我即将步入古稀之年，才觉得人生是一场空。唉，哪怕这一生中只有一次也好，让我爱上一个可以为她付出生命的女人。"

堀说完，眼神呆板地望着自己家里的天花板。

"我们那个年代啊，为了奉献社会，卖命工作到粉身碎骨。我想得到奖赏，至少想要一个美女作为回报，这种愿望是一种奢望吗？"

在堀高谈阔论将近一小时之后，佐坂和北野谷起身告辞。

就在两人准备走的时候，堀仍然直言不讳地说道："我们是迷失的一代。拼命工作，义无反顾地奉献社会。唉，从来就没碰到过什么好事。"

"去他妈的，开什么玩笑。"北野谷拉着电车内的拉手环，随车摇动，嘴里骂着人，"拿着退休金逍遥自在的老人，居然有脸说'从来就没碰到过什么好事'。他这是在影射什么？讨厌什么？说梦话就睡觉的时候说。他们这代人正好赶上泡沫经济，够占便宜的了。狗屎，啊，称他们是狗屎还侮辱了狗屎。"

"北野谷警官，请你冷静一点。"佐坂语气委婉地劝说。

堀确实是个令人感到不快的男人。言行举止，还有态度都让人觉得很气愤。他对一个年龄可以当自己女儿甚至是孙女的女性谈论"人生唯一没做的事情是恋爱""为了社会卖命工作，想得到应有的奖赏"……把自己的想法强加于别人身上。这种行为让佐坂想起了杀害姐姐的男人。

佐坂脑中又浮现出将自己和北野谷一道送出玄关的堀的太太。她和油腻的老公形成鲜明对比，是一个消瘦、不修边幅的女性。

"佐坂。"北野谷开口道。

佐坂看上去还是一张苦瓜脸，不过语气已经平静了很多："怎么了？"

"到刚才为止，我一直认为这出绑架戏有百分之七十的可能性是阿亚在自导自演，但现在我得改变这个想法了。"北野谷的眼睛死死地盯着前方。

"阿亚那种女人会轻易被又好色又愚蠢的老头盯上，她是一个不懂人世险恶的老好人。从案发现场逃走、关掉手机后失踪、装成被绑架的样子，她不具备做这些事情的坏脑筋。"

"那么，我们可以百分之百相信阿亚？"佐坂略微带惊讶地回答。

"不。"北野谷摇了摇头，"我只是从零开始考虑整个情况。目前看来，一半一半吧。"

"我想也是。"

佐坂点点头，他认同北野谷的观点。目前搜查才刚开始，搜查人员不能相信任何与案件有关系的人，以免自己被蒙蔽双眼而失去理智。像菅原那种新人尚且不会，何况是北野谷。

"话虽如此，我之前都没意识到。"佐坂轻声对自己念叨。就在刚才还对堀带有个人情感，这点需要反省。佐坂并不想完全抑制感情，毕竟愤怒和嫌恶在搜查过程中也是必要的。但是，个人感情会产生不必要的成见。

—— 必须努力克制自己，不能为情绪所动。

佐坂的牙齿咬着脸颊内侧的肉。

两人回到警局后，佐坂立刻跑去中乡组长那里汇报情况。

"组长，取证一组有两件事汇报。"佐坂翻开记录，报告今天的成果。

中乡组长"嗯嗯"地附和着，连连点头。

"和区域调查组的报告相比，没有大的出入。目前来看，没有发现鸨矢夫妇有明显问题。邻居从未听到他们夫妇之间有争吵声，也没有人上门追债，更没有和近邻有纠纷。"佐坂说道。

"不过，阿亚是容易被叔叔辈的人盯上的类型，这算是今天的一个收获。嗯，阿亚被评价是可以成为'职场之花'的人，她是一位优秀女性，温柔且坚强。在这样的女人面前，没有哪个叔叔辈的人不心动。"

佐坂叙述的声音很平静。他继续说道："阿亚在一家旅行代理商那里工作，负责营业事务。工作中接触各式各样的人，与客户之间有可能会发生什么。"

"没错。那种长相，盯着她的男人恐怕不止一个两个。作为旅行代理商的工作人员，必须得有亲和力，而对女性展露出营业性微笑产生误解的男人，无论哪个时代都不少。"

中乡组长用手摸了摸光秃秃的前额。

"很好，总之，我先去和科长汇报。至于追踪对阿亚有爱慕之心的老头这条线索，等我汇报完了再说。她丈夫，就是那个被害人，他的客户、职场纠纷同时也调查起来。哦，还有被害人的过去。小湘，你刚才的调查报告里提到了被害人的家庭背景不好，就算现在品行端正，过去也有可能是个无恶不作的小混混。"

"明白。"佐坂点了头，"对了，被害人的手机里查出什么了吗？"

"没有，菅原他们去调查了，没有发现。"中乡组长耸耸肩说道，"邮件和LINE的聊天记录里没有出轨的信息，也没有约会网友及招妓的记录。而且，被害人每天在回家前都会准时用LINE给阿亚发信息：'我现在在回家了，要带点什么回来吗''我今天早回家，跟你换一下，我来做饭怎么样'……简直就是新时代模范夫妻呢。"

佐坂没有理会中乡组长的最后一句调侃，继续问："信用卡的催款通知以及游戏氪金的收据邮件呢?"

"哦,游戏啊,这方面我完全不懂。据说,现在上了岁数的大人也会冲动地在游戏账户中充值相当大的金额。我觉得,这个世界已经彻底疯了。"

中乡组长手一挥,向着佐坂身后大喊一声:"喂!菅原。"

菅原一溜小跑过来。

组长指着佐坂下巴说道:"麻烦你把手机里读取的内容再跟小湘从头到尾说一遍。比起我有一句没一句地说,还是你说更方便,先从和游戏有关的话说起吧。"

菅原低下头行了一礼,嘴里说道:"明白了。"

"我们从被害人的手机里发现他下载过很多游戏类 App。不过,游戏的种类都是免费的智力游戏和怀旧游戏,没有充值记录。被害人并没有对游戏表现出很大兴趣,只是在通勤的空闲时间玩一下;此外,也没有信用卡公司的提醒邮件或电话记录。

"社交媒体方面呢?"佐坂问道。

菅原立马回答:"被害人用真名登录脸书和 Instagram(照片墙),阿亚只有 Instagram 账户,他们两个互相关注。后来,他可能不喜欢上网冲浪了,也可能是因为工作忙碌,反正结婚后几乎没更新过动态。而阿亚最近的更新是在上周六,内容以阅读、美食和旅行为主,配图是冰激凌和新推出的咖啡菜单等,和食物相关的内容占了七成多。"

佐坂当场问菅原要来了两个人的账号。

他自己不在网上发动态,只有供浏览的游客账号。为了之后确认,暂且先收藏一下。

菅原继续说道:"鸫矢亨一的……被害人的手机是 A 社的,现在已经移交给搜查分析中心。另外，从放在客厅里的信封内找到的明细单来看，阿亚手机绑定的通信运营商是 D 公司。我们已经和 D 公司取得了联系，拜托他们将通信记录和数据尽快给我们。"

"很好，辛苦了。"佐坂称赞道。

菅原的工作做得滴水不漏。之后就是请 SSBC（搜索引擎）技术支援组将鸫矢亨一删掉的邮件、照片以及通话记录等复原，看看是否能找到可疑的点。

佐坂将自己的手机放入内侧衣袋里。

与此同时，走廊里响起了"啊"的一声大喊。近似惨叫，不是一个年轻的女声。具体在呼喊什么听不清楚，其中还夹着劝说的声音。

中乡组长苦笑道："那个声音就是被害人的母亲发出的。就像小湘你刚才听到的，这是一位个性十足的母亲，应该已经年过五十，头发染得金黄金黄的，穿了一条几乎可以看到底裤的迷你裙来确认遗体。从菅原开始，她不断用色眯眯的眼神看着这里的年轻警员，唉，头痛。"

"阿亚的父母到了吗？"佐坂问道。

菅原边关心走廊的情况，边回答道："一小时之前到了。主任下了命令，不要让他们和被害人的母亲碰到，所以就安排在另外一个房间。"

"好的。"佐坂点头认同，心想：果然是资深的搜查员，非常擅长处理这种事情，毕竟现在双方的关系势同水火。

"这样吧，小湘，你去跟被害人母亲稍微聊一下怎么样？"中乡组长用手托着下巴，说道。

"我吗？这不，我这边取证组还要外出……"

看着面露难色的佐坂，组长摇了摇头，说道："不是让你取证，只是去安慰一下遗属，听她说说话而已。而且，我们局里深受熟女喜爱的帅哥警员就数小湘了。你又没到菅原那种年龄，你这么朝气蓬勃，可不是油腻感十足的大叔。去吧，尽可能让那位熟女心情愉快一点。"

"……我可没什么自信。不过我明白您的意思。"佐坂点头应允。

视线的远端，佐坂看到北野谷站了起来。他还是老样子，从不做汇报，也不交流分享情况，静静地守在能听得见谈话的位置。

"交给你了。"中乡组长朝两人挥了挥手。

7

鸨矢亨一的生母，名叫鸨矢美玲。目前在中野的饮食街上一家名为"抚子"的小酒馆做女招待。通常像她这么大年纪的人，都已经拥有自己的店了。

"我和店家因为预付款问题发生过争执，所以去年我就降级成了小妈妈 [9]。"鸨矢美玲没有一点羞耻感，毫不隐晦地说道。

这里顺便提一下，美玲这个漂亮的名字是真名，不是花名。美玲的母亲也是靠陪酒为生的，据说她给女儿取这个名字是为了今后不用再为取花名而烦恼。

"太平间那里，您已经……"佐坂本想继续问，"去了吗？"但只听美玲插话道："亨一也是个笨蛋，都是因为和那个女人结了婚！"

美玲咆哮着："那个女人，就是个瘟神。从看到她的第一眼，我心里就清清楚楚地明白。你也好好记住,那种长着一张连虫子都不敢捏死

---

[9]　小妈妈在日语中表示在夜总会等娱乐场所中，地位低于老板娘的第二把手。

的脸蛋的女人是最恐怖的。你别想知道她肚子里装的是什么坏水。……唉，我应该让儿子多玩玩女人的。老娘失败啊，没让他对女人免疫，才让他爱上了那个傲慢的小贱人。"

美玲讲得唾沫星子横飞，下一秒又哭了起来。

面对啜泣的美玲，北野谷一言不发地将纸巾盒递过去。美玲毫不客气地抽出三张，她擤了擤鼻子，发出巨大的声响。擦花了的睫毛膏，弄得眼睛周围都是黑色的。

"您刚刚说的瘟神是什么意思？"佐坂用沉稳的声音问道，"是不是亚美小姐的行为举止，在你看来有可疑的地方？"

"可疑，就是可疑，全部是疑点！她总是盯着男人们的眼睛，走路的样子也是阴阳怪气的。她还假装是一个有品味的人，让人感到恶心。她阿谀奉承，嘴上叫着'妈妈、妈妈'，实则看我的眼神就像看一堆垃圾。我告诉你，像这种越是看起来清纯的女人，她们的生理需求就越大。那个女人有一个诱人的大屁股，呸，真下流。要说那个大屁股，说是年轻的时候堕过两三次胎，我都不会感到惊讶。"

关键是，这些话好像也没指出什么具体的问题。

听完这番话后，佐坂又尝试着从不同角度试探了美玲几次。

"这是女人的直觉。"

"这是长年累月积累的经验，你懂吗？！我从没见过这么坏的女人！"

无论佐坂怎么试探，美玲就是用这种模棱两可的话来回答。

"对了，喂，那个女人现在在哪里？已经逮捕她了吗？"

美玲一只手将纸巾揉成一团，将身子靠了过来。鼻子周围的妆容也花了，露出黑色的毛孔。

"你认为是亚美小姐干的？"佐坂问道。

"啊？你在说梦话吗？老公被杀，凶手是老婆，那不是理所当然的吗？这种世界普遍的规则，傻子都知道。"

"那亚美小姐谋杀亨一先生的理由是什么？"

"这个嘛，这个……我儿子小气，存私房钱。"美玲的鼻子皱了起来。

"别误会，我们家亨一可是我的骄傲。我也不知道他这方面遗传了谁，只要给他书读，他就安安静静的，完全不需要人操心。别人家的小鬼哇哇哭叫，净瞎闯祸，我的孩子完全不一样。他从四岁开始就一个人待在家里，一个人吃面包、换睡衣，乖乖地钻进被窝睡觉，是个孝顺的好孩子。要说唯一的缺点，就是因为穷，显得有点小气。"

美玲哼哼地笑了两声。

"诚实守信，归还助学贷款。明明那种东西存在诸多漏洞……这孩子虽然学习好，但并不是真正意义上的聪明人。他不知道怎么灵活用钱。那些靠着辛勤工作、一分一厘攒下来的钱，被那种女人一说就全都砸在了结婚戒指、婚宴上面。啊！啊！真是个愚蠢的孩子，好不容易考取了那一级什么师。不孝子啊，全都糟蹋了啊。"

佐坂内心嘀咕着："其实这几句才是真心话吧。"

美玲最不能忍的，就是儿子给自己以外的人用钱。

谈到婚姻，钱像流水般外流。就像美玲刚刚说的，结婚戒指、婚宴、新婚旅行、搬新家的搬家费还有买家具等，这些都是用钱的地方。再加上如果生了孩子，花费更是要以几百万日元为单位计算。不光是养育费用和学费，培训班及读写技能的学习都要花钱，每个季节添置新衣服和鞋子也是必要的。为了跟朋友之间有话题，还要让孩子接触流行的游戏和音乐，给他买手机，时不时得来一场家庭旅行。

如果是这样，亨一的生母美玲的地位就是次要的。令她自豪的儿子——这位一级建筑师赚来的钱，基本上都被他的妻子吸走了，像美玲这样的女人，是绝对不会放过儿媳妇的。

"喂，快点告诉我。你们到底逮捕那个女人了没有？"美玲紧绷着脸，敲打着桌子，"你不告诉我的话，我今天就坐在这里不走了。到底有没有把那个女人关进牢里？"

"请你冷静。"

佐坂对美玲做了个冷静的手势，心里却是一筹莫展。如果让美玲知道亚美从现场消失，至今下落不明，那她一定又要大喜过望，大叫："我说的吧，看见没有，还不快发全国通缉令！"

"对了，您去太平间了吗？确认过您儿子的遗体了吗？"

美玲哽咽住了。刹那间，泪如雨下。

面对情绪波动巨大、无缝切换喜怒哀乐的美玲，佐坂感到疲惫。过了一会儿，他对着再次大声擤鼻涕的美玲问道："现在还和亨一先生的父亲有联系吗？"

"……不联系。已经三十年没见过面了。"美玲压低声音回答道，"没必要。见了也没什么用处，他甚至都不知道孩子长什么样。"

美玲的语气又变了，她用平静的声音说着。

美玲的母亲也是夜总会的女招待，她连自己生父的名字都不知道。母亲在二十多岁的时候和一个调酒师同居，这个男人一得知美玲母亲怀孕的消息立刻就逃走了。结果，美玲自己的孩子也成了没有父亲的人。

令人意外的是，亨一长成了品学兼优的好孩子，这令美玲深感欣慰，同时她也后悔让亨一从小吃了不少苦头。如果可以重来，可以回到亨一的孩童时光，她也许会给他更多的爱和关心。

"谁又能想到会发生这样的事，不可能想到啊。"美玲擦擦眼泪，说道。

"谁能想象我儿子突然被杀？退一万步，亨一要是进我那个圈子，他就知道了。这个孩子，直到进大学前，都是个正儿八经的孩子。对他来说，他觉得遇上的都是正面的好事情。我跟他偶尔也会争吵几句。我的一贯想法是毕竟母子一场，随时都可以改善关系……"美玲抬起头来，"喂！逮捕那个女人了吧？已经逮捕了，是吧？"

她的脸色一变，眼睛充血，双眼鼓起。

"绝对是那个女人干的！你见到那个女人，千万别被骗了。而且，她一定还有共犯，共犯绝对是年轻的男人。可怜我的亨一，遭到这种祸害。警官们，求求你们，早一秒也好，快点将那个贱女人处以死刑。"

在走廊的尽头，放着一台自动售卖机。

佐坂选择了加入牛奶的摩卡。他按下了按钮，接着北野谷选择了乞力马扎罗黑咖啡。

"你怎么看？"佐坂轻声问北野谷。

"情绪波动过于激烈，她不是个值得信赖的证人。但我们也不能完全忽视女人的直觉，她可是常年从事皮肉生意的女人，肯定有看人的眼光。有可能她说的是对的，阿亚长着一张天使的脸蛋，却有一颗恶魔之心。"

北野谷吹着热咖啡，嘀咕了一句："坏肚子里生出好东西。"

"嗯？什么意思？"

"我的祖母出生于北海道，这是那边的方言，是句俗语。'从憎恶的儿媳肚子里生出了心爱的孙子'，这么说非常过分，但也很现实。据说，在涉及婆媳关系时不需要逻辑。只要有了孙辈，无论出生在怎样的女人身边，婆婆们都会深爱着孙辈。相反，从婆婆身边夺走儿子的女人，无论这个媳妇长相如何、性格如何，都会被婆婆一股脑儿地恨之入骨。"

"这么说，你认为是婆媳之间的争执导致了这起不幸的杀人案件？"

"美玲像是会这么干的人。她一怒之下刺伤了儿媳妇，最后把儿子也卷了进来，这么一想就说得通了。"

"嗯，有可能是一怒之下干出来的事。"佐坂湘点头同意。

"不过这次的犯罪，包括绑架阿亚等整个作案手法，太有计划性了，与鸧矢美玲的个性不符。又是准备车辆，又是将阿亚的手机关机，那个女人可不具备做这些事的头脑。如果她真能做到这些，那个从案发现场离开的老人得是共犯吧？"

"莫非那老人和美玲是情人关系，又或者有什么利益关系？"

北野谷抬了抬下巴，示意坐到自动售卖机边上的长椅上去。

佐坂向北野谷点头施礼，在他身旁坐了下来。

北野谷拿出自己的手机说道："在你和那个贪财婆婆说话的时候，我发现了阿亚的推特账号。我用她的 Instagram 账号在推特上搜索，同样的字母序列再加上阿亚的生日，发现了她的推特账号 —— MIA@ 战斗的兼职主妇。这个账号被害人应该是不知道的，上面写满了对婆婆的抱怨。"

佐坂的眼神扫视着眼前的手机屏。

"今天婆婆又来攻击我了。在公寓门禁口闹了差不多一个小时才回去，我已经开始精神崩溃了。我想哭。"

"婆婆埋伏在我下班回家的路上。我以为她会伸手打我，但她贴在我的身旁，嘴里反复地说：'离开我的儿子，滚！滚！滚！滚！'这是什么？是诅咒吗？太难熬了。"

"还好丈夫是我坚强的后盾，我还能忍耐。即使这样，我偶尔也会对这场婚姻感到后悔。如果当初和一个双亲正常的男性结婚就好了……"

"难怪，这些当然不能给她丈夫看。"佐坂认同。

北野谷将手机放回口袋。

"好像和阿亚有相同遭遇、婆媳关系不好的主妇们都互相关注了，大家彼此安慰。只看公开部分都是这样的论调，其他的还得去查看 DM（Direct Message）[10]。"

"没错。科长已经提出了申请，让情报技术解析组联系推特公司。"

佐坂点了点头。

"喂，我说你这个'破案迷'，过去有没有遇见过类似的事件？"北野谷问佐坂。

"如果是普通的婆媳矛盾，全国到处都有。但是，婆婆不仅杀了自己的儿子，甚至有计划地绑架自己的儿媳，这种案件过去有吗？"北野谷补充道。

"在我的记忆里没有这样的案件。"佐坂答道。

"要说婆婆杀死儿媳，最先让我想起发生在平成十四年（2002年）札幌的那起案件。婆婆给儿媳下了安眠药，抓住她的头部狠砸楼梯，致其身亡。但是，那起案件的性质与本案相反，是儿媳不断折磨婆婆，婆婆实在忍无可忍才进行了反击。他们的家庭氛围相当糟糕，就在案

---

[10] DM 是著名微博客 twitter 中的常用语法之一。在 twitter 上，两个相互关注的人可以发送只有对方才能看到的私密信息，具体的语法如下：DM（不区分大小写）+ 空格 +twitter 用户名 + 空格 + 私密信息内容。

件发生前一年，婆婆甚至企图拉着儿子一家一起自杀。"

"那么婆婆虐待儿媳的案件呢？"

"平成四年（1992年），一位婆婆被发现溺死在浴缸里。这一家是三代同堂，大家低头不见抬头见的，很容易引发矛盾。儿媳每天生活在婆婆的嘲讽、挖苦之下。有一天，婆婆当面辱骂儿媳，一句'把孙子给我，你滚出这个家'成了儿媳心生杀意的导火索。"

"这就是引火烧身。别的还有吗？"

"平成十六年（2004年），在茨城，一位祖母用绳子勒住两个孙子，最后被判处杀人未遂，动机是'想给儿媳点颜色看看'。据那位祖母说，她觉得除了大儿子以外，其他孙辈都和自己不亲近，让她很不满意。"

北野谷弯了弯嘴角："这都是些一眼能分清谁对谁错的事件。然后，被折磨的一方最终都做出了反击。最后的一个案件稍微有点微妙，恐怕那个祖母一直深信自己是'被欺负的人'。"

"不好意思，没有太大的参考意义。"佐坂遗憾地说。

"不，可以借鉴这些事件的思维模式，所以阿亚自导自演的可能性依旧不能完全排除。当忍无可忍的女人进行反击时，哪怕是有血缘关系的亲人也会成为连带报复的对象。"

"对婆婆的反击手段，就是阿亚杀死亲夫？被害人可是站队阿亚这一边的。"

"毕竟他们是亲子关系。而且单身母亲一个人带大孩子很辛苦，母子间总会有羁绊。不过，具体在什么时间节点翻脸就不知道了。"

"是，是啊，你说得对……"佐坂含混地回答道，眼神落在了咖啡上。

第二天一早，又是个不见阳光的阴郁天气。

晨间搜查会议分秒不差地九点准时开始。

佐坂作为取证组的代表，汇报了被害人亨一的同事和同好会女性负责人的证言，以及亚美和婆婆之间关系恶劣到一触即发的地步等情况。

接下来是司法鉴定组的报告，依次汇报了从马克杯上提取的唾液成分和鸩矢夫妻的血型一致、从室内采集到多处指纹和纤维等线索。

媒体组还听取了亚美双亲的话。据亚美的母亲说："我是反对这门婚事的。""亨一是个稳重、温柔的人。但婚姻是双方家庭的结合，如果只有亨一本人好的话……""我对亚美说过'如果你无法忍受，随时都可以回家'，现在这种年代，离婚又不是什么见不得人的事情。""一定是亨一的妈妈雇人干的，有可能是盯着保险金。拜托警官们，请以最快的速度找到我们家亚美。"

接着，区域调查组得到了新的目击信息，有人目击到了绑架亚美的老人。

"推测为八十岁左右的男性，上身穿黑色工作服，下身着偏黑的裤子。"到这句话为止，基本和第一次会议的内容一样。

"将女人强行塞进车的时候，目击者看到了老人的侧脸：右侧脸颊有一颗浅茶色的大痣，这颗痣长得像地图上南美洲的形状。"

目击者是备战升学考试的初三学生，案发当天从补习班回家。估计他刚好学习了地理知识，这份证词表述具体，真是难得。

搜查会议结束后，佐坂和北野谷两人马不停蹄地离开了警局。

他们的目的地在目黑区，那边住着亚美从学生时代就很要好的亲友，目前正在休产假，二十四小时在家。

佐坂在电车上利用 Instagram 查看了美玲工作的小酒馆"抚子"。

正因为这家酒馆的女招待们的平均年龄很大，所以，光顾的客人们的年龄层也很大。从上传的照片上看，有几位顾客少说也有七十五岁，但是没有发现右侧脸颊有痣的客人。

另外，小酒馆"抚子"的账号还关注了美玲个人的 Instagram 账号。佐坂也一并浏览了一下。

照片里展示的基本上是她们在店里穿的花哨服装，还有在美甲店做的美甲，其中还夹杂几张美玲的自拍照和她母亲的照片。——美玲的生母，也就是亨一的外婆。

佐坂凝视着照片里的老妇人。她的外貌非常老，看上去长年不注重保养，曾经是一个美人，如今却看不出一丝一毫的痕迹。黄灰色的头发垂在她那张皱巴巴的脸上，腰部已经弯曲了，看起来已经超过了八十岁。人若是老到这种程度，很难区分出是男是女了。

——佐坂发现自己跑题了，赶紧拉回思绪，他发现这个老妇人的身高应该不到一米六。

因为照片是从左侧拍摄的，看不到右侧有没有痣。不过，就身高而言，充其量一米五左右。

那么，她作为美玲的共犯也不是不可能。

八十岁的老妇人，要是拿着刀，也是有可能绑架一个二十多岁的年轻女人的。如果她打算将日后的时间全部压在亨一身上，那么亚美的存在就是一道障碍。

如果把亨一也杀死，那将是一个额外的损失。不过，或许老妇人对见钱眼开的美玲承诺"我们可以平分亨一的遗产和保险金"。

佐坂陷入沉思，这时，身旁传来一声微弱的来信提示音。

北野谷收到一封邮件。他从口袋里取出手机，查看内容。

几秒钟后，北野谷将手机屏放到佐坂的眼前。

佐坂下意识地看了眼邮件，几乎就要叫出声。

邮件上写着："在寄到'白根高地公寓'的快递盒中，发现了一根从根部切断的左手小指。这根手指的主人暂时被认定为鸫矢亚美。"

第
三
章

1

丹下薰子感到非常恐惧。

在薰子二十四年的人生中，从未体验过如此巨大的恐惧。薰子出生于一个平静安稳的家庭，在极其安稳的环境中长大。她的外公与生父都是律师，这职业听起来就很有钱，但二人不为利益所动，时常接一些既不会给他们带来金钱又不会带来声望的案件，并且免费为当事人提供帮助，四处奔走。薰子的母亲在家从事翻译工作。年长五岁的哥哥是公司职员，也是两个孩子的父亲。父母和哥哥一家住在千叶县翻修后的老房子里。

薰子一个人在东京生活，是某大学研究生院的社会学研究生，目前读二年级。

硕士生当然要比本科生忙得多，不仅要完成实际业务的实习，每月还要至少上交两次研究报告。遗憾的是，薰子完成得实在太慢，每每都是过了截止日期才上交。

那天傍晚，薰子坐着摇晃的巴士回家。她看着窗外，像往常那样在脑中拼凑着报告。

　　从研究生院前面的公交站上车，经过几个站口，到达公寓附近的车站需要二十分钟。时间已过晚上六点，车窗外已经染成了一片暗红色。远处的天空布满鱼鳞状的晚霞，粉色和橙色晕染在一起，但很快藏青色侵蚀天空，夜幕降临。

　　薰子轻轻地叹了口气，心想：唉，要是这次还不能在截止日前上交报告……

　　如果晚交一天，就别痴心妄想拿到 A^+ 了；要是晚交三天，不管报告的内容如何，直接给 C 以下的成绩。虽然 E 以上就算及格，但薰子并不想得 D 和 E，因此，到目前为止还没出现过晚交四天以上的情况。

　　然而，在过去的三个月里，薰子一次都没见过 B^+ 以上的成绩。她暗下决心，必须在季节变化之前挽回目前的局面。这样一想，薰子更焦虑了。其实迟迟不能压线上交报告的原因，薰子自己心里也很清楚。她总是想着写出风趣且与众不同的东西，正因为此，她下笔的时候一直显得过于紧张和踌躇。

　　薰子算得上是优秀的硕士生，然而，只能是"算得上"的程度。她没有闪光的才华，也没有打动人心的聪明才智。正因为对自己有清晰的定位，也就不想再逞强做超出自己能力的事。

　　薰子下了车。

　　车站正前方有一家投币式洗衣机房，旁边是便利店。薰子每天的"任务"就是在回公寓之前去这家便利店。

　　就算没有什么特别要买的东西，她也会复印报告的资料、扫描资料保存、在 ATM 机上取钱、支付公共事业费……反正总有些事情要做。就算有时没有特别的目的，薰子也会盯着新发售的甜面包看上一会儿。不知不觉间，去便利店这儿成了薰子释放压力的仅有方式。

"欢迎光临。"

穿过便利店的自动门，与面熟的泰国女店员相视一笑。

薰子先在放杂志的架子边上翻了会儿杂志，又向饮料架走去。

看着货架上的酸橙味气泡碳酸酒，薰子有些犹豫，她在心里对自己说"就当是报告写完后的奖励"，然后将两罐酒放进了购物篮里。

卖便当的地方并列放着新发售的意面 —— 奶油龙虾土豆意面改了配料，增量之后重新进入了市场。

买还是不买？薰子有些苦恼。

加入龙虾的奶油意面是薰子非常喜欢的食物。不擅长做菜的人，要利用蟹罐头和冷冻的龙虾做出餐厅的味道是比较难的。而且，最近便利店卖的意面，比起那些味道普通的餐厅更加美味。

不行，还是买吧。

薰子说服自己的理由是今天早上才吃完剩饭，而且干面已经没了。虽说出门前已经预约了电饭煲自动煮饭功能，晚上七点就可以开饭了，但等一下早点回去，取消预约就可以了。

就在薰子准备要将装有气泡碳酸酒和意面的购物篮放上收银台的瞬间，一股声波向她冲击而来。

"呀！"只听一声尖叫。

发出这声尖叫的并非薰子，而是泰国店员。

由于尖叫声太刺耳，薰子一个踉跄，脚下踩空。购物篮顺势从手腕处掉落，差一点就和收银台前的货柜撞在一起。

不知为何，首先映入薰子眼帘的是站在收银台前的店员的脸。只见店员双眼圆睁，用手遮在嘴前看着她。薰子这才慢慢地转过头去，看着她撞到的人。

一位老人。

身材比薰子略微高一点，是个身材矮小的老爷爷，看起来八十岁左右。由于驼背，他的头部向前倾斜，一头黄灰色的头发，衣服脏兮兮的，右边脸颊上有一颗浅茶色的大痣。

"对不起，对不起。"薰子下意识道歉。她知道其实是对方撞上了自己，但是，"对方是年纪大的老人，我得谦让着他"的思想占据了上风。

接着，薰子想着迅速将掉落在地上的商品捡起来，便立刻蹲下身子。同时，她感觉到老人也蹲了下来。薰子心想，这是要帮忙一起捡吧。就在这么想的瞬间，老人伸出那只瘦到皮包骨的手，没有去捡掉在地上的商品，而是直直地伸向薰子，眼看着就要触碰到她的胸部了。

薰子下意识地向后一闪，不承想和老人近距离四目相对。

老人在笑，布满皱纹的嘴唇扭曲着，露出油腻的、肮脏的、七零八落的牙齿。

向前伸出的五根手指，在离薰子胸部前一点的地方停了下来，开始慢慢蠕动，做出揉捏的动作，老人始终笑眯眯的。

薰子全身起了鸡皮疙瘩，感觉像是被浇了一头冷水。这时她意识到老人是故意撞自己的，他那带着嘲讽的眼神比任何东西都能说明问题。

薰子慌忙将地上的商品放进购物篮，急急忙忙起身，将购物篮放在收银台上。

"快帮忙叫个男人过来。"

为了让老人听到，薰子特意大声叫店员帮忙。

"拜托了，主控室内有人在吧，快帮我叫一声。"

"啊，好的，好的。"店员匆忙打开主控室的门，呼叫着，"店长、店长。"

这时候，薰子转过身去，背靠收银台，双眼直瞪着老人，她怕老人从背后一把抱住她。老人并没有步步紧逼，而是面带笑意，慢慢地向后退去。

店长从主控室里走了出来。此时，老人突然转身逃跑。令人意外的是，他的动作十分敏捷。眨眼间，老人就跑出了便利店，身影越来越小，最后消失在夜幕中。

薰子被这突如其来的一系列动作惊呆了。

"那个，您好。"

听到店长的声音后，薰子才缓过神来。泰国店员紧紧地躲在店长身后，嘴里反复念叨着："色狼、色狼！老爷爷色狼！"

"那是个变态？要叫警察吗？"

"哦，不，算了……没事了。其实，他并没有直接碰到……"薰子摇了摇头。

是啊，并非直接被害，警察也不会特意来处理性骚扰未遂。薰子早就有这方面的经验。高中坐电车上学时，很多女学生几乎每天都会被痴汉触碰身体，即使有车站人员的帮助或者警方出面也无济于事。

"罐头都摔瘪了，我重新拿一罐给您吧。"店员向薰子投以抱歉的笑容。

2

当天的晚饭就是那盒掉落在地上的奶油龙虾土豆意面。

薰子将那罐摔瘪的气泡碳酸酒也一并买了下来。当店员表示给她换一罐的时候，薰子坚持表示"没事，没事，不用换了"。薰子知道残次商品替换是要记录在便利店手册上的。这种情况下，她不想给别人带去麻烦。除了薰子天生性格如此外，还受到了家庭教育的影响。

警察、教师和律师的孩子，必须比别人更加在意周围人的眼光。 —— 薰子从小就是被这样教育的。

世人对这三种职业的要求本身很严格，对其他的孩子可以睁一只眼闭一只眼的事情，放在警察、教师和律师的孩子身上就是不行。不想在背后被人说闲话，这些孩子只能比大部分人更加谦虚谨慎。

手机响了。

薰子瞥了一眼来电号码，是老家的固定电话。

"喂，薰子吗？"电话那头是嫂子，不是母亲。

薰子注意自己尽量不发出失望的声音，礼貌地回应："嫂子好，好久不见。"

"好久不见。对了，两周后是我大儿子的生日，我准备开一个派对。薰子，你看情况能来吗？哦，没空的话，不来也行。硕士生可忙了是吧，你也没个车，要是特意为了回来一趟，一大早就得坐快速列车。"嫂子在电话那头喋喋不休。

薰子心想：明白了，明白了，不来就是了。

把嫂子刚刚电话里讲的话翻译一下就是："你这个小姑子就是个讨厌鬼，别来了。但是礼物你得叫个快递送过来。"

哥哥和薰子一样，是个老实胆小的男人。和嫂子交往之初，一直非常被动，后来是因为嫂子怀孕才结的婚，说白了就是奉子成婚。

再后来和父母一起居住，将老房翻修，这些事情都是嫂子主导的。

"我想为孩子们存点钱，把外面租房子的钱省了。""为了钱，就算家庭氛围局促点我也可以忍受。"这些话都是嫂子曾经直言不讳地说过的。

打一开始，父母在嫂子面前就处下风。父亲作为律师是很优秀，但有点远离俗世，母亲从小被当作大小姐培养，不经世事。因此只要嫂子把孙子当成挡箭牌，老两口就一点办法都没有。

薰子从第一次见到嫂子，就立刻被对方当作了仇视的对象。双方不约而同地觉得"她不是个善茬儿"。在那次聚会上，嫂子踩到薰子的脚后依然表现得若无其事。婚宴的时候，她专门请了摄影师，但合影里没有薰子。

事后，嫂子还说"要是小姑子乱入了镜头，那这一生中最重要的一天就毁了"，薰子听后惊讶万分。

一想到家里有那种嫂子支配着，肯定住不舒服，于是薰子趁着考上研究生的机会，开始独立生活，完全脱离了家人。

在碰到红白喜事的时候，薰子即便回去，也不会住在老家，而是事先预订一家商务酒店。中元节和年末的时候，薰子也会错开节假日，在家庭餐厅[11]和父母一起吃个饭，然后当天返回东京。连给侄子侄女的红包，也是委托父母转交。

所以，嫂子完全没必要把薰子当成眼中钉肉中刺。这回还专门打个电话过来，薰子真的感到厌倦。

不对，她的用意是催我给侄子买礼物，她应该不会开口让我汇款吧。就在薰子还在为这事担心的时候，"咔嗒"，外面传来声响。

---

[11] 在日本，一些居住在两三层日式房屋的居民，会把自己房屋的一楼用来经营餐厅或大众食堂。还有一些人会租赁这样的房屋开餐厅。二楼及以上用作生活起居。

薰子肩头一紧，条件反射地回过头，朝着传出声音的方向望去。

不是房屋本身的响动，也不是从隔壁传来的响声。

貌似是从阳台那里传来的。

薰子将通话调成免提，轻放在桌上。她不动声色地站起身来，蹑手蹑脚地靠近落地窗，窗户被窗帘挡着。这间屋子在二楼，周围也没有高大的树木或栅栏供人翻越。

莫非？薰子稍许将窗帘掀起，向外窥视。没有人影，感觉不到有人的迹象和视线，而且声音也没了。

薰子这会儿放心了。

她自己也笑了，觉得是自己想多了。只是偶然碰到了一个奇怪的老人，自己却神经过敏。可能刚刚只是吹起了一阵风，让晾衣杆摇摇晃晃地发出了碰撞声。

开着免提的手机里持续不断地传出嫂子的声音："那个，你的大侄子说他想要买游戏道具，我不可能同意买这东西。那孩子明年也要上小学了，我想着再不去找一些智力方面的课外培训班是不行的，你说是吧？所以呢，我就想给他的未来做一些投资……喂、喂，薰子，你在听吗？你到底在听吗？"

3

两天后的清晨，薰子再次遇见老人。

那天是周三，有课。薰子从车站坐上开往学校的公交车。

由于上学时间和通勤高峰期错开，这个时间段的公交车很少会拥挤。薰子将 PASMO（东京圈一带的私铁线路）交通卡放在票箱读卡器上，然后坐在窗边的单人座上，这个位子几乎成了薰子的固定座位。

薰子想在到校之前听一听上次讲座的录音，便准备从包里取出耳机。突然，她的手停了下来。

她缓慢移动视线，她看到了 —— 在便利店撞到她的那个老人正坐在前方斜对面的位子上。

那个位子是横向的长条座椅。这绝不是错觉，他明显将身子对着薰子的方向，抻长着脖子凝视着她。

黄灰色的头发和脸颊上的痣，甚至是衣服都和前天所见时相同，绝对不会错！不知道他的 T 恤穿了多久，原来应该是白色的，眼下都脏成了黑色。

为什么？ —— 薰子脑子里最先浮现的是疑问。为什么他会出现在这里？为什么他盯着我？

接着薰子的心里涌现出一股沉甸甸的恐惧感：“我不认识那个人。”

在薰子的记忆里也不曾遇见过他，那这个人到底为什么要跟着我？是因为在便利店里撞了他？但是，无论怎么看都是对方撞的我。他盯上了我，故意和我产生身体接触。

想到这里，薰子愕然。

难道就是从那一撞开始的？

薰子想到有一种色狼，他们专门潜伏在店里随机对遇见的年轻女性实施骚扰，又不把这种行为当成一回事。按照目前的情形来看，好像不是这么回事，难道一开始就把我当成了目标？不对，应该还是在便利店被盯上的。

薰子不断思考着。

今日的气温虽然不高，但薰子的发缝间已经开始渗出汗水。

她闪过一个念头，想要请求驾驶员的帮助，但内心有个声音告诉她："这不是什么都还没发生吗？"向驾驶员寻求怎样的帮助？难道自己去跟驾驶员说，前天在便利店撞到的一个老人现在正在车厢里盯着我看，想让驾驶员出面阻止他继续看？这简直太荒唐了。要是这么说出口，自己反而会被当成脑子有问题。

薰子又感觉到了对方的眼神。她选择背过脸去，将耳机塞进两耳，闭上眼睛，与外面的世界完全隔断。

整个车厢有将近十名乘客，即使人再多，这种情况谁都不会插手。薰子这么想着，同时意识到那种灼热的视线依然盯着自己，她试图将全部注意力集中在耳机里的讲座内容上。

公交车停在了大学前，薰子一如往常在这站下了车，老人并未一同下车。薰子用手轻拍了下胸口，这才放下心来。

眼看着公交车驶向远处，薰子心中自嘲起来，可能真是敏感过了头。住在相近的地段，去那家便利店购物也不是什么奇怪的事；就算刚才搭乘同一辆巴士，也一定是偶然；即使他盯着我看，没准心中想的是：这不是上次在便利店撞到的那个盛气凌人的女人吗？虽然令人感觉不好，但也许这一切并非是有预谋的。

"唉，我想知道这是否就是我不受待见的原因。"薰子嘴里念叨着。

自从搬到东京后，薰子还没交过男朋友。有男性朋友，也有关系不错的男性后辈，但是，大家并没有往更深层方向发展的想法。

"现在不仅要找能够在一起吃饭的朋友，差不多也到了必须寻找约会对象的时候了……"

唉，怎么还在想这些乱七八糟的事情，还有一堆刚刚才确认课题的报告在等着自己呢，再不去找资料又要惨了。薰子心中暗暗骂着自己，加快了步伐。

和预想的一样，回家的公交车里没有出现老人的身影。

薰子心想，果然和自己想的一样。坐在车上，她再次对自己的想法表示认同。薰子坐在倒数第三排的单人座上，暗自发笑，自己近来可真是太过敏感了。

不是到处都有性骚扰的老人，虽然那个在眼前揉捏胸部的动作令人不快，还有被撞到以及被凝视的感觉都让人耿耿于怀，但是，才二十出头的年轻人和老人的思维方式是不同的。听说昭和时代之前是没有性骚扰这个概念的，要让现在七八十岁的老人改变传统的思维方式显然不是一般的困难。

况且，有可能还是一位阿尔茨海默病患者。考虑到老人的年龄，还真有这个可能。如果他是患者，自己就更没有理由指责了。

事到如今才想到这点，薰子觉得很羞愧。作为社会学专业的学生，应该从社会学观点出发，真正做到"关注和保护残疾人和高龄者"，她为自己的胆小以及欠妥的思考感到羞耻。

"我真是没用。从小被教育'要谦虚谨慎'，到头来什么都没学会，只会简单考虑自己的想法，思维和视野都变窄了。之所以写不出好的报告，原因就在这里吧。"

内心深处自我检讨了一番后，薰子下了车，走进便利店。

突然，薰子整个人仿佛被冻住了。

眼前，就站着那个老人。

他在笑。他的脸颊浮现出一丝冷笑。他站在杂志架前，带着嘲笑凝视着身体完全僵住的薰子。

薰子还没给自己思考的时间，身体就下意识地动了起来。她迅速转身离开刚进入的便利店，头也不回，撒腿就跑。

她心想还好穿着平底鞋，要是穿了浅口鞋或者夏日凉鞋，就不可能像现在这么跑了。

薰子跑到接骨医院招牌旁的小路右转，一路跑到小路尽头再左转，看到干洗店门口的树丛，躲了进去。她蹲下身来，颤抖着从包里拿出手机。

薰子想先躲五分钟，如果五分钟之后，老人没有追过来，自己就从树丛里出去，跑回公寓。

结果，薰子在那里待了十二分钟。

进出干洗店的客人无不向薰子投去异样的目光。就算干洗店的员工透过窗户向外张望，薰子依然没有起身。

一位干洗店员工走出来跟她说话，她才下决心站起来。薰子随便找了个借口，涨红着脸离开店门口。

薰子快步走着，心里质问自己到底在干什么。其实，她心里清楚老人没有对她做出任何事情，仅仅就是出现在自己要去的目的地，没有造成任何实质性的伤害。

可就是令人觉得恐怖。

恐怖，令人作呕，令人厌恶。

薰子厌恶那双眼睛，厌恶那个笑容，感觉要看透自己似的，那种带着轻蔑的笑容。最重要的是，薰子从那个老人的身上感觉到一种不可预知的伤害。

到目前为止，薰子还没有感受过来自他人身上带有的强烈敌意和伤害。

和嫂子的关系确实比较疏远，也曾经被坏同学当成空气孤立了一个月。不过，这些对象都是同性，她们能做的事情不过如此，就算是嫌弃你或者把你当成空气，无非都是精神折磨，比起肉体伤害所带来的恐惧还是要轻一些。

这次情况不同。对方虽然是老年人，但是个男性。

男女不同，就算对方年事已高，但如果他冒犯自己，其实并没有十足的把握可以全身而退。

幸好对方没有从身后追上来。薰子一路小跑，心里决定从明天开始穿运动鞋去学校，裙子也不穿了，只要外出就穿运动鞋和粗斜棉布制的薄款牛仔裤。

穿过一条很短的人行横道，到达公寓楼前，薰子一口气从消防梯跑上楼，气喘吁吁地一手扶着房门，一手开了锁。

她不断注意身后，小心地将门打开。

没有人。没听见爬楼梯的脚步声。

薰子进了房间，迅速把门反锁，还将 U 形锁牢牢地挂上。安全起见，她用手指拨弄了数次 U 形锁和搭扣处，反复确认 U 形锁已经锁上。

薰子脱下鞋子，放好包，终于能喘口气了。她拿出杯子倒满水，仰天痛饮。在一口气喝完后，薰子这才发觉原来自己非常渴。

薰子换上家居服，坐在床头，刷了一会儿手机，一如往常地浏览社交软件中朋友们的信息，回复 LINE，看新闻网站。

终于，她觉得自己冷静下来了。

薰子起身，将水壶放在电磁炉上。等水煮沸了，泡了一杯自己喜欢的浓厚热红茶，红茶里放了两块方糖。薰子小口小口地抿着喝，配着买来的曲奇饼干，胃里温暖起来，糖分将饥饿感消除了，让她感到很安心。

LINE 响起了消息音。

薰子拿起手机，是一个男生后辈发来的。两人不是男女朋友，但会一起去看电影和购物。

消息内容为："风好大，总武线延迟了！你那边公交没问题吗？"

"没事，我已经到家了。"薰子回复，"有件事情想和你说一下，实际上最近我……有一个奇怪的老人在跟踪我……"薰子追加了一条消息。

红茶和糖带来的安心感，让她有心情向别人倾诉。接着，她把在便利店被撞到、早上坐公交的时候被凝视、又一次在便利店里被"伏击"几件事一股脑儿都发送给对方。

"哇，这就是跟踪狂！"后辈回复的消息后面，追加了一个惊讶的颜文字表情。

"目前我还没把对方当成跟踪狂。"薰子采取了谨慎的回复。她不想让对方认为自己是一个拥有吸引力或是容易被盯上的女人。

"不不不，你最好还是不要大意。老人的恋爱纠纷好像真的很多。我经常听在养老院做志愿者的朋友提起相关的事情。男人至死都不会安分，虽然这话听起来确实让人费解。"

后辈的语气极其严肃，同时又很天真。

薰子继续回复："喂，别说什么恋爱纠纷，说得好像我跟那个老人有什么关系似的。"

"我可没那么说，就是担心你。不过说真的，你们家附近有警局吗？将事情向警察反映一下比较妥当。"

薰子考虑着这一提议。

步行到离家最近的警局差不多要二十分钟。如果告诉警察，也许能得到他们的体谅。那里的警察，薰子曾见过几次，和自己差不多年龄。如果是年轻人的话，应该会比较好沟通。

"嗯，好的，谢谢你。"发了一条感谢的信息后，薰子关闭了 LINE，将剩下的已经冷了的红茶一饮而尽。

"电车延迟了，大风……"她嘴里念叨着，朝阳台外看去。

晾衣杆和衣架还是收到屋里比较好。如果被风吹落，砸碎别人家的玻璃就惨了。

向后辈倾诉一通后，薰子感觉心里舒服一点了，一想到向警察反映这一提议，心里也有了一定的底气。

薰子将窗帘拉开了一半。

外面没人。没发现有人从楼下盯着自己。

她打开落地窗，发现有东西掉落在阳台上 —— 一块白色的碎布。

可能是哪户人家洗好的衣物被大风吹落了吧。

"但是，具体是哪户人家的无法判别，要不还是先寄放在物业公司那里吧。"薰子这么想着，捡起碎布，定睛一看，大吃一惊。

是一条男式三角裤。

而且，还是一条没有洗过的男式三角裤。一股恶臭扑鼻而来，薰子大叫一声，将三角裤扔到阳台栏杆外。

薰子迅速跑回屋内，用洗手液打出泡沫后冲洗，一次、两次、十次、很多次……直到手麻木了。

终于，薰子精疲力竭地累倒在洗手台旁。她的眼睛里映射出刚刚看到的那一摊黄褐色，鼻子里闻到的是一股强烈的恶臭。

一定是有人故意放在阳台上的。谁？不用想，能做出这种下流事的人，除了那个人还会有谁。

那个老人。

为什么？薰子又陷入了混乱。

真如学弟刚刚说的，他是因为想谈恋爱才跟踪我的吗？我虽然不认识那个老人，但他曾在哪里遇见过我？然后单方面一见钟情？

薰子长得不丑，但也不是那种惹人注目的美女，放在人群里极其普通。薰子经常被人评价为"人很好""一看就是学习委员"，往好听了说是清纯派，其实就是个朴素平凡的女孩。

所以，自己因为这个原因被跟踪了？

这么说的话，薰子确实曾经听说色狼的目标是那种看上去很老实，不会做出反击的类型。薰子觉得自己被低估了。

薰子心中暗暗发誓，明天一定要去警局报案。她很愤怒，现在已经顾不上那个孤独的老人心理是否舒畅，她只知道自己不想被人耍，不想被人跟踪，不想被人恶意嘲笑。

薰子怒气冲冲，又一次确认了窗户锁、房门锁及 U 形锁。

当晚，薰子的手中紧紧握着手机入睡了。

4

第二天，薰子请假了，没有参加实习。她一大早先去了警局，然而警察的反应远没有想象中强烈。

脸颊上残留着痘印的警察挠了挠脸说道："那个……要我说，事实上什么都没有发生是吧？"顿了顿，又继续说了下去，"他没有让你受伤或者损坏东西吧？这样我们是无法出警的，等你真受到损失时再来行吗？"

说完，警察故意当着薰子的面将报案登记本合了起来。

薰子目瞪口呆，自己好不容易鼓起勇气，还特意请了实习的假到警局寻求帮助，没想到这完全是在浪费时间。

"损，损失有的啊，阳台被人扔了一条肮脏的内裤。"薰子不肯善罢甘休。

然而警察连眉毛都没动一下："嗯，刚刚听你说过了，那证据呢？"

"证据……"薰子喃喃道。哪里还有证据，那东西掉在马路上后，谁知道去了哪里。难道为了将证据交给警察，还得把别人的肮脏内裤保存起来？我可做不到。

"那你至少要用手机拍张照片啊。仅凭你的一面之词，我很难做出判断。在没有证据的情况下就去怀疑别人，那这个社会岂不是冤案成灾了。"

"我——"

薰子很想冲着警察喊出"我当时哪有心思考虑留证据"，但还是忍住了。

证据固然重要，但没有多少人能在直面恶意的时候，还能冷静地想到去录音或者拍照。被骚扰后变得不安、惊慌失措，这难道不是人类的自然反应吗？

"不是有《跟踪狂规制法》吗？"薰子尽量控制自己的情绪，不让声音颤抖，"法律应该对故意跟踪和伏击被害人的行为做出裁决，包括递送污染物,这都是属于跟踪狂范畴的。"这是薰子从父亲那里学来的。

但警察用笔尾再次挠了一下额头:"嗯。话说回来,你和那位老爷子谈过恋爱吗?"

"啊? 你说什么?"

"我的意思是说,《跟踪狂规制法》是适用于男女感情纠缠的法律。如果不是出于恋爱、有好感或是怨恨,我们警方很难用跟踪狂规制法对他人进行违法处理。你现在还要套用这些动机吗? 我看你还没结婚吧,如果不小心引起事端,会招致很多流言蜚语。人家会说你是老头子的情人,会说你跨过父女恋直接搞爷孙恋……到时候大家这么议论你,你还能沉得住气吗?"

薰子再次目瞪口呆地望着警察。

这个人在说什么? 他的态度就是不要把眼前的麻烦当成麻烦,如果不想让事情变成坊间丑闻,就闭嘴。

薰子还没来得及反驳,警察继续道:"事实就是这样。等你真碰到什么事后再来吧。"

警察撂下这句话,做了一个送客的手势。

薰子勃然大怒。因为愤怒,她感觉脑袋充血,视线也变得模糊起来,脸颊火热。她不想哭,但眼角不争气湿润了。

"什么叫真碰到什么事情?"薰子为了不带哭腔,竭力压着自己的声音,"除非我受伤,否则你们不会做任何事情是吗?"这一刻,薰子终于明白了父亲工作的意义。薰子曾经也认为父亲的职业是"站在罪犯的一方,是反社会的"。然而,反抗权势同样重要。律师就是为了反抗权势和不平而诞生的职业。

可眼前的这位警察,完全不把报案者的困扰当作一回事。

"好吧，我们会在你住的那片区域增加巡逻次数。"警察敷衍着说道，再次摆了摆手，"这样总行了吧。警察能做的事，实际也就这么多了。请你理解。"

薰子像个泄了气的皮球，垂头丧气地走出了警局。她早上还在想，如果事情顺利就去课堂露个脸，但现在完全没心思考虑这个。薰子现在就想快点回家，钻进被窝，她的身心都需要休息。

这比起通宵赶报告更令人疲惫。"徒劳"两个字沉甸甸地压在薰子的背上。

这事该不该和父亲商量一下 —— 薰子十分苦恼。

父亲是一名负责刑事案件的律师，曾经多次负责跟踪狂杀人事件。

不过，薰子不想让父母担心。同时，一想到刚刚那名警察说的话，她怕被人认为是个轻浮的姑娘，怕被指指点点。

主要是父亲平时很忙。上周和母亲通话时，薰子得知父亲正在为手头的麻烦案子奔波。一方面是父亲的委托人已经站在无期徒刑的边缘；一方面是自己的女儿被一名老人纠缠，孰轻孰重，答案显而易见。

"回去吧。"正在等红灯的薰子低声念叨，她低头看着水泥地，无意中抬起了头。

就在这时，薰子怀疑起自己的眼睛。她隔着一层玻璃，又看到了那位老人。

老人坐在一辆观光巴士里，透过窗户，笑眯眯地看向薰子。巴士靠站停车。车门打开，乘客鱼贯而出，老人也在其中，他盯着薰子，面带笑容。

"逃！"薰子心想。

但是，无法动弹，薰子的两只脚像是扎进了地里，无法动弹。

就在这时，身后响起了巨大的欢呼声，是孩子们的声音。这尖锐高亢的声音，好似将沉闷的空气撕裂了一个口子。

也因为这些声音，束缚解开了。

薰子转身就跑，她心里计算着跑回警局需要几分钟。这回警察总该相信自己了吧。带着这份笃定，薰子拔腿就跑。

幸运的是，薰子刚刚跑了十几米，一辆行驶的公交车恰巧停在车站旁，车门随即打开。

薰子毫不犹豫地跳上公交车，两腿哆哆嗦嗦地迈上台阶，找了个位子坐下。坐下的那一刻，她突然感觉全身的力气都卸下了。

但是，安心仅维持了一会儿。

车停的时间很长。这时候薰子才意识到，这是一辆上车后支付车费的公交。一些乘客在支付车费时还在犹豫是否上车，有一名中年家庭主妇模样的乘客，在决定下车的时候还换了零钱，正在仔细地一枚一枚数着零钱。

薰子心中默默祈祷快点发车。但老天似乎在和薰子作对，那名主妇慢腾腾地下了车。车依旧纹丝不动。

"上还是不上？"司机向着车外的乘客问道。薰子抻长了脖子望向车窗外，感到绝望。

老人追上了公交，他要上车了。只见他迈开颤巍巍的双腿，费力地登上台阶后，车门关了。

薰子心想：判断失误了。之前就应该继续往前跑，等到彻底甩开老人后再打车回家。

老人坐到了薰子后面。薰子万分绝望。

一股温热的气息吹到了她的颈背上，那是一种可怕的气息，充满了假牙的恶臭。

身后的老人在嘀咕着什么，薰子无法听清楚内容，也正因为听不清楚才感到毛骨悚然。这期间还穿插着阴阳怪气的笑声，进一步激起了薰子的反感。

在下一站停车之前，薰子别无选择，只能忍耐，她脸色发白，身体僵硬。

公交车到站后，薰子跳下车又继续往前跑，她决定在甩掉老人之前，绝不停下脚步。

大约跑了三十分钟，薰子实在跑不动了。她停了下来，身体倚靠在交通灯柱子上，呼哧呼哧地大口喘着粗气。薰子已经很久没有像刚刚这样跑步了，头发和 T 恤都已经被汗水浸湿，沿着脸颊大颗大颗地滴落。她在考虑今晚是否在网吧住上一宿，转念间又觉得不妥。

老人很有可能会追踪到网吧，虽然他不大可能用身份证注册会员，但从外面也可以轻易看到网吧包间的内部状况，他必定会不厌其烦地一间一间扫视过去。而且薰子手中的钱不足以入住商务酒店。最近针对女性专用的胶囊酒店数量在不断增加，不过这附近没有这种酒店，要入住就必须去上野附近。薰子也不想离开公寓太远，如果丢弃的那条肮脏内裤真是老人所为，那么他很早就知道了自己住所的具体位置。如果老人是在自己出门不在家的时候偷偷侵入房内……薰子仅仅这么一想，身上就已经爬满了鸡皮疙瘩。

她后悔没有在平日和邻居搞好关系。这件事要是发生在老家附近，一旦发出求救信号就会有一些认识的人来帮忙。街坊邻居们见了面也都会打招呼："呀，这不是丹下律师的女儿嘛""小薰，你好呀"……

但目前的状况完全不同。无论发生什么，自己都没有地方可以躲，能不能找到可以依靠的人？薰子想了半天，没有答案。

犹豫了半天，薰子还是决定返回公寓，她认为自己的家最安全。就算老人知道住所地址，只要把门锁好就行，毕竟那个老人应该没有力气破门而入。

薰子向着不远处开来的出租车扬起了手。

幸运的是，老人不在便利店里。

薰子将购物篮挂在自己的手腕上，迅速将杯面、罐头、速食品和一些保质期较长的饼干、巧克力，以及冷冻意面和炒饭放入购物篮。

薰子准备把自己关在屋里一周。没办法，这期间只能不去参加讲座和实习了。之后她会与学生会联系，就说自己的老家突发不幸的事情。

没有证据就不能出警？那就保留证据。从今天开始，薰子决定录音录像。到时候把攒了一周的证据交给警察，他们就不会坐视不管了吧。

站在收银台前忙碌的还是那名泰国店员。当她看到薰子的购物篮里堆满了商品时，瞪大了眼睛："怎么了？很少见你买这么多东西呀。"

"我想暂时在家待一段时间。"薰子试着用微笑回应。店员面露同情，低下头对薰子说道："学生党真辛苦。"

5

回到公寓后，薰子第一件事就是给手机充电，现在最能依靠的就是手机了，这个万能工具除了能够录音录像、刷社交媒体，还能报警。

看了下时间，下午一点半。午餐时间已经过了。虽说没有胃口，可还是吃点东西比较好。她将水壶放在电磁炉上，又从塑料袋里拿出一个豆沙面包。

在等待水烧开的这段时间里，她再次检查了锁的情况。

浴室窗户锁好了，阳台窗户锁好了，厨房的小窗锁好了，玄关前的房门在刚才进门的时候也重重地关上了，洗手间只有一个排气扇，没有窗户，其他没有能够进来的地方了。

薰子泡好红茶，就着豆沙面包，草草解决了午饭。之后，她打开笔记本电脑，想要更改报告的课题。

就在几天前，她决定写《边缘化社区》。所谓"边缘化社区"，不仅限于农村，在关东近郊地区，甚至东京都存在。薰子之前一直对这个课题抱有兴趣，充分收集了资料。不过她现在根本不想动笔，无法集中精力思考边缘化社区是什么。

薰子敲击着键盘，将报告的标题修改成了："生存在都市这种巨大共同体中的孤独以及对于遭受犯罪侵害的不安"。

然后一口气写了两千字，一直到她想不出一位有名的社会学家的名字才停下。

看了下时间，已经过了两个小时。

"呼"，薰子松了口气，起身想去给红茶加水，她现在充满成就感，连她自己都不知道什么时候变得这么能写了。她一只手拿着冒着热气的茶杯，一只手稍稍地拉开窗帘。

一瞬间，兴高采烈的心情顿时变了味。

那家伙！

薰子的手紧紧拽着窗帘。

那个家伙正在窗外，他站在电线杆的旁边，直勾勾地盯着薰子的房间。

这会儿已经从怀疑到确信那条肮脏的内裤就是老人的东西，薰子感到一阵反胃。

怎么办？薰子不知所措。就这样放任不管吗？如果什么都不做，也不知道他什么时候会离开。报警？也不行。从今天上午和那位警察的交流来看，压根儿不能指望警察解决这件事，毕竟目前还没有决定性的证据。

啊，对了。

薰子迅速去拿正在充电的手机。她打开通讯录，寻找到学弟的电话。薰子没有使用 LINE，而是直接拨通了对方的电话号码。虽然他家离得有些远，不过如果跟他说明情况，他应该会来的，毕竟他一向乐于助人。之前薰子已经在 LINE 上把事情发生的经过都讲了，现在没有必要再长篇大论。

电话响了四声，学弟应了声"你好"。

"喂，不好意思，我是丹下，你现在在家吗？"

"啊，丹下啊，很少见你直接来电话。我现在在家。出什么事了？"

"其实……"薰子简单把情况说明了一下。

"啊？真的在你公寓外面？你说的那个跟踪狂？"后辈因为情绪有点激动，声音都变样了，"这太危险了吧！你等我一下，我马上就来。"说完他就把电话挂了。

太好了！ —— 薰子将手机紧紧地抱在胸前，闭上眼睛。

如果一开始这么处理就好了。这位学弟原来是橄榄球社团的一员，长得人高马大，十分结实，目测身高有一米八，体重九十公斤以上。如果被这种体格的人吓唬，就算是年轻男性也会退避三舍。

差不多在二十分钟后，学弟赶来了，据他说是骑着山地车飞速赶来的。

"跟踪狂呢？在哪里？还在吗？"

"在，你看，就在那里。"透过窗户，薰子用手指着。

"什么嘛！"后辈笑出了声，"这看上去不就是个病弱的老人？我现在就去跟他讲，警告他以后不要再来了。"

说完，他立即灵活地跑下楼梯。

薰子透过二楼的窗户看着他。只见后辈和老人搭上了话，好像在说着什么。老人对着后辈点头哈腰。

才过了几分钟，后辈就返回了公寓。

"他道歉了，说以后不会这样了。"后辈笑着说，"他说自己长时间独居，很寂寞，想找个对象，但年纪大了不中用，结果找错人了，他还说没想到自己给你带去了困扰，让我代为道歉。你看，他已经反省了。"

"哦，哦，好吧……"薰子含糊其词。

就这样？这件事结束了？

仅仅是因为寂寞就纠缠我？想找一个对象吗？

但是，他为什么把肮脏的内裤扔在阳台上，还做过揉捏胸部的动作？难道这些都是自己的心理作用？自己得了被害妄想症？是自己想多了？

学弟对着脑袋一直在转且面露愁容的薰子说道："现在这个社会，孤单的老年人多得很。好了，你也别太在意，放轻松。"

但是，担心的事情还是发生了。

学弟离开后仅仅过了四个小时，薰子被一阵踹门声吓得当场跳起。

踹门的声音接连响了三次，之后又马上陷入一片寂静。接着又传来了细微的声响，这是从门外房门邮箱[12]里传来的哗啦哗啦的声音。

应该是有谁把东西塞进了房门邮箱。

薰子紧张地咽了下口水。

时间已是夜晚，今天的邮件和包裹早就已经全部拿回家了，而且听声音塞入房门邮箱的也不是传单或者宣传纸巾[13]，况且快递员也不会来踢房门。

薰子确定就是那家伙干的。

这下坏了。薰子感到害怕，她不想去查看，但是这样无视下去也不是办法。且不说目前重要的是保存证据，要是有什么脏东西或是生鲜食品放在那里也不能不管。

薰子倚着墙壁站了起来，膝盖微微颤抖。她用门口的洞洞鞋钩住邮箱，慢慢拉开。她看到一个用纸包着的东西掉落在房门邮箱的底部。薰子马上折回房间，从厨房里拿了一副橡胶手套戴上，小心翼翼地捏起纸包。

纸包中间有两块小石头，以及一块被人咬过的豆沙面包，面包上清晰地留有牙印，看得出来是狠狠地咬了一口，甚至沾上了口水，湿乎乎的。包东西的纸是撕下的色情书插页，用极粗的字体印刷着触目惊心的色情标题。

---

[12] 日本的公寓中，有人会在自己房门靠下的位置安装一个信箱，可供邮递员投递信件或报纸杂志等。

[13] 宣传纸巾：有人在街道或者马路上派发印着广告的纸巾。

薰子将纸包随手一扔，跑去了洗手间。她再也忍不住了，弯下腰蹲在坐便器旁，一番呕吐之后，感觉胃都被掏空了，只剩下胃酸。即使这样，她还在吐，吐到泪眼婆娑。

薰子感觉自己吐得差不多了，浑身瘫软地勉强站起来。她伸手拿过手机，翻开通话记录，拨通了学弟的电话。

"丹下，你怎么了？"声音离得有些远，对方周围很吵闹，有许多杂音。

"哦，不好意思，现在我在居酒屋。刚才被同好会的兄弟们叫了过去……对了，丹下，如果你有空就一起来吧。"

"不了，我不能去。那个，有件事……"薰子紧紧握住手机，将刚刚被人踢门、房门邮箱里被投了小石头和豆沙面包的情况都告诉了学弟。而有关于色情书的插页，薰子觉得说出去会很羞耻，没有提。

"什么？"后辈在电话里笑了起来，"小石头和豆沙面包？哈哈。那个老人在逗你玩吧，那些东西丢掉就好了，你不要理他，用不了多久他就会感到无聊的。"

"啊？可是……"

"你不是没有受到伤害嘛。对吗？"

说不通。

薰子感到愕然的同时，也感到一阵痛心。学弟确实是个好人，被尚未正式交往的女生叫出门，立马就响应过来帮忙。对于素不相识的孤独老人抱有同情心，真是当今社会稀有的好青年。

但是，他的这份淡定，是因为他本身就是一个强者：一米八左右的身高、健壮的体魄，一定没有经历过和自己类似的事情。

在他眼里，那家伙只是个年老体弱的老人。很有可能正在遭受老

人骚扰的女性 —— 薰子的恐怖,是他无法感同身受的。就算亲密无间的亲人、朋友,他也无法理解。

"我知道这很烦人,但你还是一笑了之吧,毕竟对方是老年人,你多少让着他点。"

电话那头传来学弟爽朗的笑声。

6

薰子还是决定闭门不出。

明天一早是可燃垃圾回收日,但她不能离开房间,就连走到垃圾回收点都觉得可怕。薰子用塑料袋将容易腐烂的湿垃圾裹得严严实实,放进了冰箱冷冻柜。

大白天里,她将窗帘拉得密不透风。即使房内光线昏暗,她也不开灯,而是用充电式台灯。另外,薰子把保温瓶和空调的电源都关了。除了冰箱,尽量不使用其他家电。如果让人看到电表转得比较厉害,就会知道房间里有人。

薰子面向笔记本电脑,专心致志写报告。为了集中精神,她犹豫着要不要戴上耳机,结果还是放弃了。戴上耳机会隔断外面的声音,她担心万一发生什么事情,无法及时应对。

时过正午,薰子烧开水后泡了一碗杯面当午饭,这样的午饭虽然过于单调,不过胃里有了满足感,也让她平静下来。

薰子还是很在意窗外的情况,但她告诉自己不要看。这势必是一场持久战,现在能做的只有等待对方放弃。

既然那家伙看到自己的反应会感到很愉悦，那就彻底断绝和他的接触。薰子别无选择，只能做到不回应，让对方觉得和这个女人纠缠是自讨没趣。

这一天到日落都未发生任何事情。

薰子想吃点东西，还想洗个澡。在思想斗争了一番后，她放弃了洗澡的念头。因为浴室里有窗。虽然浴室的窗户紧紧地锁着，但她还是怕别人在窗外偷看。

薰子决定晚饭吃速冻咖喱，但是使用微波炉就会用电。薰子将冷饭直接放进锅里，和咖喱一起隔水蒸。蒸完后，几分钟就大口大口地扒拉干净了。

吃完饭，薰子打开手机翻阅新闻。今天没有什么大新闻。

LINE 上有朋友发来的两条消息。薰子礼貌性地回复了两条无关紧要的消息。

时钟走过零点，薰子准备上床睡觉。她将桌上的台灯亮度调整到"微光"，打算开着灯睡觉。窗帘的厚度应该不会透出这种程度的光。

薰子仰卧在床上，合上眼睛。

本来担心自己睡不着，没想到意识很快就模糊了。这一整天，薰子的神经始终紧绷着，身体非常疲惫。像是被睡魔困住了，薰子很快就睡着了。

一觉醒来，第二天早上六点半。

比起平时的起床时间早了一个小时。薰子没有睡回笼觉，立刻从床上起来。

她先巡视了一遍室内，没有异常。

窗帘密不透风，桌上的台灯仍然是"微光"模式，连支撑排水篮的碗碟角度都和昨晚一样。

薰子歪着脑袋看向玄关以及房门，视线突然停在了门上。她多希望自己没有注意到，既然已经察觉到了，就不能放任不管。她战战兢兢地走过去。

塞进信箱里的东西，不出所料又是色情书插页，每张插页上都印刷着不堪入目的文字。

薰子走到信箱前，往里窥视，这一看，她简直就要哭出来了。信箱里除了塞进插页，好像还有冰棍，冰棍融化后的奶油将今天的早报弄得黏糊糊的。

薰子先用手机对着脏兮兮的信箱拍照取证，然后抽泣着打扫起来。

不知为何，色情文字的插页也湿了，从留在邮箱中的冰棍棒来看，一共丢了三根。一想到这些冰棍棒上可能会和前天看到的豆沙面包那样留下咬过的牙印，薰子就觉得排山倒海般反胃，再想到那些融化的奶油掺杂着那个家伙的口水，薰子一边打扫，一边想大叫。

应该选择住在安全级别更高的公寓。同学中有好几个住在带有自动门禁的公寓，还有的住在带有监控的女性专用公寓。薰子虽然很羡慕她们，但她当时想把省下来的这部分租金用在买书上。

眼下，她后悔了。要不还是用胶带把房门邮箱堵住吧，薰子感到烦恼。一旦把邮箱堵住，就意味着不能再收到信件。早报就算了，关键个人信息都在信件里，一定不能让那家伙得到这些个人信息。此外，就算现在申请把信息寄存到邮局，也必须离开这个房间去邮局办理相关手续才行。

要不还是先把邮箱口堵上吧。邮递员大约会在下午一点到两点间过来，那时候再把胶带撕掉。

薰子用手指按住太阳穴，烦躁不已。

7

此后的三天时间里，相安无事。

薰子的睡眠时间很短，睡醒了就起来，然后想睡再眯一会儿。只要睡过两个小时就会感到恐惧。她联系了卖早报的店家，让他们这半个月不要来送报纸。

薰子咕嘟咕嘟地喝着煮成黑色的红茶，写论文写到昏昏欲睡，然后倒头便睡，如此反复。

论文写得很顺利。正餐食材几乎没有减少，红茶、绿茶、软糖、口香糖这些零食倒是少了很多。薰子脑袋里想着必须吃点东西，但真看到食物时又完全没有食欲。

薰子醒了，她模糊地意识到自己又躺在地板上睡着了。她缓缓地坐起身子，心里想着还好不是冬天。

就算是在关东地区，也会有人因为低温而冻死。现在这个季节不开空调也能生活，这算是不幸中的万幸。确实，薰子如今的遭遇，只能用不幸来形容。

毫无征兆的不幸。不，应该用灾难和厄运来形容才更加确切。

薰子自认为从没做过什么坏事，和那个老人也不存在任何瓜葛。可是现在，自己莫名其妙地陷入了困境，没有办法脱身。她苦笑着摇了摇头。正在这时，她的视线扫向了门口的信箱。

有信件放在了里面！

说起来，刚过下午一点，薰子就将贴在信箱口上的胶带撕了下来。现在是两点零五分。

一直跪在地上的薰子站起身来，可就是这么一个动作让她有点头晕目眩。应该是最近都没有很好地摄入营养，以至于双腿乏力。薰子步伐踉跄地向玄关走去，将夹在投递口的信封抽了出来。

就在抽出信件的一瞬间，投递口突然变大。

仅仅用了零点几秒，薰子意识到信箱门被人从另一侧用手指按开了。

薰子看到投递口的另一侧，有一张布满皱纹的嘴和七零八落的牙齿。

"啊啊啊啊啊啊啊啊啊啊 —— 啊 —— "那张嘴里发出尖叫，薰子惊讶地看着他。

薰子不知不觉地往后退，结果一屁股摔在门栏上。

"啊啊啊啊啊啊啊啊啊啊啊啊啊 —— 啊 —— 啊 —— "尖叫声持续不断。

薰子清楚地看到对方口腔里跃动的红色舌头。她的臀部贴在地上挪动着，她知道对方在等待时机 —— 一直在门外等着自己去拿信件。

这份执念令人恐惧。薰子在这段长时间的尖叫声中感受到对方的兴奋。他的兴奋建立在薰子的恐惧上，薰子越恐惧，对方越兴奋。

薰子心中祈祷这时候外面有人可以帮忙报警，她尽可能想自己报警，但是害怕与恐惧让她变得懦弱而无法动弹。

周边一片寂静。

今天是工作日，这让薰子感到绝望。

这栋公寓里住的基本都是单身人士，工作日的时间段几乎没有住户在家。大家要么去公司工作，要么去学校上课，基本没有人会注意到薰子。

她瘫坐在地，继续听着刺耳的尖叫声。

等薰子再次回过神来，外面已经没了动静。应该是那个尖叫声让薰子陷入了短时的昏迷。她一跃而起，跑去门口，用胶带严实地将门口的信箱封住。她发现了一张掉落在鞋柜边的纸片 —— 是从报纸上剪下来的。薰子的眼睛不自觉地追着上面的文字看，这一看不由得倒吸一口凉气。

这篇报道的标题是《痴情的纠葛？ —— 台东区女大学生被绞杀案》。好像是为了强调这几个文字，还特意用红色签字笔圈了出来，甚至为了嘲笑别人，又在旁边添了一个微笑记号。

8

那一夜，薰子一宿未睡。写论文的精力早已耗尽，手机的充电器一直插着，薰子两天没有拿过手机，别说是开电视看新闻，连网络新闻都没浏览。

薰子蹲在地上，一心想去洗澡。一旦有了这个念头，就无法把它从脑海中赶走。

想洗澡，好想泡个热水澡。

毕竟已经三天没有洗澡、洗头发，每当薰子碰到自己的头发时，那种触感连自己都吓了一跳。头发肯定发臭了，油脂和污垢都结块了。

想洗澡、洗澡、洗澡！

薰子对自己说，洗个澡也就五分钟。于是，她摇摇晃晃地朝浴室走去。

就目前的情况来看，将浴缸里放满热水，悠闲地泡个澡是种奢望。至少要洗头发，不然再这样下去，自己都会嫌弃自己。薰子在家封闭数日后，终于用热水淋浴了，还顺道洗了头发。洗第一遍的时候连泡沫都没有，直到洗至第三遍，水才干净了些。薰子掉了很多头发，这些缠绕在手上的头发让她感到恐惧。

薰子走出浴室，环视房间。

洗澡前的房间摆设是这样的吗？

她发现放在桌子上的笔记本电脑的位置好像发生了变化。要这么说的话，杯子之前是放在这个位置吗？抽屉是否被拉开了一点？还有，拖鞋的摆放角度……

薰子崩溃地蹲在地上。

撑不住了，她已经到了极限，现在的她已经无法相信任何事情。刚刚在浴室里，薰子的心里总感到那家伙已经侵入了家里。明明理性告诉自己这不可能，但就是摆脱不了心魔。

万一他真的已经闯进来了呢？

他可能会"啃"薰子买完放在那里的食物，可能会用手触碰放在衣柜里的内衣内裤、枕头，甚至被子……

我不行了！恶心！恶心恶心恶心恶心恶心恶心恶心！

撑不住了，薰子双手抱头，蜷缩在地板上。反胃，头疼，胃酸从空腹中溢出。恶心，无法抑制地恶心。

那家伙到底想把我怎么样？薰子感到很困惑。骚扰的过程中带有明显的性暗示，那家伙一定把自己当成了"那种女人"。想到这里，薰子的身体更是因为恶心而全身战栗。

自己该不会被强奸后杀掉吧？而且是被那个老人？

不，若真是那样，还不如咬舌自尽……

薰子下意识地摇了摇头。这一摇头，让她回过神来 —— 不行，不能自杀。自杀就等于承认自己输了。绝对不行。比起自杀，应该积极应对。

薰子伸出颤抖的手拿过手机，翻开通讯录，拨通老家的电话。

"你好，这里是丹下家。"

听到哥哥的声音，薰子安下心来，可是又差点哭出声："喂，是哥吗？"

"薰子？是你啊，怎么了？要妈妈听电话吗？"

"不用。"薰子吸了下鼻子，"哥，拜托了，你听我说就可以了。那个，我现在……"薰子两只手捧着手机。话匣子一打开便如同洪水出闸，一泻千里。

但是，从结果来看，还是徒劳。哥哥什么作用都起不到，还不如学弟。

"你别告诉爸爸。这种事我来处理。"哥哥答应帮忙，等他终于到了之后，也只是当着老人的面说了两三句话，笑着警告了一下，就回来了。

"你啊！"哥哥回来之后满脸都是"真是服了你"的埋怨表情，"人家可是个连路都走不稳的老爷爷呀，对付那种年龄的老人怎么可以来硬的？你想让我欺负一个老年弱者吗？"

欺负弱者……

薰子沮丧地沉下双肩。在哥哥的眼里，那家伙是弱者。

虽不及学弟那样魁梧，但哥哥也远比老人高得多，身体年轻且健康，基本不可能输给一个老年人。薰子想对哥哥说，我不一样，即使我年轻，毕竟是个女性，和那老人比，谁输谁赢还说不准。

话到嘴边，却如鲠在喉。薰子意识到，说再多也无济于事。

"你别给爸爸添麻烦了！"

说着，哥哥轻拍了下妹妹的头，笑得眼角现出一道褶皱。这种笑容谁见了都会喜欢，那是一种"善人"的表情。

那天晚上，薰子接到了嫂子的电话。嫂子像是借机在发泄，在电话那头将薰子骂得狗血淋头："不就是出现了一个跟踪狂嘛，怎么这么小题大做。""而且听说对方还是个老头？哼，你太笨了吧。""我告诉你，别引起不必要的麻烦。你知道我们家还有孩子，要是在街坊邻居面前丢脸，后果谁来承担？还有，你别影响爸爸的工作。""我们家的人可是很忙的。要是今后你再为这种鸡毛蒜皮的小事叫家里人帮忙，我们会考虑跟你断绝关系。"

看来哥哥在回家之后，把这事当成了笑话向大家和盘托出。薰子光是想象兄嫂间有说有笑的场景，就气得手直哆嗦。

"你是不是自我感觉太好了，就开始膨胀了？"家嫂得意扬扬地说道，"总而言之，自己的事情你自己想办法解决。"

丢出这句总结性的话后，她挂断了电话。手机里传来一阵忙音。薰子握着手机，呆呆地站在原地，一动不动。

午夜零点。

薰子坐在地板上，死死地盯着一把裁剪用的剪刀。这是上个月才买的新剪刀，刀刃磨得很锋利，在灯光的照射下，散发出银色的光芒。

既然如此，只能这样了 —— 薰子自言自语。

她一刻都没合眼，从早到晚什么都没吃，也不觉得饿。

菜刀不行,因为用菜刀和水果刀会被认定是有预谋地持刀杀人。如果是用剪刀，则可以看成正当防卫。

没错。转瞬间，薰子已经握住了剪刀，她甚至开始练习接受警察调查时的说辞:"因为太害怕了，心里只想到保护自己，忘了手上还有剪刀。"

薰子用食指轻轻地划着刀刃。

刀尖发出令人胆寒的冷光，这应该能刺进身体里，即使是一个女性拿着，如果瞄准的是柔软的腹部，刀刃依然可以猛地刺穿皮肤，插进腹部。

先下手为强，应该我先出手，薰子的脑中出现了这句话。

我已经到极限了，无法再等待对方出击了。薰子知道自己的神经高度紧张，随时随地都会崩溃。而且警察不是也说要发生事情后，才能出动吗？那么就如他们所愿，发生点"事情"吧。这样一来，警察就必须出警。薰子很好奇，当警察看到现场的时候，将会是怎样一副表情?

会是惊讶的表情吗？抑或觉得当初没有更进一步倾听自己的诉求而感到后悔?

薰子隐约意识到自己正在慢慢偏离社会法律。但她已经无法停歇,脑子处于混沌的状态。她的眼睛无法离开那锋利的刀刃散发出的光芒。

有动静。

薰子知道那家伙就在房门外。

她感觉到了，感觉到了他的气息。

薰子摇摇晃晃地起身，身体倚着墙壁挪动到玄关，她的双手紧紧地握住剪刀。剪刀就像一件宝物，让她心里有了底气。

她光着脚走到门栏处，解开 U 形锁，然后打开房门锁，用一只手按住门把手，极其缓慢地打开门。

老人就站在那里，他满脸笑容地盯着薰子。

"杀了他，杀了他。"薰子的内心在呐喊。但是因为极度紧张，她的身体根本不听使唤，剪刀也似千斤重担在手。

老人缓缓抬起右手，直指薰子。

布满皱纹的嘴巴无声地嚅动，根据老人嘴形的变动，薰子读懂了第一个字："以"，接着，"后""再""找"……

"以后再找你算账。"老人的嘴唇咧开，挤出一丝冷笑，转身走了。

他离开了，走过走廊，走下外部楼梯，径直回去了。

脚步声越来越远。

薰子好似断线的木偶，"扑通"一声，双膝跪地。她彻底崩溃了，全身震颤，毫无力气。直到现在，恐惧依然布满全身，鸡皮疙瘩一层又一层，整个人不停地打着寒战。

刚刚那种是什么感觉？刚刚到底发生了什么？我到底想要干什么？我真的动了杀心吗？难道，难道？

剪刀从薰子的手中滑落，"咣当"一声，重重地掉在鞋柜旁，又弹起了一点。

第二天开始，老人突然不再纠缠薰子了。

薰子不明其中缘由，对于老人留下的"以后再找你算账"这句话也无法参透其用意。

又休息了一周，薰子重新回到大学。按时上交了论文，虽然资料搜集得还不够，依然得到了 A$^+$ 的成绩。

LINE 传来了学弟的问候："那个老爷爷怎么样了？"

"不再跟着我了。谢谢你。"

薰子简单地回复了一句，她不想说得更详细了。至于侄子的生日，薰子买了五千日元的商品券邮寄回了老家。

那天早上，薰子喝着热红茶，读着早报。

荻洼的一所公寓里，一名年轻的已婚男性被刺杀 —— 占据了报纸三个版面的篇幅。

薰子无意间抬头，望了一眼墙壁上的日历：六月二十日。

—— 啊，从那天晚上与老人对峙至今，不知不觉已经过了二十天。

原来日子过得如此之快，本是遥远的记忆，可又像是昨天才发生的。

薰子叹了口气，拿起手机打开搜索软件，输入关键词"跟踪狂"。网页上跳出"跟踪狂被害人缓刑""跟踪狂恋爱之外规则法""跟踪狂正当防卫"……

薰子专心致志地滑动着手机屏幕。

1

　　佐坂正在会议室的角落里吃刚出锅的土豆炖菜，心不在焉地望向窗外，手中的筷子机械地把食物送进嘴里。

　　只要一竖搜查本部的牌子，跟在搜查工作和搜查员后面提供保障的就是后勤组了。他们的工作职责不仅限于搜查本部的"安营扎寨"和日常管理，还要按照人数准备早晚的便当、茶点，时不时还要像今天这样加餐。

　　不过，土豆炖菜可真是稀奇事。

　　要说现煮，基本上是饭团、日式酱菜加味噌汤的套餐，偶尔有咖喱或者猪肉汤，可算是宴会级别了。牛肉炖菜里放入足够多的牛肉和芋头，牛蒡散发出朴实无华的香味。配菜中还加入了葱、魔芋、灰树花菌菇，牢牢锁住汤汁，一口咬下去，汤汁瞬间在口腔里流淌。炖菜没有使用味噌汤底，而是用酱油调出来的底料。这次的后勤组，肯定会集了荻洼警局生活安全科的人，他们真是周到，准备了这么多出人意料的伙食，佐坂感到开心。

"我坐你旁边。"

头顶斜上方传来冷淡的声音。

还没等佐坂作出反应，北野谷已经端着冒热气的汤碗在他身边坐了下来。

稍作停顿，佐坂拍了一下自己的膝盖："啊！对了，莫非北野谷前辈对于这个土豆炖菜有什么看法？"

"有看法又能怎样？"北野谷也不否认，露出一副凶相，"又没有像样的餐具。"

事实上，北野谷的兴趣是烹饪，这和他的长相严重不符，而且他对餐具和瓷器也十分讲究，听闻他家里的餐具柜里排列收藏着迈森、韦奇伍德等品牌的高级瓷器。

"我想吃意式菜丝汤，可总有那么几个白痴抱怨他们不喜欢吃芹菜。"

"这样啊。"佐坂看着北野谷的表情放松下来，确保他的情绪稳住了，便低声附和着。

"这么一来，这么多肉超预算了吧。不过后勤组经常允许这么干。"

搜查经费基本由后勤组处理，一旦区域的警局成立搜查本部，上级部门将决定是否承担费用，不过警方的预算并不多。甚至有一种说法，如果区域内一年里发生两起以上重大案件，不用等到年底，预算就耗尽了。

北野谷紧绷着脸，缓缓说道："今天这些菜是我自掏腰包的。"

"真的？"

"我骗你干什么？做菜可以消除压力，尤其是切菜和削皮。我管这叫放空心灵，是一种忘我的境界。"

"说得对……"佐坂又喝了一口炖菜的汤汁，真是美味。

不管是取证组还是司法鉴定组等，搜查员在外面办案时很难摄入足量的蔬菜。吃饭无非就是扒拉几口速食荞麦面或牛肉饭，像今天的这碗满是蔬菜和牛肉的土豆炖菜特别养胃。

佐坂刚想这么说，北野谷就嘟囔了一句："减轻搜查员的压力也是必要的。……这个案件，到目前为止并没有取得实质性的进展。"

佐坂把先前想说的话又咽了回去。"……是的。"他点头附和着。

鉴定结果显示，冷冻包裹里装的小指就是鸨矢亚美的。与在公寓里的梳子上提取的毛发 DNA 结果一致。另外，也一并证实了她和她母亲的亲子关系，重要的是，伤口有"活体反应"，这意味着鸨矢亚美被凶手切断手指的时候还活着。

"我在想凶手的目的是什么。"北野谷顿了顿，继续说道，"凶手为什么要邮寄阿亚的手指？"

"不知道。"佐坂摇了摇头，"按照一般情况，也许是为了证明人质还活着。警方通过调查活体反应会知道寄快递的人是真凶，凶手就是为了表明阿亚在自己手上。这种绑架方式通常是为了敲诈钱财。但直到现在，对方没有要求支付赎金，也没有提过任何别的条件。"

要说绑架事件中发生断指的情况，比较有名的事件是"三井物产马尼拉分公司总经理绑架案"，这起案件发生在昭和六十一年（1986 年）的菲律宾，三井物产马尼拉分公司的总经理被军事组织绑架。绑架犯给三井物产总部和各通讯社都寄去了恐吓信，以及一张被切断手指的人质照片。总经理没有了手指的照片被媒体大肆传播，震惊社会。

"对方没有提出要求，我们无法掌握他的目的，只能按兵不动。真令人心烦。"

"同感。"北野谷将芋头放入嘴里。

检测部门在装有亚美小指的包裹和捆包材料以及快递单等上面，检测出了许多指纹、掌纹以及皮脂。但将信息输入前科人员数据库时，没有发现线索。

快递是从八王子的一家小型商店里发出的，这家经营粗点心和文具、勉强度日的老旧商店没有装监控。店家老婆婆称："来寄包裹的不是这儿附近的人，因为来我们这里寄快递的人很少，所以我还记得那个人的年龄和我差不多，可能小几岁。脸颊上贴着一大块纱布。手套？我记得他没有戴手套。"

就是了，体态和年龄与绑架亚美的老人一致。

北野谷吃了一口炖菜，问道："喂，'破案迷'，一般绑架案件中，除了要钱和要色，还有别的类型吗？"

佐坂回答："还有很多是政治罪犯通过恐怖袭击等形式提出条件。当年新左翼武装组织爆发的时期，国内就发生过'淀号劫机事件''浅间山庄事件'等劫持人质的事件。但是，没有证据表明鸨矢夫妻有类似的思想和政治活动。"

"还有吗？"

"绑架婚姻。在近现代的习俗中，男人会为儿子甚至家族中的其他人绑架女人，并在既成事实后，强行完成婚事，即便进入二十世纪还时有发生。另外，也有拐卖青少年充当劳动力的。这在很多国家依然常见，但在当今的日本社会里不太遇得到。再者就是宗教仪式，这一类受害者基本是被抓去当作供品，这种在我国发生的可能性也较低。"

"嗯。"北野谷放下筷子，"你这不挺能说的嘛。"

"什么意思?"

"虽然我很讨厌别人在我耳边唠叨个不停,但一言不发也挺让人郁闷的。"

佐坂终于明白了北野谷的意思,感到有些惭愧。

收到鸨矢亚美的断指着实让佐坂情绪消沉,当然这其中也有调查过程不顺的挫折感。说实在的,打击他的另有原因。

姐姐遭遇的不幸事件对他造成的心灵创伤再次复苏。

"那个男人"手持利刃,袭击了放学回家的姐姐。姐姐毫无准备,本能地举起右手保护头部。男人挥舞着刀直直砍去,将姐姐的右手砍裂。当路过的人们听到尖叫而跑过去时,姐姐的胸部和腹部已被多处刺伤,右手手指几乎被切成两段,勉强与根部连着。

"……不好意思。"

这是段痛苦的回忆。但是,佐坂的心灵创伤与本次事件没有任何关系。搜查员中没有人知道,就连北野谷也毫不知情。当然,工作的时候本就不应该夹杂任何私情。

"嗬,"北野谷用鼻子吸了口气,"好了,快点吃,可不许剩下。"

北野谷再次拿起筷子,继续说道:"这样吧,我来教你做这道炖菜。听好了,首先,芋头要放在水里煮,然后在肉上淋酱油和料酒,腌渍一段时间,魔芋一定要用手撕……"

又来这套了,佐坂内心感叹着。喜欢做菜倒没什么,但好为人师这点可真麻烦。

佐坂不由得透过窗户望向远方。

两小时后,他从搜查主任那边得知,媒体已经公开报道:"关于'白根高地公寓杀人及绑架案'，现适当向媒体等公开阿亚的脸部照片和绑架犯的速写肖像。"

2

一位自称是鸨矢亚美高中好友的女士神情坚定地承诺："你们问什么都可以，只希望能尽快找到亚美。"

这位女士已婚，在亚美和亨一结婚前一年举行了婚礼。她们在彼此的婚宴上唱歌、弹钢琴，将婚宴的气氛推上了高潮。婚后，这两对夫妻还会一起去野营，或者泡一天温泉。这位女士和鸨矢夫妇一家关系密切，是很重要的朋友。

"亚美对婚后生活的抱怨？嗯，听她提过好多次。不过和亨一无关，净是她那位婆婆的事。"说着，亲友皱起双眉，像是在说自己的仇人，"这话我就在这儿和你们说说。我曾经多次提醒过亚美，恋爱和结婚是两码事。亨一再怎么好，可身后有那种不正常的婆婆像牛皮糖一样黏着……我知道是我多管闲事。但结婚不是两个人的事。虽然'婚姻是两个家庭的结合'这种说法有些老套，可是如果你和一个出身麻烦的人扯上关系，你的父母和兄弟姐妹也会跟着倒霉。"

她的语气明显加重，说到这里，停了下来。

佐坂趁机问道："你的意思是亚美小姐在结婚前，婆媳关系就已经不好了？"

"不是婆婆和媳妇之间，而是亨一的母亲单方面攻击亚美。"

"攻击……能跟我们具体说说是怎么攻击的呢？"

"好呀。"这位朋友深吸一口气,一口气说道,"亚美第一次跟亨一母亲见面是在亨一的公寓里,那天她正在休息,亨一的母亲突然来了,张嘴就问:'这女人是谁啊?'声音很大,惊动了邻居。但这只是开始,后来,亚美经常被骂'轻浮''卖春女'。那么坚强的亚美竟然被欺负得哭着给我打电话,我至今都无法忘记。"

佐坂在笔记本上不断记录着。"真可怜。亚美既然知道亨一先生有这样的母亲,却没有选择跟他分手,您觉得是为什么呢?"

"要说为什么,我觉得还是爱亨一吧,再加上亨一始终站在亚美这一边。这么说吧,亨一比亚美更想远离他妈妈。"

"你判断的依据是什么?有什么具体的例子吗?"北野谷插了个问题。

她考虑了几秒后,说:"呃,有了,这也是结婚前发生的事情。亨一的母亲追踪到亚美的公司,喝得醉醺醺地闯了进去。她站在前台大声地叫着亚美的全名,然后叫嚣着:'就是这个女人骗走了我儿子,拜金女、轻浮的婊子!老娘这就把你拖出来给我跪下,离开我儿子!'这举动在公司引起了大轰动。幸好亚美的领导没有过分在意,只是事后挖苦了她几句,这件事就算了结了。后来亨一得知了这件事,问亚美,如果他逃到别的地方去,愿不愿意跟着他一起。他说他早就想走了,受够了被母亲毁掉的人生,只想逃离,哪怕日后的收入会减少。"

"那亚美怎么回答?"

"好像没有当场给出回应。这不是收入的问题,亚美是土生土长的东京人,无论多么喜爱亨一,毕竟要离开父母、亲人和好友,也没办法马上答应。"

"我想也是。"佐坂几乎就要点头说出口了。

被谋杀的鸨矢亨一，持有一级建筑师资格证书，要在别的城市里找一份与东京收入相同的工作有点难度，但比起一般的公司职员，还是有很大优势的。

"亨一先生生前一直在回避自己的母亲吗？"

"怎么说呢，反正他非常讨厌妈妈。"她不假思索地回应。

"他那个人不太喜欢说话，只有喝点酒以后能稍稍聊起来。有一次，我们四个人约着吃烧烤，他拿着一罐啤酒，深切地说：'我小时候一直想快点变成大人，想从妈妈和过去种种的阴影中逃离。一直在绝望中活到了现在，从来不敢想有一天，我能心情放松地和你们一起坐下来喝酒。亚美真的带给了我很多希望……'虽然这话有点奇怪，但我听了以后真的眼泛泪光，我能感觉到这是他的心里话，他一定比我们经历了更多的艰难困苦。"

亚美的朋友轻轻地吸了下鼻子。

佐坂追问道："你有没有听他亲口抱怨他母亲？"

"几乎没有，顶多是'被缠着要钱真麻烦'这种。可能家丑不可外扬吧，就连亚美也没在背后说过婆婆什么坏话，只是会发牢骚，抱怨几句'我们都结婚了，可她还是处处防着我'。"

"明明有一个这么惹是生非的母亲，他们还是选择留在东京。"北野谷说道，"两人到最后既没离开东京，也没换工作，就这么坚定地结婚了。这是为什么呢？"

"亚美曾经这么说过，'仔细想想，为什么我们要逃''明明我们什么坏事都没做，却要辞职、离开家人，太没道理了。如果亨一你是和我站在一起的，就和我一起对抗她'。"

说到这里，亚美的朋友又苦笑起来。

"很吃惊是吧。亚美啊，就是个外表柔弱老实，内心特别坚强的人。亨一也确实履行了诺言，竭尽全力站在亚美一边支持她。"

"但现实情况好像进展得不顺利。"北野谷翻开记事本，"从亚美小姐匿名发布的社交动态里，我们发现了一些这样的内容：'今天婆婆又来攻击我了，想哭''太难熬了''如果当初和一个双亲正常的男性结婚就好了……'，诸如此类的还有很多。"

"这个嘛……嗯，是的。"她低头朝下看去。

"婚后二人确实都在尽力反抗，但她婆婆的精力实在太过旺盛。那女人真是可怕，自由出入两人的新家不说，还随意乱翻家里的东西，偷亚美的衣服和首饰……不把亨一逼到给钱绝不离开。"

"哦，那为什么鸨矢亨一先生会告诉她新家的地址呢？"佐坂问道，"既然没有换工作，也就没必要告诉别人新居的地址。而且他们应该能猜到这个婆婆会不请自来吧，那为什么还要跟她说地址呢？"

"好像是亨一的外婆泄露出去的。"

"外婆？"

"嗯，亨一的外婆。亨一曾经对亚美说过，外婆的人生也是被母亲拖累的，所以他对外婆的心情感同身受。他妈妈怎么样都无所谓，但他没办法埋怨外婆。"

"被拖累是什么意思？"

"具体我不清楚。亚美也问过亨一，但亨一什么都没说。"说到这里，她停下来叹了口气，"绑架亚美的一定是她婆婆吧。"

"还没确定。"佐坂慎重地回答。

亚美的朋友摇了摇头："一定是这样的。因为无论是亨一还是亚美都没有仇人。他们性格很好，不喜欢与别人争执。而且……"

"而且什么？"北野谷催促着她往下说。

朋友有些犹豫："而且，如果真是她婆婆干的……"她抬起头，泪水在眼眶里打转，"亚美，她，一定已经不在这个世上了。"

3

二十九年前，鸨矢亨一出生在千叶县的泽馆町。十四年前因市镇村规划合并，泽馆町归属成田市，不再使用原有的名字。母亲是鸨矢美玲，外婆叫鸨矢茂子，亨一没有兄弟姐妹。

面对佐坂的提问，美玲说："和那孩子的爸爸已经三十年没见面了。""他连孩子长什么样都不知道。"看来她说的是事实，亨一户籍上的父亲那一栏里什么都没写。

亨一在泽馆町生活到九岁。小学四年级下学期时，和母亲、外婆一同搬到了东京。这时户籍上的地址是"东京都千代田区千代田1-1"，就是天皇的住所 —— 皇居，而居住卡[14]上登记的地址是实际居住地江户川区。亨一在这里的公寓生活，就读于区属的公立小学和中学。

小学校友们对亨一的印象是"老实，话不多。让人搞不懂他在想什么"。中学校友表示"突然开始拼命读书。身边几乎没有朋友。大部分时间泡在学校图书馆"。正是拼命读书，亨一才得以从公立学校考入偏差值六十四的私立大学。

亨一的母亲美玲则辗转于色情酒吧、夜总会等各类风月场所。从

---

[14] 日本以家庭为单位为市区町村居民制作卡片，记载着姓名、住所、出生年月日、性别、成员关系及户籍关系等，类似于中国的户口本。

九年前开始，她总算稳定下来，在中野的小酒馆"抚子"工作。

亨一高中毕业后，考取了知名私立大学的建筑学专业。二十六岁时，取得一级建筑师资格证，二十八岁结婚。仅从这份履历来看，他的人生可谓一帆风顺。

亨一和妻子在去年三月一起搬入租赁住宅"白根高地"，担保人是亚美的父母。他们从未拖欠过租金，没有邻里纠纷，也没有噪声扰民。

人生至此，没有不良记录，没有前科，没有深陷某种宗教或思想的煽动，也没有特别支持的政党。

鸨矢亚美出生于东京都武藏野市，旧姓甲田。父亲是纺织企业职员，母亲是齿科保健师，还有一个小三岁的妹妹。虽然不是富裕阶层，但在东京的独户住宅里，亚美无忧无虑地生活着。

在中学校友的印象中，亚美既擅长学习又擅长体育，是个优等生，深受老师喜欢。从偏差值五十四的私立女子高中毕业后，考入私立大学的英语专业。大学毕业后，亚美任职于旅行代理商的营业部。工作态度认真，脑子灵活，责任心强。

亚美从未和异性有过丑闻，他和五十岁以上的男性客户以及上司的关系处理得很好。这点和同好会那边的证言一致。

和亨一一样，亚美也没有不良记录，没有前科，没有深受某种宗教或思想煽动的迹象。

亚美的脸部照片被公开后，每天打给搜查本部提供线索的电话将近五十个。

这要是儿童绑架案，提供线索的人数还要翻八到十倍。果然因为是成年人，受关注度程度没那么高。现阶段没有获得有用的情报，也没有新的目击情报。

因此，每天早上例会的搜查方针，基本上还是围绕以下两方面：

一是有人跟踪鸨矢亚美夫妻，绑架了亚美。

二是美玲雇用熟人，杀死亨一后强行带走了亚美。

已经没有人再猜想是阿亚在自导自演了。

"对美玲来说，儿子就是棵摇钱树，杀死他得不到任何好处。而且没有确凿的证言表明阿亚遭遇跟踪。阿亚是不是想将罪名嫁祸给早已怀恨在心的婆婆？"

"如果是这样，她为什么要杀丈夫亨一？甚至还要砍断自己的手指？"

"也有可能是丈夫倒戈，重新又站到了母亲那一边。这起谋杀案存在激情杀人的可能性。至于手指，阿亚的亲友说她外表看上去柔弱老实，其实内心非常坚强。婆媳之间的不和与争执到了某个点后，确实有可能做出一些可怕的事情。"

这种假设最终被认为"不符实际"而被退回。

另外，在亨一买的保险里，发现了一份将美玲作为受益人的人寿保险，这也成为支持美玲犯下罪行一说的旁证。受益人的保险金额为一千万日元，虽说不至于为了这笔钱就杀了自己的亲生儿子，但真到了穷困潦倒的地步，那笔保险金额确实让人心动。

机动组依然在四周搜寻亚美，巡逻队将搜寻半径往外拓展了十公里。

警察们处处设卡，只要看到藏青色的货车就会当场拦下，拿着亚美的脸部照片和绑架犯的肖像速写一一询问。随后，搜查员们的职责进一步细分，有的搜查员专门负责盯梢美玲，有的重新梳理亚美的人际关系，有的则负责追踪金钱的流向。

佐坂和北野谷继续追踪和鸰矢夫妻有关系的人。

北野谷打开一张亚美亲友提供的清单。"这张婚宴邀请函名单很有用。"他嘴里念叨着。

"喂，我说'破案迷'，下一个去听听这位关谷老师的话，他是亨一这边的宾客里唯一的老师。估计亨一会对恩师说过什么。"

4

关谷依然在东京的中学任教。

"我在电视上看到新闻的时候，大吃一惊。虽然心里在不断祈祷被害人是同名同姓的其他人，但鸰矢这个姓氏很稀少……"

关谷在午休时被叫了出来。说这话时，他的眼皮耷拉着，一脸沮丧。

谈话的地点在校内的空教室里。

关谷四十岁左右，皮肤黝黑，为人精悍。他是社会学老师，但没有穿西装，一身运动衫让他看上去像是教体育的。

"我非常想参加葬礼，可他母亲说葬礼只限家人参加，便拒绝了我。所以我至今没去上过香。这么说吧，我很早以前就讨厌亨一的母亲。"

"哦，为什么？"北野谷问道。

关谷苦笑起来："他的母亲似乎很反感我管他们家的事。我是亨一中学二年级和三年级的班主任，那个时候二十出头，正是血气方刚的时期。在我的眼里，亨一是一个'被糟蹋的学生'。"

"糟蹋？什么意思？"

"亨一是个聪明的孩子，他的天赋，比他对自己的认知还要高一截，但他的成绩总是在中下和合格之间徘徊。"关谷停了停，继续说下去，"这是因为他的智商和学习方法不匹配，经过再三观察后，我发现他不知道正确的学习方法，家庭环境好像也不好，住在一间狭窄的公寓房里，母亲的男友经常出入，他没办法集中精神学习。"

因此，关谷给了亨一两本参考书。

如果可以攻克这两本书，成绩绝对会上去。关谷让亨一放学后在图书室待着。他和图书管理员商量后，在时间允许的范围内单独辅导亨一。

他继续告诉佐坂和北野谷："结果远超预期，亨一的成绩扶摇直上，升得很快。期中考试时还是在全年级两百名，到期末的时候，已经冲进了前五十名。"

关谷抿了一口罐装咖啡。

"如此一来，教他的老师也变得更加投入。亨一是值得教的，他自身的学习欲望和上进心比其他人多一倍，只是生活环境、母亲以及经济条件给不了他帮助……我出现的时机比较好，只是帮了他一点点忙，亨一就迅速崭露头角。"

关谷形容亨一在成绩上去之前，是一个沉默寡言的阴郁学生，他从不正眼看人，让人难以接近。不知道是不是考试的排名给了亨一自信，他和同学们的关系慢慢变得融洽。他逐渐展露笑容，虽然次数不多。

但他的心里还是有一道坎儿 —— 母亲美玲。

美玲曾当面对关谷说："请你少管我们家孩子。你这是想施舍吗？我谢谢你。"她表情狰狞地扔下这些话。

"我已经和经常来我们店的某某组约定好了，等亨一一毕业，就交给他们照顾，所以没必要去读什么大学。老师，你不也就是做做表面功夫，说到底，你是个男人，别教他如何解决数学问题，多教教他怎样交到女朋友，这种技术将来对他才更有用。"

当时的关谷还不知道，亨一母亲嘴里的某某组指的是某暴力团伙下属第三档屋团组，而店就是美玲当时工作的夜总会。

"老师，我为我的母亲跟您说声'对不起'。"亨一说这话时，脸上写满了沮丧、失望，转而又坚定地对老师说，"我不想按照母亲说的样子生活，我一定要考上大学。"

关谷问亨一："你母亲以前就是这样吗？"

"对不起，"亨一再次向关谷道歉，"母亲和外婆都是靠皮肉生意过活的人，她们只了解那个圈子。因为她们，我在千叶生活的时候一直被人欺负。我不想给自己将来的孩子灌输那种思想。我要好好读书，考上大学，逃离母亲，好好地生活。"

他说这些话的时候，声音颤抖，但态度坚定。

"这事情应该发生在亨一初二时的冬天。一个十四岁的孩子能把话说到这个份儿上，令人唏嘘。"关谷摇了摇头。

佐坂想起前几天美玲对警察说"没想到儿子那么优秀，真开心"，看来是假的。她还说"从小让他吃尽了苦头，很后悔"，也是假的吧。美玲证词的可信度太低了。

"关谷老师，鸨矢一家为什么离开家乡来东京呢？你听说过什么吗？"佐坂问道。

亨一是在小学四年级的第二学期转校去东京的。来不及等学期结束就转校了，多少有些不正常。

"没听他详细说过。"关谷说道，"不过那孩子曾经提起过几句，说'都是母亲的错''因为母亲，我们不能再待在老家了，就像犯人似的连夜离开。我总是被她拖入泥潭'……"

一瞬间，佐坂的脑袋里突然闪现出一个想法。但是，还没来得及捉住这个念头就消失了。

总之，鸮矢亨一对学习充满斗志，在关谷的带领下，老师们用心帮助亨一。最终，他从公立学校考入有名的私立大学。当亨一收到录取通知时，没有先回家，而是第一时间跑到学校的教师办公室。关谷和亨一紧紧拥抱，喜极而泣。

高中毕业后，关谷和亨一依然保持着联系。

关谷是为贫困儿童提供学习帮扶活动的NPO（非营利组织）法人，也是亨一获奖学金时的连带担保人。

"亨一的母亲好像到最后都反对他考大学。结婚的时候也是闹出了很大的动静。如果是寻常人家的妈妈，找到那么好的儿媳，肯定会双手赞成。"

关谷叹了口气。

"眼下大致能锁定凶手了吧？"关谷问道。

佐坂摇摇头："不好意思，我们不能透露详细的搜查结果。"

"啊，这样啊，也是。"关谷的视线落到眼前的桌子上。

"拜托你们。"关谷低声说道，"拜托你们，请一定要抓到凶手。亨一……亨一在那么恶劣的环境里咬牙坚持，努力学习，他的人生不该止步于此……"

5

佐坂和北野谷再次拜访了亨一的同事绵谷。

绵谷表情写满了厌烦。

"为了尽快抓到凶手，拜托绵谷先生了。你也很担心亚美吧，这可不是为了我们警方，而是为了鸨矢夫妇，请你协助我们。"说着，佐坂低头行礼。

"你们上次让我说的，我都说了。这次还想问什么？"绵谷勉强答应了，但是眉头始终紧锁。

北野谷接上话："你之前说过，以前的鸨矢亨一先生从不与人产生纠纷，大家也都是这么说的，看来亨一先生是个忠厚老实、从不惹是生非招人怨恨的人。但是，他的亲属呢？你应该比别人更了解亨一先生的成长环境。怎么样，我把话说到这份儿上，您应该明白是什么意思了吧？"

这种语气真是居高临下。

和上次一样，绵谷被北野谷煽动性的语气撑得面红耳赤，"你什么意思！你是想说出身不好的人活该被卷入杀人案是吗？"

"哎呀，你冷静点。"佐坂连忙安抚绵谷的情绪。佐坂内心苦笑着，自己和北野谷真是典型的"一个唱红脸，一个唱黑脸"。

绵谷深呼一口气，像是在自言自语："……我希望你不要带有任何偏见。"

"有些家伙喜欢对所谓的心理学高谈阔论。他们说幼儿时期的环境，造就了百分之八十的人生。这是错误的，人到了一定年龄就会发生变化，家庭环境再怎么恶劣，只要肯下功夫学习，就能成长。什么三岁看到老，都是胡说。"绵谷双眼发红。

"看得出来，你和亨一先生很有共识嘛。"北野谷带有讽刺意味地称赞道。

绵谷愤怒地别过脸去："上次我说过了，我和他的成长经历相似。亨一经常说他妈妈带很多不三不四的男人回家。"

"亨一办婚宴前，你见过他母亲吗？"

"见过。"绵谷的声音逐步恢复正常，"她专门跑到儿子的大学，死皮赖脸地问亨一要钱，浓妆艳抹，穿着一条短到大腿根部的迷你裙。鸫矢恨不得找道地缝钻进去，连我这个外人看到这一幕也觉得羞耻。于是，我上前叫住了他，问为什么要把大学名和系名告诉自己母亲。我连考上大学都没和家里的那些人说，只想逃离他们。经过那件事，我们的关系变得亲密起来。"

"亨一对待自己亲人的态度不像你那么决绝吗？"

"说到亲人，是指外婆吧。那家伙可讨厌自己的母亲了，对外婆倒是不怎么设防。所以他母亲会从外婆那里得知亨一的情况。"

佐坂默不作声，心里拍手称快。

收获来了。根据亚美朋友提供的证言，亨一生前说过他对外婆的心情感同身受，没办法对外婆动粗。这与绵谷的说法一致。绵谷虽然对警察充满戒备，但似乎没有说谎。

"他是被外婆宠爱的孩子吧？"

"不，算不上宠爱，怎么说呢，是一条船上的人吧。"

"啊，一条船上？"

"那家伙从小就和母亲还有外婆挤在一间狭小的公寓里，祖孙三人一同生活。亨一只有和外婆联手，取得二对一的局面才能对抗母亲。他曾经说过，能升入高中也有外婆的功劳。尤其是来到东京后，身边没有别的亲人，就只得依仗外婆了。"

"你知道鸰矢一家为什么搬到东京吗？"佐坂用沉稳的语气问道，这是才今天的正题。

"我听说是她母亲带回家的男人出了问题。除此之外，我就不清楚了。其实我也有过类似的经历，所以大致能猜到亨一家的情况。估计是因为那个男人，他们一家不得不逃走。"

"结果呢？"

"别装不懂了！虽然不清楚这个男人到底属于黑社会还是帮派，但和他母亲之间的关系被知晓了，于是有人就追到女方身上，把她们逼到绝境。所以，他们一家才会连夜逃亡……这很常见。"

"确实。"佐坂在心中默念。

俗话说得好，"苍蝇不叮无缝的蛋"。但是，这个男人和这次的事件到底有没有关系？能够"做"到让鸰矢一家连夜出逃的男人，佐坂认为他不会改过自新。美玲和这个男人是否至今都没有断绝关系？会不会是两人向儿子要钱后遭到拒绝，便动了杀心？

依美玲的智商，她应该计划不出杀人和绑架，但把美玲当成从犯就说得通了。

现在基本可以确定美玲背后有男人撑腰，因此接下来就需要梳理过去和她有关系的男人。在这个过程中，有可能会出现与实施犯罪的老人有联系的线索。

回到搜查本部的佐坂向中乡组长汇报了情况，之后又将所有信息汇总起来。这是在为明早的搜查会议做准备。

搜查会议于上午九点准时开始。

首先是情报技术解析组进行汇报。

被害人鸨矢亨一的手机终于赶在会议召开前恢复了数据，手机里删除的大部分信息是美玲发来的，而内容有九成是不堪入目的骂人脏话。

"快点让那个女人滚！"

"如果不让她滚，接下来会发生什么谁也说不准。"

短信内容的威胁性越来越强。

下一个轮到佐坂。他站起身来，介绍了昨天汇总的内容。北野谷依然在他身旁双手互抱，一动不动地坐着。

再下一个站起来报告的是菅原。

"已经查明被害人买的保险中有一份人寿保险的受益人是美玲。但是，经过昨天的调查，这份人寿保单是美玲自己为被害人购买的。买入的时间是五年前。据说，开具这份保单的保险公司推销员是曾经在小酒馆'抚子'做调酒师的小姑。"

话音刚落，会场内响起轻微的议论声。

菅原落座，另一个搜查员站了起来。他报告的内容是搜查支援分析中心对"白根高地"监控录像的分析结果。

"带走阿亚的嫌疑人进入公寓时，好像把一个录音笔模样的东西举到了门禁对讲机前。放大监控画面后，发现嫌疑人将录音笔藏在上衣口袋里，试图不让监控摄像头拍到。虽然这个举动幼稚且拙劣，但这应该是为了开锁。这套门禁系统可以让居民在屋内的显示器上看到访客，因此，嫌疑人故意转身，使自己不被监控拍到。"

最后站起来汇报的搜查员是一位从荻洼警局地域科赶过来支援的

巡查长。

"我汇报的是今天早上收到的信息。一位民生委员告知我们，被害人的外婆去找了警察，'她好像要说些什么''可能和事件有关'。"

"你们应该已经从被害人的外婆那里听取了情况吧。"搜查主任问道。

"是的，不过那时候并没有获得有用的证言。外婆对于警察抱有很强的戒心，无论说什么都是欲言又止。如果有她信赖的民生委员在一旁，可能会让她吐露一些情报。"

听起来有一定的道理。会议结束后，搜查主任对佐坂和其他人命令道："你们立刻去被害人的外婆家。"

原本这一天佐坂和组里其他人为了理清美玲的男人关系网，约了"抚子"所有的从业人员，现在只能将这次拜访顺延到明天。佐坂和北野谷立刻动身前往鸫矢茂子的公寓。

6

亨一的外婆鸫矢茂子，是一位第一眼看上去就相当难对付的老太太。上一次面对搜查员，她说自己头疼、腰疼，岔开话题，等身体舒服点了就装傻，总是逃避搜查员的提问。

"你的外孙被别人杀了，你就不想快点抓住凶手吗？"

鸫矢茂子听后，神情立即恢复了严肃。

"哦，我对你们这些警察一点期待都没有，只会欺负老实人，抓只老鼠都会半途而废，轮得到你们摆出一副姿态来对老娘说教吗？"

外婆连珠炮般吐出一连串话，一看搜查员要开口反驳时，她又马上装疯卖傻，真是一个不好惹的乖僻老人。

幸运的是，这天民生委员绿川正好在现场。

绿川是位看不出年龄的女性，她穿着裤装，头发紧束，化着淡妆的脸颊闪闪发光。与她纯朴的打扮不相符的是，她应付茂子非常有一套，甚至是老练。

"对不起，鸨矢阿姨，你看，警方特意来了。我看你今天心情也不错，一定有什么话要对他们说，我说得没错吧？"绿川将水递给茂子。

茂子开口说道："我可讨厌条子了。"她那皱巴巴的嘴紧紧抿着。

"……不过呢，今天有时间说说亨一他妻子的事，还有要是那个老头儿再来的话也很麻烦。"

茂子转向佐坂和其他人，尽管她看上去仍是一脸不愿意。

"亨一他妻子，也就是亚美小姐吗？"佐坂问道。

"你这不是在说废话吗，除了她还有谁！"

"听你刚刚说话的语气，好像也挺担心亚美小姐的。"

"很意外吗？哼，别把我和那个笨蛋女儿相提并论。"茂子带着怒气说道。笨蛋女儿应该是指美玲。

她取出一根现在市面上很少看到的铁罐装 PEACE 牌香烟，动作娴熟地将烟点燃。

"我要是美玲的话，就绝不会去管那个外孙媳妇。唉，说到底就是不懂人情世故。虽然美玲的想法过于天真，但她是个好孩子。就是跟她爸爸一样，眼里只有钱，所以才不能体会我那外孙媳妇的好。"

茂子摇了摇头，猛吸一口烟，大量的烟从鼻子里喷涌而出。

"这外孙媳妇可是亨一他自己选的，就这点来说，我觉得很难得。

我原本以为我这个外孙一辈子都不会结婚了，这都是美玲的错，她有厌女症，老是单方面干预这桩婚事。唉，要是能看到曾外孙的小脸蛋就好了……"话到最后，茂子的语气变得柔和起来。

茂子突然抽泣道："想问什么？"

"就是之前问的一些话。"一旁的绿川将身体靠了过去，轻声说道。

"从哪里开始说起呢？"茂子眯起眼睛，她的眼睛已经因为上了年纪而变白，但她反驳的语气变弱了。面对平时照顾自己的民生委员，她不能用强硬的语气来对付她。

"鸨矢阿姨，我们从头开始说行吗？拜托了。"

面对眼前躬着腰、双手合十的绿川，茂子似乎放弃了抵抗，叹了口气。

"从头开始……从发生在我自己身上的事开始吧，虽然完全不是什么有趣的话题。我从十几岁就开始干皮肉生意，一干就是一辈子，到现在已经没有店会用我这个老女人了。现在就是个混迹于'柏青哥'和破旧咖啡店的闲杂老太婆。好不容易拥有的一家店，最终也不得不放手。"

"您说的是千叶的店吗？您曾经经营过那家店？"佐坂适时打断道，"好好的店就这么不干了，真遗憾。为什么不干了呢？是因为和女儿还有外孙一起到东京吗？"

茂子扭过脸去，不加理睬，只是默默地吸着烟。佐坂再次重复了刚刚的问题。一旁的茂子说道："不好意思啊，我耳朵听不见，尤其是听不清楚男人的声音，听不见，听不见。"

"听不见是吧，那我们就一直重复刚才的问题，直到您听到，这样总可以吧。"北野谷在从一旁横插一句。

茂子露出一嘴参差不齐的牙齿。

"烦死了。我刚刚说过了，你们这些警察根本靠不住。"她边吐着烟，边大声叫道，"你们总是这样，总是认为我们这种靠特殊行业生存的人就是笨蛋，打从心底里瞧不起。"

茂子气势汹汹的样子着实让佐坂吃了一惊，提问的时候，都有点结巴了："那……那，你……这话是什么意思？"

"好啦。"茂子发泄般大叫一声，然后再次将嘴紧紧闭上。

佐坂向绿川望去，用眼神寻求帮助。绿川双手搭在茂子的肩膀上，安抚她的情绪，并代替茂子说道："我们继续说。刚才茂子阿姨说她现在的乐趣就是玩'柏青哥'和去咖啡店。咖啡店的名字叫'栞'，就在旁边的小路上，那里的早餐很有名，一份五百日元，量大实惠。对了，鸫矢阿姨，我们第一次见面也是在那家店吧？"

"啊，对哦，是的。"茂子眉间皱成了一个"川"字，点头同意。

这之后，绿川变成了谈话的主导，茂子偶然会插进几句话来推进话题的进展。

幸好有绿川在一旁帮忙，佐坂悬着的心终于放了下来。要是只有佐坂和北野谷，那一定问不出什么所以然来。

根据绿川提供的信息，茂子从七年前独自一人生活在练马区的这间一室户公寓，月收入仅是最低退休金五万五千日元，但外孙亨一每个月会寄来十万日元。

"但是从今往后，这部分钱就没了，没准哪天就死在马路上了。就像民生委员说的，只能吃低保了。"茂子说这话时的语气带着悔恨，"我可不想依靠国家活下去。"她侧着脸，清楚地说出每一个字。

这几年出入茂子的这间公寓的人，只有外孙亨一和绿川。

美玲没有来过这里，听说偶尔会叫茂子去她店里喝上几杯。Ins 上面发的照片恐怕就是在那个时候照的。

从去年秋天开始，出入这间公寓的人多了一位：茂子在"栞"咖啡店认识的一名老年男性。虽然茂子骂这家店是"破旧咖啡店"，但"栞"让人喝到了便宜又美味的咖啡，是一家很有人气的咖啡店。来这家店吃早餐的客人，有八成是熟客。不知从何时起，一位陌生老人开始"混迹"于这家店。

老人的年龄和茂子差不多，甚至可能大几岁，身材矮小、驼背，总是穿着同一件黑色夹克，右侧脸颊上总是贴着一块纱布用来遮挡浅茶色的大痣。

老人自称"野田"。

据茂子回忆说，是这个老头儿先来搭讪的。不久，他们成了熟人，见了面会打招呼，你言我语地聊上几句。有一天下雨，为了避雨，他们一起回到了公寓的房门前，从那之后，老人便频繁出入茂子的公寓。最初，茂子认为交到了一个好茶友，顶多就是这么一种关系，毕竟她也年近八旬，已经没有余力对男人抱有色心。

听完茂子吐露的心声，绿川微笑着说："老了以后还有同伴可以一起解闷，真不错！"

老年人孤独死去，是目前日本社会普遍存在的问题。在一座个人经常被孤立的都市里，有一个熟人可以来往，是非常幸福的一件事。

但是，在接下来的日子，野田对茂子的态度来了个一百八十度的转弯。

转变之初，茂子只是对野田某些出乎意料的无礼举动感到恼火。说到底，还是那个年代很多粗鲁的男性对于处理女性关系显得非常笨拙。

当茂子觉得无奈不得不容忍他时，野田很快就变得更加厚颜无耻：敬语也不用了，不和茂子约好就直接闯入她的房间，等等。而这些行为只不过是一个开头。不久之后，茂子从咖啡店回家，他尾随其后，死皮赖脸地问出了茂子的存款，甚至在茂子家里翻箱倒柜，十分无礼。

茂子实在忍受不了，就开始躲避，但是起到了反作用。野田越来越明目张胆地跟踪她。他监视茂子的公寓，每当茂子想先他一步躲起来总会被他察觉。她频繁地接到野田的电话："你今天到哪儿去了？一早就没在家。""你今天为什么没去常去的那家'柏青哥'？是不是和哪个男人去见不得人的地方了？"

电话那头的嚷嚷声使两人的关系进一步僵化。

就在那时，绿川注意到茂子整个人变得有些奇怪。

"一开始，阿姨说那个人不错。当我再问阿姨时，她就不愿多提了。就在发生这些事情前不久，我从公寓出来的时候，看到有个老人躲在电线杆后面，紧盯着公寓。"

绿川当时问茂子到底发生了什么，茂子不情愿地承认了她被跟踪的事实。但她不让绿川报警，而且口气强硬地说："不要让警察插手，要是刺激到这种神经病男人，他会报复的。那种家伙别管他，等他厌倦了自然就放弃了。"

绿川听了这话之后，也曾几次劝导茂子。可茂子始终坚持不让她报警。

"我说过，这种男人我最了解了。像我这种在风月场工作了一辈子的人，光用眼睛看看就知道，跟他讲不通道理。"

绿川被这么一说，也不好继续坚持。

佐坂打心眼里希望绿川能不顾茂子反对，坚持报警。

黑色的夹克、右边脸颊上有浅褐色的痣。没错，这个老人就是杀死亨一并且绑走亚美的男人。如果警方能在老人跟踪茂子时就介入，这起凶案可能就不会发生了。

佐坂看着茂子，问道："你知道那个叫野田的老人的来历吗？在你们当茶友时，他有没有跟你说过什么心里话？"

"他说他孤身一人，有过一个孩子，好像死了，没说是死于疾病还是事故。他不怎么提自己的事情，总是听我讲话。"

茂子重新点燃了一根烟。

一旁的绿川探出身子："其实昨天和茂子阿姨通电话的时候，我注意到一件重要的事情。"

"嗯，什么事情？"

"阿姨，要不我替你讲出来？"在得到茂子的许可后，绿川面向佐坂，"那我就说了，那个叫野田的老人，好像要求鸨矢阿姨做了件奇怪的事。"

"奇怪的事？"

"他让阿姨用平时招呼外孙亨一先生的口气录段音。然后，他就拿着那段录音回去了。"

佐坂听到自己的心脏在加速跳动，和北野谷不约而同地交换了一个眼神。

"很奇怪吧？大概在老人拿到这段录音的半个月后，阿姨的外孙就被杀了。阿姨注意到这一点，察觉到了危险。"

但茂子对警察抱有的成见非常深，哪怕是外孙被杀也没去报警。

经过思想斗争，她决定叫来民生委员绿川，把事情的前因后果全部讲给绿川，让她替自己打电话，这才有了那次的报警记录。

"你为什么答应他录那种奇怪的录音？"

面对佐坂的质问，茂子噘着嘴说："那家伙说要是我不录音，他就赖在这里不回去。他从一大早就坐在那里，一动不动，让人头疼。我怕万一惹他生气，很有可能会对我使用暴力。我想让他早点回去。"

"野田让你录了什么？"

"很奇怪的话。他让我叫他孙子的名字，因为喜欢女性温柔的声音，一听到就兴奋不止。虽然我觉得这家伙脑子有病，但我想快点看电视，就照着他说的做了。果然，他立马就回去了。"

"对方是不是用了录音笔？"

"我不懂什么录音笔，反正是拿着一个电子产品。"

"就是让你对着那个电子产品把声音录进去？"

"嗯，我记得他让我录的话是'小恭[15]，小恭，是我哟'，不停地催我，当时我还以为他的孙子跟我的外孙同名。"

佐坂再次看向北野谷，北野谷不说话，只是点了点头。

没错。野田就是凭借着这个录音，瞒过了"白根高地"的门禁系统。

亨一虽然恨自己的母亲，但对外婆还不错。听到快八十岁的外婆叫门，虽然没在门禁显示器上看到外婆的身影，也能毫无防备地开门。

—— 嫌疑人野田正是利用这个漏洞，提前半年以上谋划行动。打从一开始，他就抱着这个企图接近鸫矢茂子，从而对鸫矢亨一实施了暴行。

"那个叫野田的男人，现在还来吗？"

---

[15] 日语原文为假名「きょう Kyo」，这个 Kyo 在日语中可以为很多汉字注音，而被害人亨一的"亨"也读作"Kyo"，野田让茂子用这个名字录音，正是为了让亨一以为是茂子在叫他，以此让亨一打开门禁。

"突然就不来了。喂，是不是那家伙干的？是不是因为我老不搭理他，他恨我，所以就把亨一杀了？"茂子的声音第一次显得无力而颤抖，自责与害怕让她无法镇定。

"现在还不能下结论。总之，谢谢你给我们的搜查带来了新的参考。"佐坂说完，行了一礼。

7

佐坂和北野谷前脚走出茂子的公寓，后脚就被叫住了，原来是民生委员绿川追了出来。

"不好意思。"绿川喘着气说，"那个……我也有话要说，但我觉得这话最好不要传到鸨矢阿姨的耳朵里。我想……"

"您说。"北野谷立马回应道，"来得正是时候。刚刚听你们说这附近好像有一家咖啡店不错，现在是上午，人应该不多，我们找个靠里的安静位置喝杯咖啡吧。不过我们现在还在执行公务，大家就各自付钱吧，实在不好意思。"

"栞"的咖啡确实很美味。这家咖啡店不在乎盈利，使用优良的咖啡豆，手工烘焙，品质一如既往。咖啡很浓醇，毫无杂味，香气扑鼻，是警局自动售卖机里的咖啡不可比拟的。

不过，享受咖啡也就片刻之间。绿川拿出手机："我有东西给二位警官看。"

她打开手机浏览器，应该是事先添加了个人收藏，点开后立刻跳到了关联的网站，网页显示的是"被跟踪狂骚扰的受害者会·SVSG"。

"我也一把年纪了，说出来真有点不好意思……我曾经也被跟踪狂骚扰过。"绿川说着低下了头，内心感到羞耻。

"如果我一直做民生委员，会越来越多地接触到孤独的男性，比如独居老人、未婚的高龄男性。这些人总想要寻找点什么乐趣来填补内心空虚。他们会把女性志愿者和护工，想象成母亲或者理想中的妻子，经常纠缠她们。而我又打扮得特别朴素，看上去很好对付。"绿川唇角微扬，苦笑着。

佐坂的胸口感到一阵刺痛。

母亲的形象、理想的妻子形象，姐姐美沙绪不就是这样的女性吗？虽然她才十几岁，但她天生有一种慈母气质。

绿川继续说道："当我听到鸧矢阿姨被男人纠缠的时候，不想袖手旁观。我竭力说服她去报案，可你们也看到了，鸧矢阿姨死活不肯。她固执地讨厌警察。所以我就考虑试试民间团体，以前我也受到过这类团体的帮助，像是 SVSG 这类网站。"

佐坂考虑这个 SVSG 应该和刚才手机上浏览的"被跟踪狂骚扰的受害者会"不同，应该是 Stallker Victim Support Group 的缩写。

"SVSG 是遭遇跟踪行为的被害人还有家人自助的团体。全国各地都有聚会，会员间说出各自的伤痛，相互安慰支持。但是申请入会的流程很烦琐，SVSG 首先会发来一份邮件，要和网站管理员交流好几次。这是为了避免单纯的好奇人士和跟踪狂混入其中。等管理员认定你是可信任的人，很快就会收到论坛的链接和密码。"

"明白了。那你是会员吗？"北野谷问道。

"是的。我差不多在五年前成为会员，参加过很多次聚会。近一年半以来，由于工作比较忙碌，身边也没出现什么异常，我逐渐就淡出了 SVSG。在此期间，密码发生了几次变化，我不得不跟管理员沟通了好多次。"

"就在这期间，亨一被杀了？"

绿川没有回答，只是低着头。

她将椅子上的手提包放到了膝盖上，把手机放进包里，取出用夹子夹着的一沓纸。

"我想让二位看的其实是这个。最近我终于拿到了新的论坛链接和密码。就在前天，我留意到一个会员交流的问答帖，将其中一部分打印了出来。就是这些，涉及个人隐私的地方我都用马克笔涂掉了。"

"谢谢，我看一下。"北野谷说着接过这沓纸。

佐坂抻长了脖子，视线落在了北野谷的手边。

纸上打印的是论坛的截屏，看来这是一个树型论坛。每个回复旁边都带有一个删除选项，这可能和某些大型匿名论坛的发帖规则不同，这个论坛可以在事后删除自己发过的帖。正如绿川所言，这些纸上印的对话被她用马克笔涂掉了一部分，不过，并不妨碍佐坂他们浏览主要内容。

【RING】：RUKO，您好。

您提到有个老人总是跟踪您，我能问一下他的具体情况吗？这个老人与纠缠我的人，在身材样貌上很接近。

【RUKO】：RING，您好。

您的帖子让我很感兴趣，请您尽管问。纠缠我的老人，是个八十岁上下的男性，一头乱蓬蓬的白发，穿的衣服有点脏，身材矮小，右侧脸颊有一颗痣。

【RING】：RUKO，谢谢您的回帖。

果然，身材样貌非常相似。但是，加害我的老人打扮得像个女性，头上包裹着围巾，右侧脸颊有一大块纱布。

现在看来，那块纱布可能是用来遮挡痣痕的。另外，他也可能通过变装的方式转换身份加害其他人。如果RUKO方便，希望您能够聊聊更详细的情况……

【RING】和【RUKO】应该是网名。

这两人似乎都住在关东地区。看到这里，佐坂的眼里映射出野田的身影。

女装？这么说起来，第一次看到茂子的照片时，心里还想着"到了这种岁数，很难区别出性别"。

北野谷抬起头看着佐坂，佐坂向他轻微地点头回应。

这一点也体现在【RING】和【RUKO】的帖子里。

接下来就是要取得SVSG网站管理员的协助。不过，根据这个会的性质，有可能会遇到反感警方的人，要让管理员提供会员的个人信息，恐怕要吃闭门羹。

"绿川女士，"北野谷将咖啡杯放在桌上，"你知道鸧矢亚美小姐在案发现场被带走的事情吧。说句不中用的话，案发已经好几天了，我们没什么时间了。实在对不起，为了缩短调查时间，请您一定协助我们。"

绿川毫不犹豫地答应了。然后，她按照北野谷说的内容，给【RING】和【RUKO】发去了回帖：

"对不起，插一条帖子。你们提到的这个跟踪狂老人，我手上也有一些线索。我们能否见个面？希望能和警方一起聊聊，你们看行吗？"

两小时后，绿川收到了【RING】的回帖，上面写着"一定"二字。就在【RING】的回帖后一小时，绿春又收到了来自【RUKO】的回帖，表示明天白天可以，但是最好不要在自己家附近。

明天是周六。

"明天下午两点，JR 荻洼站北出口 LUMINE 商场入口处见面。"

商定好之后，北野谷将绿川刚刚发的这些帖子全部删除。

8

次日，周六下午两点。佐坂和北野谷在 LUMINE 商场门口先与绿川会合。

两位女士 ——【RING】和【RUKO】也已经到了。两人都是二十多岁，其中一人黑发垂肩，搭配深蓝色的衣服，很时尚。从妆容来看，应该是个上班族。另一位的头发齐胸，在后颈处扎了个结，内穿针织衫外搭牛仔服，一身休闲打扮。不太精致的妆容、用了很久的斜挎包，衬托出她身上浓浓的学生气息。

佐坂向两位女士鞠了一躬，亮出警察证。

上班族模样的女士谨慎地问道："不好意思，能不能先确认一下警官先生的名字和所属警局？"

佐坂和北野谷表示理解，耐心地等待着她将这些信息输入进手机的备忘录里并保存。这期间，身着牛仔服的女士满是愤慨，目不转睛地盯着佐坂和北野谷。

片刻之后，上班族女士将手机收好。

与此同时，学生气的女性开口道："听说你们想问我们点事。你们真的会好好听我们说吗？你们能保证吗？"她一边说，一边紧紧地抓住斜挎包上的带子。她的手指在微微颤抖，语气充满了不信任。

"真是烦死了。有个男巡警对我说'噢，就这点事啊'。我可不想再被你们当白痴了。"

"是吗？"北野谷赶紧回道，"作为警察的一员，让你有如此不愉快的回忆，我在这里郑重地向你道歉。我们今天来这里是想得到你们的协助，我保证不会对二位说出一句无礼的话。如果可以，我还想问问你们之前被跟踪的事。不知二位是否同意？"

短暂的沉默过后，穿牛仔服的女士叹了口气，不再抗拒。

五个人向着附近的公园走去。

周六的公园里人流量比预想中少很多，他们尽可能找公园深处的长凳。佐坂和北野谷让两位女士和绿川坐下，他俩则站在三人的身前。

两位女士自报家门。上班族模样的女人叫友安小轮，穿牛仔衣的女学生叫丹下薰子。目前小轮住在神奈川县，薰子住在东京的公寓。

两人属于不同类型的美女。

佐坂在心里想着。

从与性犯罪有关案件的统计来看，此类案件的发生与被害人的容貌并无特别的联系，色情狂和强奸犯也一样。如果是跟踪狂的话，情况稍有不同。除了"前对象"和"前配偶"，比较容易被盯上的是"长相中等偏上，看起来老实且有点品味，不会强烈抵抗的女性"。

这么说来，鸨矢亚美也是这种类型。

佐坂心中嘀咕起来。

看起来老实、有品味、平时对长辈很有礼貌，对于高龄的男性跟踪者和男性骚扰者来说，正是让他们垂涎三尺的猎物。

"不好意思，有点口渴，能不能去买点喝的？"看起来依旧焦躁的薰子说道。

佐坂一溜小跑到公园里的自动售卖机前，买了罐装果汁。这是薰子自己掏钱买的，虽然不太合适，但毕竟还在执行公务，佐坂不能请客。

薰子刚喝下一大口碳酸果汁，北野谷便开口道："在请你们解决我们的疑问之前，想先问问那个忽视你报警的警察。我感觉你们两位的事情应该有联系。能跟我们讲讲吗？遭遇了什么？是怎么向该警察反映情况的？得到了什么回应？"

北野谷正中要害。

接着，二人讲述了自己被陌生老人跟踪的经历，以及内心的恐惧、对警察的不满、得不到理解时的愤怒和沮丧。友安小轮和丹下薰子十分默契，很难相信她们两个是第一次见面。

北野谷认真听着每一个字，每听完一句话都会点头，等全部听完，他说道："你们还记得去报警的日期吗？接待你的警察叫什么名字？"

小轮和薰子都在记事本上标注了日期，但没有问过警察的名字。

"你们应该问一下名字的，这样事后上网一查就知道了。现在说这些都晚了……"听闻这话，薰子紧咬着嘴唇，北野谷继续道："大致的年龄和身材都知道吧，这就可以了，知道是哪家警局，再找到出勤记录一对照就行。这几年来，国家针对跟踪狂被害的案件，都制定了严格的律法，相关册子上也写着'如遇咨询警察，应尽快将此事移交给生命安全科处理'。这两个警察显然没有做到这一点。我会向上级报告他们怠慢职务，送他们进警察监管部门的办公室。"

北野谷的语气干脆坚定。

警察一般对自己人都比较客气。但就佐坂所知，北野谷是个例外，他说了会把那两个警察送进监管部门办公室，他就一定会这么干。

不知是不是被他的态度所影响，小轮和薰子的紧张情绪得以缓解，态度温和地连连点头。佐坂感到气氛变得轻松了许多。

这之后，小轮和薰子讲话的语气不再咄咄逼人，绿川也谈起了自己遭遇跟踪的事。

北野谷耐心地听着三个人讲话，没有打断她们。佐坂同样如此。

友安小轮从遇见一个名叫岸智保的男人开始讲起。之后，她被一个右脸上贴着纱布、穿着褪色衣服的"老妇人"跟踪。岸智保貌似知道那个"老妇人"的真实身份，此后不久，他就失踪了。

另一位丹下薰子说自己有一天在便利店被一个陌生老头撞倒了，之后那个老头一直跟着自己。老头顶着一头黄灰色的头发，身上穿着脏兮兮的衣服，右侧脸颊有一颗浅褐色的痣。

听到这里，佐坂确信，她们俩遇到的是同一个人。

老人穿着女装，应该是为了让小轮和公寓的其他居民放松警惕。无论怎么看，两个人遇到的都像是同一个老人的行为。而且，他对小轮和薰子做出的令人讨厌的行为方式各不相同，对后者，明显存在性暗示，或许因为对象是个学生，因此他改变了方法。

佐坂从她们的叙述中看到了跟踪狂内心深处的邪恶。很明显，那个人不单单是对女性有性欲、想和她们交往，而是出自内心深处无法捉摸的恶趣味。

另外，她们描述的老人的体形样貌，也和纠缠鹄矢茂子的男人一致。不过，茂子与小轮的遭遇不同，老人最初接近茂子时态度友好，并自称"野田"。这个名字十有八九是假名，说不定伪造的名字也会藏有提示。

"如果是同一个人……为什么会盯上我们？"薰子发出疑问。这是她一直以来的疑问，她的眼睛里充满着不安。

"我们正在调查。"眼下，佐坂只能这么说。

薰子和茂子应该是跟踪狂偶然发现的"猎物"，且遭遇的是精心策划的骚扰。

不过，友安小轮很可能是被迫受到了牵连。那个男人变装成了老妇人，目标应该是岸智保。接近茂子则是为了入侵鹄矢亨一的公寓。

如此看来，他确切的目标应该是鹄矢亨一、丹下薰子和岸智保。若不是亨一，也有可能是他的妻子亚美。

那么问题来了，盯上他们的理由是什么？三个人有什么共同点？

佐坂陷入沉思，对面的小轮试探性地说了一句："小智……哦，不，我还是很想知道岸智保的行踪。"这声音小到就像蚊子哼哼。

"虽说我很想否认……现在回想那段日子，我感觉岸智保在我身边的时候一点都不放松，总是神经紧绷着。虽然我偶尔看他笑过，但那笑容不太像是发自内心。怎么说呢，总感觉他心事重重。"小轮说完，用手指按了按自己的太阳穴，"我也不是非要他回到我身边不可，只希望他现在平安无事。"说到"平安无事"四个字时，小轮的语气变得非常温和。

佐坂装作没有注意到小轮语气的变化，坐了下来，然后依次看了看坐在长凳上的小轮和薰子。

"麻烦二位能不能把刚才说的话再重复一遍。这次我们会适时地打断你们，问几个问题，可以吗？"

两人均点头表示同意。

在公园坚硬的长凳上，她们将自己的遭遇又讲了一遍。佐坂和北野谷时而提出疑问，试图寻找被害人之间的共同点。其中，丹下薰子的证言尤为重要，因为岸智保、鸫矢亨一、鸫矢亚美都不在跟前，薰子便是目前唯一的"目标本人"。

佐坂认为友安小轮和丹下薰子之间不存在共同点。两个人相差两岁，在不同的地方出生、长大，上学时参加的社团活动和旅行轨迹等都没有交集。

"丹下小姐，你出生在千叶吗？"北野谷问道。

"是的，老家在千叶。考上硕士后，我才来到东京，之前一直住在老家。"

"是千叶的哪里？"

"端汐市。"

北野谷的眉宇间，闪过一丝失望。

鸫矢亨一出生在千叶县的泽馆町，现在已经并给了成田市，位于该市的北部；而端汐市虽然同在千叶县内，但相隔距离非常远。

北野谷将注意力都集中在薰子身上，没有注意到一旁的佐坂。佐坂不敢呼吸，悄悄地将脸背了过去。他表面上强装镇定，心脏却怦怦直跳，手心已经被汗水浸湿。

端汐市！

那里也是佐坂曾经居住的地方，一直住到小学一年级的冬天。至于后来为什么搬走了 —— 因为亲生姐姐被杀了。

父母也好、佐坂也好，都无法继续在那片土地上生活下去。为什么被害人的这方反而要逃跑，现在想来依然感觉很可笑。当时一家人已经到了极限，不想再接受别人的同情，不想再感受别人投来好奇的目光。

那之后，由于父亲换工作，又搬了一次家。全家人带着姐姐的骨灰搬来了东京。

佐坂想到这里，深深地吸了一口气，将视线投向了薰子。

他再次端详薰子的长相。

没有任何印象。不过这也是情理之中。端汐市是千叶县县厅所在地千叶市的市郊住宅区，坐电车三站，开车不用二十分钟即可到达市中心。由于交通便利，居住人口不断攀升。何况薰子今年二十四岁，在她出生前，佐坂家就已经搬离了端汐市。薰子也一定不知道佐坂美沙绪被害的事件。另外，当时佐坂家的邻居也并没有姓丹下的……

—— 丹下？

突然，犹如醍醐灌顶直冲脑门。

没错，和亨一的恩师谈话时，佐坂的脑海中也突然有什么东西一闪而过，这次也有同样的感觉。但是和上次一样，那种灵感瞬间就消失了。佐坂懊恼地咂了下嘴。

他决心还是先从岸智保入手。

—— 岸智保。

一般而言，名字有可能是伪造的。但他上班的地方不是日结工资，又住在网吧里。按道理，现在要想成为网吧的会员，就必须出示身份证。

想到这点，佐坂凑近北野谷的耳朵，悄悄地将这个意思告诉他。

"不好意思，我离开一会儿。"佐坂说着，离开了长凳。

他走到树荫下，拿出手机打通了搜查本部的座机，委托那边的警察立刻确认两件事：一是确认小轮提到的川崎市网吧，是否有叫"岸智保"的会员；二是在警视厅数据库中搜索"岸智保"，如果查到了这个名字，就说明此人有前科。

打完电话后，佐坂回到几人当中。

在佐坂离开期间，北野谷又让两位女士重新讲自己的遭遇，这已经是第三遍了。重复同样的话是听取情况和讯问的基本，虽然会让怀疑对象和证人感到厌烦，但这种办法确实行之有效。人类的记忆很容易被篡改，即便是同一件事，从不同的角度提出问题，往往能揭示出新的事实。

约十五分钟后，佐坂的手机响了，是本部座机打来的。"川崎市的网吧确认过了，有叫'岸智保'的会员，此人有段时间频繁出入网吧，并且连续好几天住在那里。记录显示，他申请会员时出示的是普通驾照。"

"警视厅数据库中没有查到这个名字，没有发现有前科和逮捕的记录。另外，这个名字也没有通过手机或者银行账号实施犯罪。"

佐坂道谢后挂断了电话。

看来岸智保不是为了逃脱警方。他只是发现自己被跟踪后，为了甩脱跟踪狂，不辞而别。但是，他选择没有报警，而是孤身一人逃走了。这是为什么？莫非也和小轮还有薰子一样，以前报过警但被警察忽视过？

不对，他是个年轻强壮的青年，如果对方是老年跟踪狂，他完全可以凭借自己的力量赶走老人，为什么他不这么做？

难道岸智保多少知道些这个跟踪狂的来历，所以不敢跟他硬碰硬？佐坂陷入沉思。这时耳边传来北野谷的声音："哦，原来丹下小姐的父亲是个律师？"

"嗯，是的。不过是个乡下的律师，没什么名气。就连爸爸自己都说接了太多免费的诉讼。"薰子皱起眉头回答。

佐坂回忆起过去，接着问道："莫非，你是丹下雅文律师的女儿？"

"啊！您知道我爸爸？"薰子瞪大了眼睛。

佐坂点点头："丹下律师为了户地振兴产业事件和吉野药害的诉讼呕心沥血。我在很多次的审判记录中看到过令尊的名字……这么说来，你是佃秀一郎先生的外孙女？"

"嗯，是的。"薰子简短地肯定道。

丹下雅文是一个讲人情的律师，主要活动在千叶县。他不看重报酬，常常为了劳动纠纷案四处奔走，是当下社会少见的硬骨头。

丹下雅文的老丈人佃秀一郎是个强硬派律师，早早给女婿画了个"圈"，规定他不得跨出这个圈一步，听说现在年事已高，已经退居二线了。

在佃秀一郎还在一线拼搏的时候，佐坂和他有过好几次照面。

二十五年……不，准确地说，已经是二十六年前了，第一次见佃秀律师还是被母亲生拉硬拽地带到了"学习会"。这是借用县民中心成立的学习会，全称为"犯罪被害者支援会"，是由千叶县厅联合县警共同成立的。

佃秀一郎虽然身材矮小，但绝对是个有存在感的男人。

"一次异常，就会和重大事件扯上关系。因此，不要忽略了这些迹象。警察应该多站在弱者和被害人的立场上，用政治权力来保护这些人。"类似这样热情洋溢的讲话还有很多。佃秀一郎还试着和在场的、参加支援会的每一个人交流对话。

失去姐姐的佐坂湘在当时对大人们充满失望，无法依仗的警察、只会做思想工作的老师、喜欢嚼舌根的近邻、整天借酒消愁的父亲，还有沉溺于社会活动对家庭不闻不问的母亲，所有人都让自己感到沮丧。

要说那个时候，佐坂湘心中特别仰仗的人只有两位。自从离开千叶以来，就再也没见过他们。其中一个就是佃律师，而另一个是……

就在这一刹那，佐坂的脑子里闪过一道光，这是一道打开记忆大门的光。

北野谷对着一句话不说的佐坂，声音变得尖锐起来："喂，'破案迷'，你同时还兼任'律师痴迷者'？我不知道你这算不算是粉丝心理，可你得先把个人情感放在一边……"

"等一下。"佐坂伸出手，顺势抓住北野谷的手腕。

北野谷眉头一皱："你干吗？"

"等，等一下。啊，我明白了，我终于明白了，原来是这样。"

二十一年前。

千叶县泽馆町。

佃秀一郎。

鸨矢母子。

母亲鸨矢美玲带回来的一个男人，迫使她们放弃家和工作，连夜逃走。亨一对母亲异常反感……

"北野谷前辈，就是这起'泽馆女性连环被杀案'。"

北野谷的眉头锁得更紧了："你这家伙，从刚才就不知道在说什么，好好说话！"

"被害人的共同点是二十一年前发生在千叶县泽馆町的'泽馆女性连环被杀案'。"佐坂喘了口气，继续道，"鸫矢美玲是将凶手带到泽馆町的罪魁祸首，导致她们一家不得不背井离乡。然后，佃律师受到官方指派，担任凶手的辩护律师……北野谷前辈，请你听我说完，这次的'白根高地公寓杀人及绑架案'，与发生在二十一年前的案件有关。"

9

"泽馆女性连环被杀案"发生在平成十一年（一九九九年）至平成十二年（二〇〇〇年）期间，地点是千叶县泽馆町。平成十一年五月的某天深夜，时间已过零点三十分，成田警局下属泽馆署接到一起报警电话，有人报案说女儿至今未归，害怕她出事。

电话中提到的女儿，就是之后发现的第一个被害人女大学生 A，遇害时年仅十八岁。A 在距离泽馆站徒步七分钟的培训学校里打工，担任讲师。

培训学校的考勤卡记录显示，A 失踪当天的打卡时间为晚上十点二十三分，和平时的打卡时间基本一致。离开学校后，她通常会步行至车站，坐上从泽馆站始发的巴士回家。

最后见到 A 的人是同校的二十三岁男性讲师，他说那天晚上他去坐电车，在车站前与 A 分别。

之后的调查发现，这名男性教师对 A 存有好感。他接受过警方的盘问，但他的交通卡数据证实了他不在场。

过了四个月，A 依然杳无音讯。

直到五个月后的九月中旬，依然是一个深夜，在一家废弃工厂的停车场，发生了一起不明缘由的火灾。消防队员赶到现场后，迅速扑灭了大火。一具焦黑的尸体呈现在众人的眼前。因尸体已烧到炭化的程度，无法分辨男女。

通过比对齿形，证实这具焦尸是住在泽馆町的 B，时年二十四岁，当时是泽馆町内汽车零件工厂的经理室事务员，考勤卡上最后记录的时间为晚上八点三十二分。

看上去和蔼可亲的经理说："我们工厂每个月二十号发工资，事务员负责给员工计算工资，因此发薪日的前三天都会加班导致晚回家，平时基本七点前就下班了。"

"她每天应该是步行往返于家和公司。"说着，经理叹了口气，"对了，说起来她最近总是愁眉不展的，我听说是和男朋友闹别扭了。不过应该不至于为爱寻死。"

然而因为这句证言，警方的调查方向倾向于自杀。

就在发现 B 的焦尸十二天后，风向有变。

五月份，失踪的女大学生 A 的尸体被发现，发现地点是距离泽馆町中心大街驱车四十分钟的灌木丛里。被发现时，A 的上衣还在，下半身赤裸。无论怎么看，都是强奸后杀人。可惜的是，由于时间过了太久，已经无法提取体液等证据。

发现了 A 的尸骨，搜查员们再次绷紧了神经。

这是否是同一个凶手所为？两名被害人的年龄相差不大，又都是夜归的女性。在这座充满田园风情的城镇里，短时间内竟连续发生两起女性被害案件。

这个时候，泽馆町也逐渐流传出一种说法："最近针对妇女的暴行案件有增加的趋势。家中有女儿的家长，请务必做好接送工作。"

这件事势必要引起大家的重视。

然而，在平成十一年时，强奸属于自诉罪，必须由受害人亲自告发。当时，很多女性在受到侵害后不会选择告诉警方，案件往往不了了之。

平成十二年一月，发生了第三起案件。

被害人又是一位打工回家的学生。被害人 C 时年二十一岁，大学三年级学生。案发当天，C 在快餐店打完工后，在回家的路上失踪。两天后，遗体在一处农田的灌溉渠里被发现，发现遗体的是农田附近的居民。遗体被找到的时候，下半身衣物被脱去，这点和 A 相同；腰骨骨折，外阴有摩擦留下的伤痕，表明这是强奸。之后，警方在这起连环杀人事件中，首次鉴定到了残留在被害人体内的体液。

这份鉴定确定了凶手的血型和 DNA，甚至知道了凶手感染过性病，还有无精症。

当时还未成立搜查支援分析中心，大数据分析也不够精确。千叶县警将三起杀人事件的凶手视为同一人作案，并以此为目标展开搜查，尤其不放过有性犯罪前科的人。

然而，第四起案件发生了，凶手似乎是在嘲笑所有正在努力的警察。

第四名被害人 D 是一家保险公司的临时工，时年二十二岁。和其他被害人一样，在回家途中没了踪影。被发现的时候已是一具尸体，体内检测出的精液和残留在 C 体内的相同。

但凶手杀人的暴行就此停止了。

在袭击第五名受害人时，他失手了。

第五名被害人 E，一眼看上去纤细柔弱，但她是一名职业手球运动员。她当时走在昏暗无人的路上，被一辆从后面开过来的银色轻型面包车撞了。E 迅速调整姿势，采用柔道的不受伤倒地法，但是左手尺骨处还是受伤了，骨折的一瞬间，她意识到事态严重。

一个男人从面包车上下来。

E 冲着他大喊叫救护车。但是，他看起来一点都不慌张，而是走近 E，两只手拽着她往面包车上拖。E 立刻明白这个男人是故意的，他想要绑架自己。

E 使出浑身的力量来摆脱男人。双方纠缠在一起，她抓住背包，用包带缠住男人的脖子，死死地拽紧背包带。男人瞬间暴怒，他挥舞着手臂，扭动着身子，撞向 E。E 的鼻梁骨折，牙齿被打落，颌骨破裂。但她依然死死地拽住背包带。男人因窒息而奋力挣扎，用脚猛地踢向 E 的侧腹。E 也因为伤势剧烈咳嗽，拽着背包带的双手逐渐松开了。

男人见状，一把推开 E，踉跄地走到面包车前，打开车门坐了上去。

E 咳嗽到泪眼婆娑，目睹面包车逃走。虽然没有看到全部的车牌号，但是车牌号的后两位和面包车的车型清晰地印刻在她的脑中。

她当场拿出手机报警，接到报警的搜查员们大呼快哉。

E 虽然遍体鳞伤，但她的记忆和证言非常可靠。凶手的年龄三十五岁上下，身高不到一米八，身形偏瘦，微长的自然卷，下巴有胡须。轻型面包车 S 社制造的，颜色是银色，车牌号的最后两位是"38"。

面包车的车主很快就找到了：住在泽馆町的三十四岁女招待鸨矢

美玲，这是她三年前购置的车。根据警方的调查，美玲与读小学四年级的儿子和一名男性同居。三人居住在车站前的两室一厅公寓里。

邻居们对美玲的评价是"打扮花哨，吵闹，晚归也会发出很大的动静"，同居的男性恐怕没有工作。有邻居说："白天在外面一家一家徘徊，着实让人毛骨悚然，而且又是一张陌生的脸，我觉得他不是当地人。"

搜查员为了得到美玲的证言，造访了她的公寓。但还是晚了一步，那个被 E 看到脸的同居男人早就有所准备，先行一步离开了公寓，行踪不明。

鸨矢美玲的同居对象名叫竹根义和。虽然年满三十六岁，但是个有六次犯罪前科的惯犯，犯过伤害罪、抢劫罪、强奸罪等等。竹根义和出生在四国高知县的一个沿海小渔村，看似与泽馆町没有任何因缘，正是鸨矢美玲把他带到了泽馆町。

鸨矢美玲面对搜查员，战战兢兢地说："差不多两年前，我在电话交际俱乐部里认识了他。那时我属于'空巢'状态，虽然不是特别想要男人，不过想想有总比没有好。"

就在即将抓到重点嫌疑人的紧要关头，却让他逃走了，千叶县警恨得牙痒痒。

然而，仅仅五天后，竹根义和就被轻易抓获了。报案人宫崎是一名三十多岁的家庭主妇，住在高知县高知市，当时她到离家最近的警局报的案。

"几天前开始，我丈夫的朋友频繁来家里，而且一坐就是一天。那个朋友的态度很好，但谈话的内容让我觉得越来越恐怖。我家里有一个上小学的儿子，我不知道发生这种情况该怎么办。"

接到这起报案的警察当时并未察觉是什么大事情。

"安全起见，我们去看一下。"

被要求一同前往的巡警估计也觉得没什么大事。当两名警察来到报案人的家里时，却吓了一跳：从报案人家里突然蹿出一个男人，手里挥舞着一把尖锐的利器，一名巡查腕部被割裂，受重伤，另一名巡查慌忙跑回巡逻车内，通过警用无线电呼叫救援。

砍人的男性手握尖刀，快速逃离现场。

大约二十分钟后，赶来支援的警员们将这名男子团团围住。他手中紧紧地握住刀，向着警察们装腔作势地喊道："你们找我干什么？是在跟我说话吗？这里只有我。"

警察们一拥而上，迅速将男人制服。

一个小时后，警察确认该男性名叫竹根义和。高知县警对竹根义和很了解，因为涉及他前科的案件以及逮捕记录，有九成都发生在高知县内。

竹根义和，三十六岁，生于高知县幡多郡先舟町。他的生父是赌博暴力团伙的成员，生母是被派去情人酒店提供特殊服务的失足妇女。竹根义和出生的那一天，父亲正在牢狱中服刑，罪名是诈骗保险金并过失杀人，两罪并罚，被判有期徒刑十一年；母亲则在他出生六个月时失踪了，不曾留下一字一句。自此，竹根义和由爷爷奶奶抚养。

爷爷不喝酒时，是一个技术高超的捕鱼人。但是，酒一喝多，他就变成一个爱耍酒疯的人。每当酒过三巡、菜过五味之时，他就会说："真是个肮脏的小鬼。""真后悔把这种小鬼接过来。像这种小鬼，应该一生下来就丢进海里淹死。"

爷爷在这个时候就会叹一口气，然后对着年幼的竹根义和一顿乱揍。

竹根义和从小就是一个老实且不开口讲话的孩子，爷爷奶奶薄情寡义，基本上对孙子的日常生活不管不顾，他们会把竹根义和一个人扔在镇上的电影院，然后转身离开，一直到晚上电影放映结束才去接他，根本就没担心过他有没有吃过饭。

根据电影院馆长的叙述："这孩子不吵不闹，就一个人孤零零地坐在观众席的角落里。小孩子看电影不需要付费，既然不吵不闹，不影响别人，也就让他坐在那里了。"

六岁那年夏天，竹根义和的生活发生了巨大变化。

喝得烂醉的爷爷挥舞着酒瓶猛烈地击打竹根义和的头部，他被打得昏死过去。然而爷爷奶奶觉得他很快就会醒来，便不再管已经昏迷倒地的竹根义和。十八个小时过去了，竹根义和依然没有醒来，奶奶这才将他送到了医院急救。

幸运的是，竹根义和在医院里恢复了意识。不幸的是，至此以后，他的个性发生了天翻地覆的变化。他变得焦躁，情绪极易激动，非常暴躁。他还喜欢欺负比自己小的孩子，虐待动物，沉溺于各种危险行为。

有可能是巧合，很多连环杀手在幼少期头部都受过严重外伤，也有很多人因酒精与药物导致脑部受损。

总之，竹根义和长成了一个暴戾的不良少年。

在小学六年级的夏天，他拿着刀，威胁同班同学给钱。遭到对方拒绝后，竹根义和二话不说，动手就砍，刀刃深深地插入了同学的前臂，砍断了筋腱。

中学二年级的秋天，他强行闯入女生家中，对方报警。

半年后，他又闯进一名单身女职员家中，掐住对方脖子，在对方昏迷之后，实施强奸，并抢走了金钱。清醒过来的受害人立刻报警，但竹根义和早已逃之夭夭。

案发四个月后，竹根义和在某高年级学生家里放火。对方家人发现后报了案，竹根义和被逮捕。接受审讯时，竹根义和当着搜查员的面说："我什么都不会说，不要问为什么，我告诉你们，沉默代表自信，只有感到不安才会一个劲说个不停。"

这句"沉默代表自信"是电影《教父》中由马龙·白兰度饰演的唐·柯里昂的台词。

十几年后，当竹根义和被警察们再次团团围住的时候，他依然如此："你们找我干什么？是在跟我说话吗？这里只有我在。"

这是电影《出租车司机》里的台词，出自罗伯特·德·尼罗饰演的主人公拉维斯在镜子前自言自语的经典片段。

幼儿期被丢在电影院里长大的竹根义和，非常喜欢看电影。他几乎没好好上过学，连一本漫画都没看过，更不用说读完一本书了，教会他说话、人生哲学的都是电影。

竹根义和被送进了少年院[16]。当时，他十五岁。离开少年院是十八个月后的事情了。

到了十六岁，竹根义和开始帮爷爷捕鱼，但是他很难克服晕船，只能依靠酒精。到头来，他深深记住了酒的味道，捕鱼早就被抛在脑后了。

这期间，竹根义和又见到了分开很久的父亲。这次见面，他没有特别的感慨。他把那天的相遇，说给了唯一称得上是朋友的电影院馆长

---

[16] 在日本，通过少年法判定，由家庭法庭做出判决，对犯罪的未成年实施保护、收容、辅导以及将来回归社会等。少年法的针对年龄段为11~20岁的青少年。

以及工作人员：“老爸还很黏人呢，他说想再见见我，被我拒绝了。坦率地说，亲爱的，我一点也不在乎。”

这句话的原句出自电影《乱世佳人》："Frankly, my dear, I don't give a damn." 是著名演员克拉克·盖博的台词。

之后，竹根义和几度往返于少年院与自由世界中。

成年后，竹根义和移居到高知市，在那里找到工作，安稳了一段时间。大约两年后，他再次因为故意伤害和盗窃等罪名被捕。

二十六岁时，因非法私闯民宅及故意伤人，竹根义和被判有期徒刑八年。他假装成检查煤气的工作人员，敲开了住户的房门，接着亮出刀具强闯进去。被害人虽奋力反抗，但最终双手挫伤、大腿骨折等。

服刑期间，竹根义和未获得假释。直到三十四岁那年的秋天，竹根义和刑满释放。从监狱出来后，他没有回老家。

“滚！别回来！”当时还在世的爷爷奶奶拒绝让他回家。竹根义和无处可去，到以前坐牢时同监室的男狱友那里挨过了一段时间，之后离开了高知。而他前往的目的地正是千叶县泽馆町。

竹根义和在电话交际俱乐部认识了鸨矢美玲，并且依靠她搬进了公寓。

回到平成二十年（二〇〇〇年），竹根义和在宫崎家的门前持刀伤人，在高知被逮捕后立刻押送至千叶。经过鉴定，竹根义和的血型和DNA，与被害人C、D体内检测出的体液一致。另外，他是淋病患者，还患有无精症，这些特征与犯罪嫌疑人的特征一致。

竹根义和在审讯室里连珠炮似的说着电影台词，着实让调查人员一头雾水。

"有什么不对吗？告密者告了密，强盗抢了劫，杀人犯杀了人，和恋人恋了爱。"

"伟大的人不是生下来就伟大的，而是在成长过程中变得伟大。这句话你们能明白吧，说的就是我。"

"哼。You can't handle the truth（真相你承受不了）。"

鸡同鸭讲的对话无法进行下去，搜查本部只能发声，寻找喜欢看电影的搜查员。

重新接手的搜查员与竹根义和玩起了语言游戏。

"哦，戈达尔的《筋疲力尽》，我也很喜欢让－保罗·贝尔蒙多。"

"你刚才说的是《好人寥寥》中的台词，饰演配角的 J.T. 沃尔什演得可太棒了。"

这样的对话，你一句我一句地谈了开来。竹根义和对这名搜查员的警戒心也慢慢放松，最终供出了自己所有的犯罪事实。

在这期间，警察向检察厅提出延长拘留时间的申请，检察官允许将拘留时间延长十天。

自逮捕竹根义和后，又过去了十八天。

竹根义和终于承认了四起强奸、两起杀人、在路上开车撞倒 E 后强奸未遂的事实。最初他拒绝承认杀害 A 和 B，并模仿了电影《十二怒汉》的台词："对本案我并没有个人偏见，只想讨论事实。"佯装不知情。

不过，就在第二天，他的这番论述就被推翻了。

他曾经给同居的情人鸧矢美玲送过一条围巾。科学搜查研究所的工作人员在围巾上检测出了皮脂，这皮脂与被害人 A 的 DNA 一致。另外，A 留在老家的影集中存有很多张照片都是围着这条围巾拍摄的。

176

不过，被害人 B 的情况就很难判别。因为尸体完全炭化，无法取得确凿的物证。搜查本部确信杀害 B 的凶手就是竹根义和，但是检察厅给出的决定是"暂缓立案"。

竹根义和最终以涉及三起杀人案和五起强奸案被起诉。他没有请辩护律师的能力，但在司法过程中，没有辩护律师案件无法审理，只有通过国家选定、指派律师。当时的国选律师便是时年五十八岁的佃秀一郎，也就是丹下薰子的外公。

佃秀一郎作为辩方律师，仁至义尽。毕竟竹根义和犯下了滔天罪行，地方法院一审理所当然判处竹根义和死刑。

竹根义和当庭提出上诉。

这时，有媒体对竹根义和的爷爷进行采访。收了媒体十万日元礼金的爷爷，心情大好："那小鬼跟我没有任何关系。"

"那小鬼的母亲是个性服务者，谁知道是哪来的杂种。我的儿子可是个好人啊，一定是那个卖淫女强行跟他发生了关系。"

面对采访，爷爷全程满面春风，笑容洋溢地说着。

媒体也对鸨矢美玲提出了采访请求，但没能实现。那个时候，鸨矢一家已经搬离了泽馆町，没人知道她的具体行踪。

搬家的原因显而易见。

"就是这个女人把竹根义和带到这里来的。"

"就是这个女人把灾难和厄运带到平静的泽馆町。"

美玲一家引起了镇上居民们强烈的憎恨。

竹根义和涉及的强奸案件中只有五起是自己坦白的，据警方的判断，被害人数至少有二十人。大多数女性没有报警，而是躲在被窝里独自哭泣。被害人的家属，包括当地居民，将满腔怒火以及憎恨之情全部丢给了鸨矢一家，亨一他们不可能在这里继续生活下去了。

与此同时，高知市里的一户人家也散了。

男主人名叫宫崎保雄，他的妻子叫作宫崎千秋，两人育有一个儿子。宫崎保雄与竹根义和曾经是同事。竹根义和从千叶逃亡回到高知的时候，威胁他如果不让进门，就杀了宫崎保雄全家。

在竹根义和被逮捕的两年后，这对夫妻离婚。详细的离婚理由不得而知，但宫崎向身边的人透露过："万一竹根义和刑满释放，保不齐带着'礼物'来看望我们，我只想让老婆和孩子快点逃走。"

或许是为了顺从宫崎的心意，离婚后的千秋恢复旧姓"岸"，而他们的儿子因为跟着母亲，也将姓氏改了，从"宫崎智保"变为了"岸智保"。

竹根义和在这对夫妻离婚四年后去世。他在上诉期间，患上了肺炎，之后病情急剧加重，最终离世。遗骨和遗物等由竹根义和的奶奶领回。喜欢耍酒疯的爷爷在竹根义和去世前一年已经先行一步西去。竹根义和的遗骨是否下葬，详情不明。

随着竹根义和的死亡，"泽馆女性连环被杀案"宣告终结……

10

搜查本部听完佐坂和北野谷的汇报，立刻炸了锅。

起初，搜查员们的意见分为两种，但听到友安小轮和丹下薰子遭遇跟踪，以及"泽馆女性连环被杀案"的大致情况后，大家收回了不同的声音。

当鸨矢美玲、佃秀一郎、岸智保的名字陆续浮出水面，整个搜查会议室内充斥着长吁短叹。

"但是岸智保为什么会被跟踪呢？他不报警的理由是什么？"提出疑问的是菅原巡查。

"岸智保没有前科，就连随地大小便和超速等违法记录都没有，如果背后没有见不得光的事，在逃跑前来找我们警察是很正常的选择。"中乡组长听了后，大声回应道。

"或许真就存在你说的背后见不得光的事呢？也有可能是对警方极度不信任。"

搜查主任点了点头，用手撑着额头说道："从岸的态度来看，不排除他知道跟踪狂真实身份的可能。因此我们首先要找到岸智保，这样一来只有再细分工作组，但我又不想再削减阿亚的搜索人员……"

岸母子离开了高知后，在茨城县住了一段时间，直到岸智保读中学的时候再次搬到栃木县内。打那以后，母子二人就在栃木县定居下来。

岸智保现在的居民登记记录显示，他还在栃木县。但是，调查人员发现他的居民登记记录被设置了限制浏览许可。依照相关部门的记录来看，岸智保本人曾于去年四月二十二日来到当地机关，对自己的居民登记记录设置了限制浏览。另外，智保在邮局提出了私人保管箱的使用申请。这些都是逃离跟踪狂或者家暴的典型做法。

那么，岸智保真正开始逃亡生活的时间就是去年四月。他读大学时，母亲千秋去世，此后他开始独居在栃木市内的公寓里。大学毕业后，岸智保在地方银行的融资科努力工作。在逃亡前两个月，他突然提出辞职，理由是个人原因。

银行的上司曾挽留过他，但是岸智保在交出辞职信后，第二天就不再去银行了，似乎切断了一切联系。

这番离去近乎于失踪。不过，家具的处理费以及房租在一个月后完成了缴款，地点为邮局。看样子是和包裹放入邮局私人保管箱一起进行的，顺便清算一些费用。从这一点可以看出岸智保的性格。

同时，岸智保的生父宫崎保雄在离婚四年后来到东京。

岸智保和宫崎保雄的关系已经完全疏远。离婚后，宫崎保雄没有支付过抚养费，也没有去见过儿子。父子在千秋的葬礼上才于多年后第一次相见，而这一面也成了最后的告别。

搜查主任用手托着下巴说道："岸智保在网吧与'小田环境开发'都出示过真实的身份证明。要是为了摆脱警方，不可能用真实的身份证明。但那个跟踪狂看起来挺普通的，而且还是个老人，通常情况下，花个几年时间，岸智保就能摆脱他吧。"

但是，跟踪狂找到了岸智保的居住地。虽然不知道使用了何种手段，只能说是执念得到了回馈。

问题是，这种执念，从何而生？

佐坂用手搓着脸，"白根高地公寓杀人及绑架案"的时间线始于去年春天，从岸智保逃亡开始，大约过了五个月，茂子在咖啡店"栞"遇见了野田；岸智保与友安小轮的邂逅发生在茂子遇见野田的两个月后，他们俩同居了差不多三个月，到今年三月上旬，岸智保失踪；丹下薰子被变态老人跟踪是在今年五月；鸨矢亨一被害与鸨矢亚美被绑架的事件发生在六月。

会议室里，搜查员们开始各抒己见。

"从友安小轮的公寓离开后，岸智保行踪不明。毕竟是个年轻男性，露宿野外或者山谷，白天做临工，活下去的可能也不是没有。"

"与公共事业有关的费用，比上一年有稳定增长。受频发的台风、洪水、暴雨等灾害的影响，修复工事需求增势迅猛，经常听到全国建设作业现场人手不足的消息。如果是个二十出头的年轻男性，无论去哪个作业现场都能挣到钱。"

"好，那就从山谷和寿町^[17]等附近的简易住宿地找起。"搜查主任一声令下，"还有网吧里也要找。取证组分一半组员出来，交给你们，鉴定组继续追查案件相关人员。"

搜查员们全体起立。

佐坂也站起身来，用一只手撑着桌子，脑袋在不停地思考。

跟踪狂是什么人？这家伙会不会和"泽馆女性连环被杀案"有关？为什么目标要锁定在鸫矢夫妻、丹下薰子和岸智保？被绑架的亚美还活着吗？如果还活着，应该和凶手在一起吧？

佐坂心中祈祷她还活着。

佐坂将"泽馆女性连环被杀案"的卷宗找了出来，重新读了一遍，读完后意志消沉。他不想再看到尸体了，尤其是像姐姐那样的、年轻女性的尸体。

"喂，你怎么了？"北野谷叫了一声，佐坂才回过神来。

"在发什么呆呢？"

"不好意思。"佐坂转身回应道，声音低沉。

当晚，佐坂和北野谷回到警局的时候，发现事态骤变，搜查员们

---

[17] 东京的山谷、横滨的寿町以及大阪的釜崎，并称日本三大贫民窟。

异常喧闹。

佐坂叫住菅原："发生什么事了？"

菅原低声嘀咕道："警察厅插手了。"

"警察厅？"

"嗯，而且是宣传部长，他几次三番地打电话问局长搜查的进展。寻找阿亚的进展过慢，宣传部那边可能抵不住媒体的批评了。"

搜查本部坐镇指挥的是搜查主任，但最高责任人是荻洼警局局长。因此，若是宣传部长出马，那对应负责接洽工作的当然是局长了。

"具体发生了什么？"

"身为局长，没办法老是说'没有进展'，这也太丢面子了。听说局长对外宣称，现阶段已经证明了此次案件和过去的案件有关联，搜查工作正在大规模地进行中。当然没有提竹根义和的名字，即便这样……"

"即便这样？"

"不知道从哪里走漏了风声……今天，貌似官房长官亲自来电，他说如果和二十一年前的'泽馆女性连环被杀案'有关，搜查范围就要涉及千叶县，那么此次'白根高地公寓杀人以及绑架案'要不要出动全国警力协同办案。"

旁边传来到一声响亮的咂舌。

是北野谷。本来就长得一脸凶相，这回表情更加凶恶。

警察厅自不用说，是警察机关最高组织。确切地说，内阁总理大臣的下面是国家公安委员会，再下面就是警察厅。而警视厅和都道府县 [18] 的警察本部在更下面。虽然大部分警视厅搜查员在办案时不希望

---

[18] 日本的行政划分。一都：东京都。一道：北海道。两府：京都府、大阪府。四十三个县（相当于中国的省级行政区）。

警察厅插手，但往往上面一个电话打下来，警察厅就介入了事件的调查，这就是命令。

菅原看到北野谷的神色，快步离开了。佐坂看着菅原的背影，问道："你怎么看？"

北野谷依然紧锁眉头："哼，我们的老狐狸才不会让他们横插一脚。"

"我觉得也是。"

二人在说的正是搜查主任。

"对了，'破案迷'，'白根高地公寓杀人及绑架案'要调动全国警力办案，按照以往的案例来看，这事儿会怎样？还有回旋的余地吗？"

"当然有。首先'白根高地公寓杀人及绑架案'的凶手按照目前来看，并没有在县内杀人和绑架。"

"对。"北野谷同意。

"我们确实发现此次事件与过去发生在千叶的事件有关联，也有可能与神奈川县发生的跟踪行为有关联。但是，这次的凶手并没跨县杀人。"

"没错。要是调动全国警力办案，需要像胜田清孝事件 [19] 和宫崎勤事件 [20] 那样，被认为是同一凶手、同一作案手法，涉及数个都道府县。不过，我觉得应该要求千叶县警的协助。"

---

[19] 胜田清孝事件：从一九七二年到一九八二年，胜田清孝一共杀害了四男五女，犯下超过四百起盗窃、强盗案。一九八六年三月二十四日，胜田清孝被名古屋地方法院判处死刑。二〇〇〇年十一月三十日，在经过十二年的关押后，胜田清孝在名古屋监狱内被施以绞刑，终年五十二岁。

[20] 宫崎勤事件：一九八八年至一九八九年间发生在日本东京都和埼玉县，四名四至七岁的女童被诱拐后杀害。日本警视厅将其命名为 117 号事件，在日本也称为"东京及埼玉县幼女连环绑架谋杀案"。

"好。你就把这些原话直接跟主任说。"

北野谷粗鲁地拍打着佐坂的背。

"你又不是养在池塘里的鲤鱼，犯不着按照警察厅的要求吞下所有的东西。无论结果如何，都要找点理由反驳他们。"

不出北野谷所料，搜查主任对警察厅表现出强烈的抵触情绪。

警察界是个上下级分明的纵型社会，同时也是一个注重关系网和面子的组织。或许是警察厅理解了主任的意思，交涉的结果是仍由搜查本部下达命令。

"白根高地公寓杀人及绑架案"无须动用全国警力，但必须启动千叶县警协助，与千叶县警沟通，重新安排和调整搜查组的配置。

佐坂也认为，这是警察厅做出的最大让步。

主任在接受命令后，立刻联系了千叶县警。

"请知道二十一前'泽馆女性连环被杀案'详细情况的搜查员协助我们破案。"

第二天下午，符合要求的搜查员来到了搜查本部。佐坂正好返回搜查本部汇报情况，一进门，整个人惊呆了。当他看到那个人的一瞬间，时光仿佛倒流了，意识一下子被拉回到二十七年前。

当时，佐坂七岁。

姐姐美沙绪突然消失。不，是被夺走了，被一个没见过也不认识、挥舞着刀的老男人夺走了。

失去姐姐的佐坂，对警察、对老师、对家人，对大人们都失望透顶。只有两个人除外：一位是佃秀一郎，另一位现在就站在自己的跟前。

"我接到警察厅的命令，从千叶县警本部过来协助调查'白根高地公寓杀人及绑架案'。我叫今道弥平，警部候补，担任千叶县警察地域科二组地域安全对策室室长。"

他介绍完自己，低下了头。比起二十七年前，头发白了许多。

二人的视线遇到了一起。

佐坂觉得可能是自己的错觉，但有一瞬间肯定对视了。想到这里，佐坂的喉咙不禁发出咯咯的响声。

第
五
章

1

晚上九点多，主任拖着疲惫的身子起身回家，一天的搜查工作宣告结束，搜查员们也一个接一个离开搜查本部。

今道弥平不出所料被分在了关系人梳理组，也属于取证组。

令人意外的是，北野谷提出让今道加入自己的取证组。既然没人提出异议，今道就顺理成章成了佐坂和北野谷的"伙伴"。

今道看到佐坂，没有任何反应，只是简单地点头致意，说了句"请多关照"。岁月的痕迹在他的眼角刻下了笑纹。

佐坂稍稍安心的同时，也有些许失落。他在心中自嘲起来，自己胡思乱想什么呢，这都过了二十七年，今道警部候补一定经历了很多，不可能记得自己。

佐坂的面容也发生了翻天覆地的变化。当时七岁的爱哭包少年蜕变成现在三十四岁的现役搜查员，相貌上已经看不出过去的样子。

佐坂和北野谷、今道三人决定从第二天开始行动。

"今道前辈，今天回家吗？"佐坂确认了一眼手表上的时间，距离开往千叶方向的末班电车到达还有将近两个小时。

今道点头说道："看样子今天得回千叶。我本来以为会在东京过夜，现在这个时间还够我吃完饭再回家的。真纠结。"今道苦笑。

佐坂再次注视着他，心想：这个人真是一点没变。除了白发多了不少，眼角和额头的皱纹变深了，整个人的气质还和以前一样。

今道的个子很高，身板结实，尽管年龄不小了，身体却很精壮，没有肚腩。不知何故，他的形象和年轻时相去甚远。仔细想想，他身上一直有一股特殊的老成气息。

"送你到车站吧。"北野谷说道。

今道坚决推辞，但佐坂和北野谷还是送他去了车站。

警局外，天色完全黑了下来。三个人经过十字路口，走了几分钟，离开繁华的街道。身后的居酒屋、餐饮店的招牌鳞次栉比，熠熠生辉，霓虹灯的各种颜色轮番交织闪烁，投映在疲惫的眼睛里。

由于经济不景气，这里的人流量较往年少了许多，但也谈不上冷清。四人结伴的工薪族撩开挂着红灯笼的门帘走出店外，消失不见，取而代之的是一群群大学生大摇大摆地走进连锁居酒屋。

今道眯起眼睛，仔细地打量着道路两边的招牌。

"好久没来这儿附近了，说起来，我已经很久没来东京了。我在想，要是有哪家店看起来不错，下次可以带妻子一起来。不过，我不一定记得住这个地方。"

"如果可以，能不能一起去简单地喝一杯？"北野谷发出邀请。

佐坂差点问了声"欸？"，话到嘴边又咽了下去。

北野谷邀请别人去喝一杯，真是稀奇事。佐坂察觉到这是北野谷对今道的考验，但是，他找不到特别的理由阻止北野谷这么做。

"这附近有一家既便宜又好吃的店。做菜可是我的爱好。我这个人对别的不怎么讲究，唯独对口味非常挑剔。"

佐坂再次把嘴边的话咽了回去。他本来非常想问什么叫作"对口味非常挑剔"，硬是忍住了。

北野谷推荐的店在狭窄的小路里面。这家店不是居酒屋，看起来更像是酒吧。墙壁由红砖砌成，一块凸出的招牌上喷了铜绿色，挂在拱形门上的敲门环非常古典。

三个人先后跨进店内。

在昏暗的橘色灯光下，一个消瘦的中年男人抬起头来："北野谷先生，你好，欢迎光临。"

"有空包厢吗？"北野谷语气傲慢。中年男人很快领会了意思，用手指了指里面，而不是前厅排满桌子的区域。包厢在一条不长的走廊最里面。

这间包厢里仅有四个外套衣架和一张四人桌，整个房间像一个地窖，连透光的窗户都没有。如果把房门关上，就完全和外界阻断了。

菜单已经放在了桌上。这里连搁置菜单的陶瓷制品，都是古色古香的。包厢里只有无线麦克风和服务铃呈现出近代感。

"推荐这家的牛舌煨炖菜。"北野谷边翻着菜单边说。

今道摇了摇头，说道："点菜就交给你了，我不懂高级餐厅，毕竟自己品不出好坏。笨舌头，吃什么都觉得好吃。"不知不觉间，今道已经不再使用敬语。

佐坂伸手拿过酒水单，问："酒要什么？啤酒可以吗？还是红酒？"

"你们喝什么我就喝什么。"

北野谷按下服务铃。

三人决定第一杯都喝黑啤，点的菜是牛舌煨炖菜和两种自制的面包配黄油，还有自制的烟熏拼盘和梭子蟹意面。

三人举起黑啤干了一杯。

"没想到地域科二组地域安全对策室室长就坐在眼前。"北野谷还是老样子，絮絮叨叨地说着。

今道听后，苦笑道："得了吧，你又不是不知道，室长这个职位就是个装饰，不然我现在哪儿有闲心坐在这里。"

"这话说得实在。"

看来北野谷有点惊讶，他很少会在语气里透露自己的真实心情。

说到和警视厅势同水火的，当数神奈川县警最有名，不过千叶县警也很难说自己和警视厅的关系友好。今道只是口头上说说而已，但他诚实地说出了千叶县警内部复杂的情况。

服务员敲门后，将菜送了进来，首先上的是面包和自制烟熏套餐。

北野谷迅速将烟熏三文鱼和酸豆放进装有面包的篮子中。

"这和国家的概念类似，就像美国和墨西哥、英国和爱尔兰，警视厅和关东一带的县警都是关系微妙的'邻居'。"北野谷说着，咬了一大口食物。

今道点头道："嗯，没错。但搜查员之间不会反目，特别是组成一个团队为同一个案子卖力。"

硬菜牛舌煨炖菜上桌了，三个人暂时将精力集中在了美食上。

第二杯，三人选择了红酒。

经过长时间炖煮，炖菜里的肉软烂入味，全场最佳，佐坂则中意于梭子蟹意面，浓厚的酱汁锁住了蟹肉的鲜美和甘甜。

北野谷熟练地使用着叉子，精致的动作与他的脸不大相称。他边吃边问道："对了，今道前辈，竹根义和这个人怎么样？"

"是个令人不爽的家伙。"今道爽快地回答，"那家伙被拘留了很长时间，但他几乎不怎么说自己的话，从嘴巴里说出的有八成以上是电影台词。"

"嗯，听说竹根义和很爱看电影。几乎涵盖了戈达尔、特吕弗、波兰斯基、丹尼斯·霍珀等大师的作品。"

"没错。可是我又不懂这方面的知识。说到电影，我只看那种激烈的动作片，所以完全不懂那家伙说的东西。为了能够理解一点他说的，我那时候特意怒看三十部电影。"

"特意去看这些电影吗？"佐坂不禁插话。

今道点了点头："算是吧。要说法国电影，我愣是一点都不明白它要表达的含意。倒是美国新浪潮时代的电影非常有趣，像《警探哈里》《出租车司机》《虎豹小霸王》之类的……"今道用红酒润了润嘴唇，"幼年时期的竹根义和很孤独，唯一勉强和他打交道的人，是那位代替爷爷奶奶照顾他的电影院馆长。馆长好像是那一带的地主，为了应付税金问题才经营起这家电影院。既然开影院不是为了钱，那么放映的电影总是优先竹根义和放自己喜欢的。那家伙耳濡目染，也喜欢上了法国新浪潮电影。"

"从小生活里就充斥着这些著名电影，自然而然会受到影响。"北野谷承认这点，接着问道，"这么说来，今道前辈，你觉得站在竹根义和的角度上看，你能设身处地地理解戈达尔和特吕弗吗？"

今道抚摸着下巴说道："不能说完全设身处地，也不能说一点都没有。这么说吧，如果我们和竹根义和看同一部电影，我觉得他和我们会产生不同的感受。"

"什么意思？"

"呃，怎么说明才好呢？比如看见红色，你们首先会联想到什么？"今道看向佐坂。佐坂稍微思考了一下，回答道："嗯，通常是苹果、番茄、太阳、消防车？"

"就是嘛。"今道暂且同意，接着说道，"在法院审理之前，我们委托精神科医生对竹根义和做了一次简单的精神鉴定。当时对他提出了相同的问题，你们猜猜看那家伙是怎么回答的。"

"鲜血？或者是火？"

"错了，竹根义和的回答是'嘲笑我的那些浑蛋的嘴巴颜色'。"今道说着，用叉子插进了一块厚切的培根，"他说白色是'妨碍我的那些浑蛋的眼睛颜色'，黑色是'把我当白痴的那些家伙的车的颜色'。说个题外话，据说竹根义和在小学四年级到六年级的三年间，接连在居住地附近放火烧黑色的车。"

佐坂将杯子放下，口中感到苦涩。

对年幼的竹根义和来说，映射在他眼睛里的大人们，都是张着血盆大口、瞪着白眼、满脸嘲笑的表情。

佐坂自己当时走错一步也可能会变成这样。失去姐姐之后，如果自己在附近邻里好奇的目光和闲言碎语里成长……

今道的声音打断了佐坂内心的假设。

"接下来，我能问个问题吗？"今道看着北野谷问道，"你们二位如何看待竹根义和与'白根高地公寓杀人及绑架案'的关系？"

话一出口，佐坂本认为北野谷会搪塞过去，不谈真实想法。然而，他表情严肃地回答："复仇。"

今道直视着北野谷。

佐坂也有同感。鸮矢美玲将这个连续杀人的凶犯竹根义和带到了城镇中，致使城镇里出现了多名牺牲者。竹根义和逃亡老家藏匿，而帮助他的是宫崎保雄。接着，替竹根义和辩护的是佃秀一郎。

站在被害人的角度来看，这几个人都是永远不可原谅的存在。

北野谷继续说道："但是，这一连串的被害人有一个特征，那就是他们的后代：鸮矢美玲的儿子、佃秀一郎的外孙女、宫崎保雄的儿子。凶手的目标不是美玲和佃秀一郎律师这些与竹根义和有纠葛的人，而是集中在他们的子辈和孙辈。之后一人被杀，另一人被纠缠……搜查过程中应谨慎预测案件走向。不过，目前的作案动机已经很明显了，罪魁祸首的候选名单范围自然就缩小了。"

"是啊。"今道伴随着叹息，轻声念叨，"二十一年前的'泽馆女性连环被杀案'……可能是被害人的亲属干的。"

"没错，凶手留下的信息是'你们必须经历跟我一样的遭遇'。"北野谷非常赞同，"这里有一个疑问。对于已经过了二十多年的事件，为什么事到如今才开始复仇？这事等到逮捕凶手之后再弄明白也不迟。凶手目前还不知道我们已经掌握了丹下薰子和友安小轮之间的联系，也不知道我们已经对她们实施了保护。"

"这就给了我们机会。那家伙特意对丹下薰子说了'以后再找你算账'才离开。或许等这阵子的风头过去了，他还会回来找薰子。"今道说道。

北野谷细细品味着红酒的味道："前辈，还有其他看法吗？"

"我们明明已经布下了天罗地网，可还是没发现绑走鸮矢亚美的凶手，说明应该还有一名共犯。实施绑架前，这名共犯准备好了食物等东西。但物资有限，现在肯定有一个人在暗中采购物资，还负责在附近巡逻。"

"我也这么觉得。凶手对于车牌系统和监控等高科技的反侦查能力很强，如果是老人单独作案，有点不太现实。虽然有可能是计划了很久的犯罪，但也不排除有共犯参与的可能。"

今道赞同北野谷的说法，将面包篮子拉到自己的面前，问道："那你觉得鸨矢亚美还活着吗？"

"八成还活着。"北野谷当即回答，"如果要杀的话，早就动手了，看来眼下没有要杀她的理由。我推测凶手觉得她依然有利用价值，所以就让她活着。"

"这样的话，情况可能会越来越危险。"今道把面包蘸了点梭子蟹沙司。

"会发生什么？"佐坂问道。

今道抬起头来，视线向上扫去，"那个叫，叫斯德什么综合征？"

"斯德哥尔摩综合征？"

"对对对，就是这个。现在这个时期，连我们搜查员都认为凶手会让人质活着，人质本人可能更希望如此吧。人质现在的精神刚开始崩溃，她会感谢凶手让自己继续活下去。不，也许人质现在已经崩溃了。"

话音刚落，北野谷的衣服口袋里响起了电话铃声。

北野谷拿出警视厅发放的手机一看，说了句"不好意思"，离开了包厢。

当佐坂回过头时，今道刚写完菜单上的餐馆电话，等他注意到佐坂正看着他时，害羞地笑了。"这家店的牛舌煨炖菜真好吃，下次我要带着妻子一起来，也得适当犒劳她嘛。"

"爱妻子的好男人。"

"哈哈，准确地说是妻管严。"今道摇了摇头。之后他正视着佐坂，缓缓地说道，"小湘，好久不见。"

佐坂顿时语塞。

"看你精神抖擞，真是太好了。"

"……"

佐坂心想：他还记得我，是不是刚见面时就认出我了？佐坂不禁鼻子一酸，因为情绪波动，声音都变了，他连忙把声音压低："……您都记得啊，都过了二十七年了。"

"你啊，跟你姐长得很像。"今道温柔地说道。

佐坂低下头。

当两个人独处时，今道才挑明了这段关系，佐坂十分感谢今道的用心良苦。

"不过，真没想到你会成为一名警察啊。"

"我克服了好多困难。"

"嗯。我想也是。"

今道有点迟疑地问道："自那以后，见过永尾刚三吗？"

这个名字好久没有听到了，这也是佐坂最不想听到的名字，他双手握拳，放在自己的膝盖上。

永尾刚三就是杀害姐姐美沙绪的凶手。

那时候，处理案件的警察们表面上对佐坂非常温柔，但是佐坂总觉得他们的态度有些居高临下。唯一让佐坂感到舒适的搜查员只有今道。在正式起诉永尾后，来家里祭拜姐姐的，也只有今道一人。

"没见过，一次也没。"为了不让今道看出表情，话到中途，佐坂下意识地将脸别了过去。

"这样啊。"今道简短地回应。

佐坂从他的语气中领会到了什么:"你知道永尾现在在哪里,是吧。"

"你想知道吗?"

"不,不想。"佐坂条件反射地回答。

拒绝的话脱口而出。佐坂伸手去拿红酒杯,手指不由自主地拨弄着杯脚。

"现在……不想知道。"

2

第二天,佐坂和北野谷在早上的例行搜查会议结束后,马不停蹄地坐上了千叶方向的电车。

千叶比起东京更加闷热。

刚踏出车站,就看见三成以上的女性打着黑、白色的太阳伞走在马路上。水泥地上晃动着热气。停车场前挥舞着 LED 棒的停车引导员,皱紧眉头,痛苦地站在烈日下。

佐坂擦了擦后颈的汗。这时候,他才反应过来,只花了一个多小时就到了。

从东京到千叶原来这么近。理论上他当然明白,不过又亲身体验了一番。明明离东京这么近,但自从搬家后,他一次也没有踏上千叶的土地。

佐坂很害怕回到这里。搬家之后,他时常回忆起那些他不想接受且永久封存在脑海深处的东西。

现在下了车，双脚实实在在地踏上了这片土地，心中却异常平静，丝毫未泛起波澜。佐坂如释重负般扭了扭脖子，现在他反倒轻松起来，眼前这片令人怀念的风景，虽然多少有些变化，但大致还是以前的样子。

突然，有人敲了他的背，把他从思考中拉了回来。

佐坂仰起头，今道正低头看着他。等他意识到时，北野谷已经先行数米。佐坂向今道简单打了声招呼，快步追上了搭档。

他们第一个拜访的人是卷宗里提到的"E"，真名叫梨井纪美子——在二十年前的"泽馆女性连环被杀案"中，唯一一个从竹根义和的魔爪中逃脱的受害人。在遇袭过程中，记住了轻型面包车的最后两位牌号，是给予凶手致命一击的最大功臣。

虽然一开始纪美子有点不知所措，不过也没提出异议，请佐坂他们进到家里。她现在独居在一间两室一厅的公寓里，是一名兼职校对员，在家也可以完成工作。

"反正也没有结婚的打算，因为这里既可居住也可办公，所以就一狠心买下了。不过还要十二年才能还完贷款。"纪美子笑着说。她看上去非常年轻，虽然有些许鱼尾纹和嘴角纹，毕竟曾是个职业手球运动员，身材保持得很好，根本看不出来已年过四十。

"虽然逃过一劫，但自从那件事以后，我就很难面对男性……当然，这个世界上大部分的男性无害，我也懂。但只要有男性站在我的身后，我整个人就会僵住。因此在公司上班越发困难，一年后我就辞去了工作。到现在，仍旧一边在家工作，一边接受心理辅导。这么久以来，我一直是这样的状态，所以就放弃结婚的念头了。"

纪美子刚想为大家沏茶，佐坂打断了她，说道："能不能详细跟我们讲讲二十年前的事件？"

"现在？"纪美子回问。

"嗯，就现在。"回话的是北野谷，"非常抱歉，我们无法跟您说明缘由。但是，我们非常希望得到您的协助。"

过了几秒钟，纪美子短叹一声。语气里没有生气，但透着一份害怕。纪美子瞥了一眼今道，似乎认得他。

今道轻轻地点了点头。

纪美子再次叹了口气："也谈不上协助，你们到底要我说点什么呢？"

"那天夜里发生的事情。"北野谷说道，"让您再次想起那个夜晚，我知道对您来说是个负担。无论如何拜托您再跟我们讲一下那天晚上遇袭的事。"

"没事，也没到负担这种程度。其实这些话对刑警和心理医生，我都说了无数遍，已经说腻了。不过我得把丑话说在前，你们发现不了什么新线索的。"

纪美子再次看向今道："……看起来这样也行。好吧，那我就说吧。"

尽管纪美子这么说，但她的脸颊显得格外苍白，显然是被不得不回想起的记忆吓到了。

佐坂很同情她，但也不可能什么都不问就打道回府。他摆正坐姿，看着纪美子的双眼，用尽可能平稳的语调问道："那天晚上，你是在离开公司回家的路上出事的吧？"

"嗯。当时我坐电车上下班，在西泽馆站下车，然后步行回家。那天加了差不多一小时的班，所以，时间应该是过了七点半。"纪美子语气平淡，毫无起伏。

"夜里的西泽馆站，只有车站附近半径百米以内有照明，再步行五分钟，几乎就一片漆黑了。路灯稀稀落落，路上也没什么人，狭窄的小路又多。不过，当时我也没怎么在意，还天真地认为自己怎么可能会碰到这种事。"

"谁都是这么想的。"今道插了一句话，"谁都会觉得'自己不会碰到这种事，孩子不会碰到这种事'，这很正常。不能因此就说是你放松了警惕。这不是你的错。错就错在那个凶手身上。"他停顿了一下，接着问道，"当面包车驶近的时候，你注意到了吗？"

"肯定听到了面包车驶近的声音。"纪美子回答道，"但我基本上没去在意那辆车。虽然道路狭窄，但车还是能过去的，我就没有考虑过往道边躲一下，感觉车会从我旁边开过去。但是……"

纪美子特意将声音压低。

"等我反应过来自己被车撞了时，身体已经倒地了，好在我用了一些技巧保护自己。如果着地的角度稍有不同，后果不堪设想。"

即便这样，她的左胳膊还是受伤了，经过一个月的治疗才恢复过来。

纪美子痛苦地呻吟着，眼睛仔细辨认看从面包车上下来的男人。

"我那时候知道是他撞的我，起初以为只是一起单纯的交通事故，肇事司机因为担心才下车查看情况。所以，我才冲着他大叫：'好疼，叫救护车！'"

"后来那个男人做了什么？"佐坂问道。

纪美子依然看着今道，回答道："那个男人向我走过来，边走嘴里边说着什么，我已经记不太清楚他说的内容，大概是：'今天是带你走吗？要不要赌一把？'我以为他没有听见我说话，便又大叫一声'叫救护车'。然后，男人迅速走到我的身旁蹲了下来……我记不清后面的对话了。只记得他盯着我看，说了句：'怎么样，浑蛋？'"

纪美子说到这里，身体不由得颤抖起来，双臂环抱在一起。

"这时我才意识到眼前这个人有点奇怪，我没法与他沟通。我用右手托着自己受伤的胳膊，问他是谁。我当时居然还以为他可能是我认识的人。然而那家伙毫无表情地说了句，'hello, gorgeous'[21]，这时候我才真正陷入恐慌。"

佐坂心想：那是当然。在经常回家的路上，被车撞倒，司机走到面前，又无法正常沟通。加上受伤带来的剧痛，身体不听使唤，继而陷入恐慌是很自然的反应。

"这是《警探哈里》和《妙女郎》的台词吧？"北野谷嘀咕了一句。

佐坂看了他一眼，继续问道："那家伙就是竹根义和吧？接着，你又做了什么？"

"一开始我什么都没做。胳膊非常疼，身体也因为恐慌而无法动弹。就在这时，男人像这样将双手伸入我的腋下，我意识到他是要强行将我带上面包车，同时，我也清晰地意识到他是故意撞我的，这不是一起单纯的交通事故，这个人打从一开始，就已经盯上我了，并开着车直接撞了上来。"

纪美子攥紧了针织衫的下摆。

"那家伙说完'hello, gorgeous'之后，又絮絮叨叨说了什么，其实我一点都没听进去，他像疯了般愤怒，我不明白了他为什么会如此愤

---

[21] hello, gorgeous! 出自《妙女郎》中芭芭拉·史翠珊的经典台词，意为："你好，美女。"

怒。而且我觉得他愤怒的对象其实并不是我，可明明在场的只有我们两个人。我的脑袋里'嗡'的一声，心想：虽然不知道这个人在对谁发怒，但是迁怒于我，当他把我拖向面包车时，我对他大吼：'你这个浑蛋！'"

她苦笑起来。

"不好意思，我说了脏话。但是，这在当时是真心话。我感到那家伙愤怒的同时，就好像自己也被感染了一样，点燃了我的怒火。当这股怒气冲向脑门的瞬间，僵硬的身体也好像解锁了一般。"

"竹根义和的反应呢？"

"他很惊讶，瞪大了眼睛盯着我。他看起来好像是才反应过来我是一个会说话、会反抗的生物，或者说是人。"

纪美子立即将眼神转到今道身上，继续说道："我看着他的那个表情，更加火大。那个男人撞上来的时候，没有把我当作人。撞车之后如果断一条胳膊或者腿，在他的眼里，那都是'物品'。他不会想到如果我死了，我的父母、朋友或者其他认识我的人会为我感到悲伤。"

说到这里的纪美子，吊起她美丽的眉梢，旁人依然能感受到她发自内心的怒火。

"我想我不能任由这种人摆布，下定决心，就算不能战胜他，也绝不能任他欺辱。哪怕今天被他杀掉，我也要反抗到最后一刻。"

纪美子说到做到，奋力做出了反击。她用另一只没有骨折的手抓住背包，将背包带从下方缠住男人的脖子，死死地拽住。

"应该是肾上腺素起了作用，让我暂时忘记了骨折的疼痛。"纪美子接着说道，"因为我是手球运动员，对自己的手部力量还是很有自信的。就我的握力而言，比普通的成年男性更强一些。虽然我的体形不占优势，但在面临死亡威胁的时候，我的潜力完全被激发出来。那家伙想挣脱，手使劲地挣扎，并且开始殴打我。我依然死死地拽着背包带，尽量贴着地面，将绕着他脖子的背包带使劲往下拽，我那时候真有杀死他的心，但那家伙也把我看作下死手的对象。"

"但你没有杀死他。"北野谷说道。

"是的。"纪美子低下头，"我拼命地勒着他的脖子。但在不知不觉中，我已经抬起了上半身；相反，他弓着腰。他挣扎着用膝盖拼命地撞我的脊柱。因为太疼了，我不得不放手，这就给了那家伙可乘之机。非常可惜。"她从心底感到后悔。

"没有。"今道摇了摇头，"谢天谢地，好在你没有真的杀了他，而且你已经为我们警方的搜查做出了巨大贡献。正是因为你提供了面包车的车型和最后两位车牌号，我们最终才能逮捕竹根义和。"

"可能吧，但是……"纪美子抬起头，她依然只看向今道，"但是，我直到现在还会做噩梦。"纪美子带着寻求依靠的眼神，继续说道。

"我总是梦见被竹根义和杀死。每当我从噩梦中惊醒，就感到后悔，要是当时我能杀死那个家伙就好了。是不是杀死他，反而能让我的心里好过一些？如果真杀了他，我可能就不会将自己封闭起来了。"

"暂且把梨井纪美子排除在外吧。"走出公寓的北野谷说道。

"虽然我们会对心理医生进行求证，但从她的言辞中感觉不到在说谎。即使她的生活有诸多不便，也不至于想要报复。她对其他人吐露出当时有杀意，那充其量是一种自我精神修复。"

北野谷看着今道，说："果然，有你在场太好了。梨井纪美子是个刚强的女性，她在慢慢走出阴影。如果你不在场，她应该不会当着我们两个的面说出最后那些话。”

"有一个认识的人在，多少会宽心一点。"寡言少语的今道承认。

信号灯变成了红灯，他们在十字路口驻足。

马路对面能看见同样在等信号灯的两位女士，她们手上拿着电影宣传页，满面笑容地聊着天，应该是刚从电影院出来。即使隔着一条马路，也能看到对面的宣传海报，上面是一部风靡影坛、享誉全球的新作品。

"那部电影还在上映啊，这个放映期够长的。"佐坂自言自语般说了一句。

北野谷有一句没一句地问道："喂，你最后一次去电影院看电影是什么时候？"

被这么一问，佐坂有些困惑。

"这……好几年没进过电影院了。我现在都是通过网络平台付费观影。"

"我也差不多。之前有过一次调查，问'最近一年内去看过电影吗'，根据统计，回答'去过'的只占三成左右。而且，这三成里又有超过四成的人表示'一年内只看过一部电影'。电影票价持续上涨，已经让这个传统娱乐项目与大众渐行渐远。"

今道开口说："但是，岸智保似乎很喜欢看电影。"

"竹根义和也喜欢……不过这两人的年龄大概差了三十岁。"

"这个共同点，前辈认为是出于偶然吗？"佐坂断定北野谷提问的声调不带一点揶揄，他在非常认真地考虑今道刚才说的话。

"不知道，正是因为不知道，才有必要去调查一番。"今道回答道，"竹根义和没有自己的语言……"今道继续低声说下去，"他在年幼时就被母亲抛弃，当时父亲还在坐牢，他被爷爷奶奶当成空气，连小学都没怎么上过，一个朋友都没有。陪伴竹根义和幼儿到少儿时期的只有电影。精神鉴定科的医生对他的评价很尖锐 —— 大脑前额叶轻度供血不足，但无重大器质性损伤。智商在正常范围，但停留在无力解读的层面上。"今道的语气越来越沉重，"我没那么大的学问，但我也清楚语言的重要性。比如众所周知的'发育障碍'，这个词从出现至今有二十年了吧。在那之前，对于患有发育障碍的儿童，都被认为是'令人头疼的孩子''很难对付的孩子''问题儿童'。发育障碍作为一个新词得到传播后，人们开始逐步了解这个概念，认识到应该通过医疗手段对待和处理这个问题。"

信号灯变绿了。

今道迈开脚步，继续说道："我们对待自己的情绪也是一样的。就像给病名贴标签，我们也会给情绪进行分类，'哦，这种情绪是愤怒''我现在很伤心'，知道了当下的情绪属于什么之后，再采取对应办法。我们有自己的经验，因为在大脑中储存了足够的词汇和概念，能够对情绪进行分类。"

"但是对于竹根义和来说，他不具备这些语言能力，可能连经验都没有。"北野谷接着说道。

"没错。"今道点头认同。

"说难听点，那家伙身边没有一个有人情味的人。没有向他传授生活经验的父母，也没有教他道德与知识的老师。陪在他身边的只有重复着同样台词的放映机。他无法对自己的情绪进行分类，不知道该如何处理，无法面对焦躁、愤怒和寂寞。那家伙是个穷凶极恶的凶手，是个令人非常憎恶的男人，但又是值得同情的。他连自己身上出现的那些正常人的各种感情都不知道如何处理。唉，光是想想就令人害怕。"

3

佐坂一行人下一个去见的，是被害人 C 辻瑠美的堂妹。

二十年前，二十一岁的瑠美在快餐店打完工后，在回家的路上，被竹根义和绑架并杀害。

"那件事情发生时，我正在读小学六年级。"瑠美的堂妹端坐一边，紧紧握着的拳头放在膝盖上。

堂妹三年前结婚，今年二月生了孩子，身旁有一张崭新的婴儿床。

"作为一名六年级的学生，我知道这事意味着什么。况且堂姐非常喜欢我……当时听到她出事的消息时很震惊。当然，比我更受刺激的，一定是伯父和伯母。"

婴儿应该是睡熟了，婴儿床正上方挂着的旋转八音盒，正在循环播放钢琴曲《幻想曲》。

"伯父伯母的年龄相差很大。伯父结婚的时候四十几岁了，伯母才二十出头。伯父只要一喝多，就会说：'本来想打一辈子光棍了，没想到遇到了妻子。'这样的伯父，对自己的女儿也非常溺爱。"

她的声音略显哽咽。

"出事后，伯母后悔不迭，整日说着'我不应该让她去打工的''如果她没零花钱，如果她要买什么，我给她十万日元，一百万日元也行。跟孩子的命比起来，这些都算什么啊'，伯父一直在一旁沉默不语。那之后，他开始酗酒。等到周围的亲朋好友注意到时，他已经离不开酒精了。"

瑠美的父亲被送进酒精依赖症患者的专用隔离病房。即使出院了，他依旧会偷偷喝。后来发展到只要有酒精成分的物品，无论是生发剂还是窗户清洁剂，他都可以往嘴里灌。

最终，在女儿去世的第八年，他死于肝硬化。

"参加葬礼的只有寥寥数人。丧主是他的弟弟，也就是我父亲。那时候伯母变得失神落魄。照理来说她应该是丧主，不过她根本无力操办。伯母老态尽显，她明明和伯父差了有二十多岁，但看起来俩人像是同岁。"

说到这里，堂妹擦了擦泪水。

"伯母现在在养老院，年龄也不算大，才六十几岁，但阿尔茨海默病的恶化速度太快了，现在已经连亲兄弟姐妹都不认识了……可能这样反而更幸福吧。如果恢复原来的记忆，她也一定会想起堂姐。"

她抬起头，强忍着悲痛，挤出一丝笑容。

"还好你们是在我丈夫不在家的时候过来的。其实，我没有对丈夫提过堂姐的事情……今后也不打算说。这世上并非所有的人都是好人，而我现在也有了要保护的东西……不能再多说了。"

说完，她轻轻地回头看了一眼婴儿床。

接着，三人去见了被害人 A 饭干逸美的舅父。

A 是"泽馆女性连环被杀案"中被竹根义和谋害的第一位女性。和辻瑠美一样，同是在读大学生，在一所培训学校打工，遇害的时候年仅十八岁。

从被害人的照片来看，她们个个漂亮，都是短发，有的还烫了短波浪，身高均在一米六左右，身材苗条。

人们都偏向认为性犯罪者瞄准的对象是美女，但现实并不一样，性犯罪者瞄准的是"不会强烈抵抗、会躲在被窝里哭"的类型，在很多场合下，和美丑没有太大的关系。比起性欲，性犯罪更是为了满足支配欲。加害人追求的多是"女性这种符号""年轻的肉体""能够蹂躏的对象"，而且在大多数情况下，加害人并没有把被害人当作一个人。

但是，竹根义和不同。

佐坂心中嘀咕起来。

这家伙盯上的都是年轻的美女，在这些被害人中，最漂亮的就是饭干逸美。

如果用"运动系"来形容唯一的幸存者梨井纪美子，饭干逸美则称得上是"模特系"。尽管如此，饭干逸美本人更注重智慧，而非外表。她在大学一年级时就立志考研，学的专业是理学部的应用生物化学。

"小逸啊，是我们家族的明星。脑子好，人也长得漂亮，大家都说鸡窝里飞出了金凤凰，她的存在对我们家族来说真的太棒了。"逸美的舅父神情落寞地说着，"直到今天，我都无法相信她被杀了，因为没有人看过那个孩子去世时的样子……自从失踪到发现尸体已经过了五个月，等到发现她时，已经变成了一堆骨头。一堆白骨啊！我们一直祈祷，祈祷那不是小逸。"

他的视线落在了榻榻米上。

"小逸刚失踪的那些天，我的母亲从早到晚呆坐在佛坛前，滴水不饮，粒米不进。我们让她吃点东西睡觉休息，她就像没有听见一样。母亲手里握着念珠，不断祈祷……唉，到头来还是一场空，DNA 鉴定结果证明那一堆白骨是小逸的。从那一刻起，我再也不相信神佛之说。母亲说，她的外孙女，最爱的外孙女，被这种方式夺走了……哪里还有神明保佑……"

话到这里，舅父已带着哭腔。

佐坂装作没有注意到，问道："逸美的双亲现在怎么样了？"

"我的姐姐，就是小逸的妈妈，现在在和病魔斗争，应该是长期受到了精神折磨，她反复生病，姐夫就陪在她的身旁。姐夫自己也因为中风而导致行动不便……我真的非常佩服他们。"

说着，他垂下头去，头顶的发量与年龄不符，稀稀拉拉，看来他本人也受到了精神刺激。

这时候，北野谷开口了："能跟我们说一下逸美弟弟的情况吗？"

舅父的肩膀抖动了一下。

他依然低垂着头，动作缓慢地摇了摇头："……我没什么好说的。你们不是也调查了吗？"

"我们只了解了一个大概。"

"够了，只要一个大概就够了。其他的也没什么好说的了……那个孩子独自一人默默承受着失去姐姐的伤痛，带着这些遗憾永远地离开了我们。这孩子和他姐姐很像，责任感很强，强到有些固执。"

舅父的视线，望着眼前的榻榻米一动不动。

佐坂的内心很愧疚。身为舅父，他根本不想再谈起这些话，佐坂能够体会到他硬着头皮说下去时的痛楚。

据调查，饭干逸美的弟弟，大约在事情发生两年后选择了自杀。

姐弟俩相差六岁，姐姐遇害时，弟弟正在读初中一年级。

事情一发生，同班同学和社团的朋友们对他都小心翼翼的，他对此非常反感，希望大家不要特殊对待自己，反感这起案件带来的关注。

然而，旁人觉得他不知好歹，一些学长和同学甚至说："我们明明是在为你着想，你这是什么态度？"最终，这些反感演变成了欺凌。

弟弟被欺凌了将近一年，却没有向父母和亲戚们吐露过一次。

某天夜里，他在自己的房间里上吊自杀。

他遗留下的笔记本和教科书都已经破破烂烂，上面写满了嘲讽的话："去死，快点到你姐那里去吧""你这个家伙也被变态奸杀吧"……大部分污言秽语与那起事件有关。

仅仅两年时间，失去了一双儿女的母亲彻底精神错乱。虽然后来恢复过来，又开始了接二连三的大病。

又过了五年，逸美的父亲也因为中风病倒，导致现在行动不便。

"这一家真是非常不幸。直到现在，宗教团体和传销组织还像苍蝇一般不停地打扰他们。但我这位坚强的姐夫，还是想方设法把他们赶走。"

逸美的舅父痛苦地呻吟着，继续说道："我刚刚也说了，这个世界上不存在神佛。我原本就不怎么相信，经过小逸的事，更清楚地认识到这一点。如果这个世界上真有神灵，就不应该让无辜的人受苦受难，甚至死去……"

紧接着，三人马不停蹄地去见被害人 D 河锅桂子的哥哥。

桂子出事时二十二岁，是一家保险公司的临时工，在回家途中遭到竹根义和的袭击。

"我不想回忆这件事。"桂子的哥哥沉痛地说道。

他终于答应了见面，前提是不在自己家和公司附近。他们在车站前会合，一起走入人群，边走边说。

"都过了那么多年了还旧事重提，可以放过我吗？大儿子正在备战高考，这时候我不想带给他这些负面的影响，让他分心。"

"我们绝不会给您添麻烦。"佐坂抚慰道。

"您的父母都安好吗？"

"离婚了。父亲提早退休，现在隐居在老家长野；母亲再婚，现定居中国台湾，偶尔寄张明信片，只有到了桂子的忌日才回国……"

"是一起去扫墓吗？"

"没有，分开去的。我对孩子说爷爷奶奶早就死了，爸爸是个孤儿，可我的妻子还是知道事情的来龙去脉。"

桂子的哥哥脸上始终挂着痛苦的表情。

"那次事件……不仅仅夺走了桂子，也割断了我们一家与外界的往来，我们已经无法继续住在原来的地方。还有一群不知道从哪里来的陌生家伙，不断地打骚扰电话，附近的居民也在背后议论纷纷、指指点点……我们明明是被害人，为什么反而会受到这样的对待！那个时候，我恨透了这个世界。"哥哥痛苦地低吟道。

每一个字，佐坂都听得清清楚楚。每一个字都像是尖锐的碎片，刺痛着佐坂的心。

"我妹妹遭遇了那样的事后被杀了，……一些瞎起哄的家伙就说'这家的女儿啊，让别人有了可乘之机''一个女孩夜深了还在外面闲逛''自己不当心，自作孽不可活'，他们凭什么责备？什么叫自作孽不可活？桂子她什么都没做错，她只是下班后走路回家而已……她就是个普通的孩子，一个平凡女孩……我到现在都还没明白，为什么会是桂子？为什么不是其他人……为什么是我们家桂子……"

佐坂感觉有一块沉重的铁块顶在了嗓子眼上。眼前这个男人的心情，没人会比自己更能理解。这些都是毫不负责的胡说八道。"被害人一方一定有过失""肯定有可乘之机"，净是这些胡乱的猜疑。还有不堪其扰的骚扰电话、奇怪的信件。然后，就产生了无解的问题：为什么只有我们家出了这种事？

—— 为什么不是其他人？为什么是我们家的孩子？

佐坂也不明白。

为什么是自己的姐姐？为什么姐姐美沙绪会被那个男的盯上，甚至被杀害？纵然过了二十七年，佐坂到现在还是想不明白。

"……然而，大家都已经忘了。"桂子的哥哥念叨着，"我已经做了所有能做的事，但大家还是很快把这事给忘了。媒体也好，附近的那帮家伙也好……桂子的前男友也是这副德行。事发后，他扬言要杀了那个凶手，可现在呢，早就结了婚，做了三个孩子的爹，也就最开始的两年去桂子的墓前祭拜……这就是对待残存于世的丧亲者的方式。而我们呢，即使想忘记也永远不会忘，就放在记忆的角落里，随它吧……"

佐坂最后问他要了桂子前男友的联系方式，便不再提问。

桂子的哥哥最后说了一句："拜托各位，求你们别再找我了。"叮嘱再三后才离开。

被害人 B 野吕濑百合是唯一一位没有被检察机关立案的被害人。

她和饭干逸美一样，是公认的美女。

看她生前的照片，野吕濑百合有着和其他被害人一样的短发、吹弹可破的肌肤以及楚楚动人的长相。虽然遇害时已二十四岁，但用少女一词来形容她那天真烂漫的容貌并不为过。

在发现百合被烧焦的尸体后，她工作的汽车零件工厂的经理对警察说，百合陷入了感情纠葛，但百合的闺密强烈否定了经理的说法。

"百合有男朋友？没有，绝对没有。她非常矜持，可以说是大家闺秀，是那种父母倾注了毕生心血养育出来的孩子。"

虽然不像辻瑠美的父母生得那么晚，但百合也是父母迟来的孩子。

百合出生时，父亲三十六岁，母亲三十五岁，在二十年前算得上是高龄产妇了。好不容易才盼来一个独女，野吕濑夫妇将女儿视如掌上明珠，极其疼爱。

"就连百合自己也总是开玩笑说，自己大门不出二门不迈。而且她在父母面前很放松，不是一个叛逆的孩子。"

闺密摇了摇头。

"我和大多数人一样，都有过叛逆期，但百合从未有过。我也从来没有看到她顶撞过父母。进入高中后，她还是每年和父母一起旅行；毕业参加工作，拿到的第一笔工资就带着父母去泡了温泉……我的父母还让我要好好向百合学习，说得我很狼狈。"

她苦笑着。

"正因为她是这种性格，明明是一个美人，却没有男朋友。我一直劝她通过相亲结婚，要是对方合她父母的心意，那就是最幸福的。我说这些话毫无嘲讽之意，是真心话。百合也笑着承认了。"

"如果她没有男朋友，为什么工厂经理会那么说？"北野谷问道。

"这个我在当时也对刑警说了……"闺密皱起眉头，"在事发的两个多月前，百合说她被不认识的人纠缠，她当时觉得可能是心理作用，依然感到害怕……现在回想起来，那应该就是竹根义和干的。那家伙盯上了百合，然后调查了她的生活轨迹。"

闺密的脸因厌恶而扭曲。

"百合被不认识的人纠缠时就立刻将这件事告诉了工厂领导寻求帮助。领导却带着挑逗的语气说：'你是不是夸张了，不就是前男友干的吗？'百合百般否定，但那个领导光是呵呵呵地笑。自从那次谈完话，大家就互相传百合和男朋友闹别扭了。为此，百合还发过牢骚。"

"放到现在也许还可以追责领导。但在二十年前，社会风气可没有这么先进。"北野谷插话道。

"是的，其实我自己到现在还抱有这种想法。如果当时百合的领导能更宽容一些，答应百合的请求，将发薪日前的晚间加班换成早上提早上班的话……这样一来，百合就很有可能还活着。"

"百合女士的父母现在怎么样？"佐坂问道。

闺密的表情越加阴郁："阿姨在前年年末去世了，叔叔……我不清楚，在阿姨的四十九日祭过后，突然就联系不上了……"

"你的意思是失踪了？"

佐坂不禁反问道。

闺密点了点头："据说叔叔去了寺庙，拜托僧人们给阿姨和百合做永久佛事[22]。我的父母说'百合他爸爸再也不会回来了'。虽然他们这么说，但我的内心还是希望他能够回来。毕竟，毕竟……这事实在是太残忍了。"

啜泣声模糊了这句话的结尾。

"叔叔、阿姨、百合，他们什么坏事都没做，只是平凡地生活着。但是，百合突然失踪，被发现的时候，却是那种样子……"

---

[22] 永久佛事：指没有人去扫墓，由寺庙或者陵园的管理者代为祭扫或供养。

"不敢想百合她经历了多么恐惧的时刻，她对男性没有一点戒心，却还是被人侵害……变，变成了那种焦黑的样子……如果，如果我知道事情会变成这样，我就去接她了。那天我还提早回家了。那时我明明就在家里，如果她给我打个电话，我，我可以开我父亲的车去接她……"

闺密说到这里，再也崩不住了，泪如雨下，这是发自肺腑的悲痛。

佐坂他们一言不发，默默地等待她不再哭泣。

只见她擦拭着眼泪，抬起头，哽咽着说起失去百合的野吕濑夫妇的事情。

百合的父亲曾经几度去找警察，主张自己的女儿一定也是被竹根义和杀害的，要求给女儿的事件立案。但这个主张没有被采纳，就直接开始了"泽馆女性连环被杀案"的公审。

那时，野吕濑夫妇经常去参加地方法院的听证会。

竹根义和照例多用电影台词，对自己的犯罪事实供认不讳。这种旁若无人的态度，使得被害人的家属无法忍受，有一两个人直接离场不再旁听。

但野吕濑夫妇仍在坚持。

听到这些令人发指的残酷罪行，百合的母亲曾经多次在法庭晕厥。即便这样，他们也没有错过一次公审，一直等到宣判的日子。

在宣判竹根义和死刑的那天，闺密去拜访了野吕濑家。

三人默默地举杯祝酒。

在得知竹根义和在狱中死亡的消息后，闺密给百合的父母打了电话。那时，闺密正在准备结婚，已经离开了父母家。

百合的母亲于前年十二月离开人世。在很久以前，她的身体就一直不好，最终依照她的遗嘱，秘不发丧。

直到四十九日祭结束，百合的父亲，失踪了。

"这虽然让人很惊讶……但是，谁也不觉得意外。"闺密压低声音道。

这很正常，失去了最爱的女儿，又失去了挚爱的妻子，百合的父亲经常向周遭人透露："如果家人们都离我而去，我也就没有活在这个世界上的意义了。"

佐坂三人离开前，对协助搜查工作的百合闺密表示了感谢。

外面热得像一个蒸笼，夏日强烈的阳光照射下来，加上沥青路面反射的光线，每迈开一步，都能感受到后脖颈在灼烧。

"人们常说受害者家属的人生也注定被打乱……"北野谷眉头紧锁地说道，"今天亲身感受到了这句话……说得很对。"

佐坂没有搭话，但他心有同感，只在心中回应了北野谷的话："诚然如此。我的家庭和他们一样，一家人的人生都已经乱套了。"

在一旁的今道一言不发地走着。

人行横道的信号灯变成了绿灯。

4

佐坂向科长汇报完情况后，走出了荻洼警局。

目的地是车站，佐坂想再去一次刚去过的千叶。佐坂在新浦安站下车，出站后，上了一辆环线巴士，坐在位子上，闭目养神。

到第三站下车。

时间是下午七点半，眼前的建筑微微透出一些灯光。

停车场里空荡荡的，几乎没有客人从这栋楼里出来。一盏盏路灯闪烁着耀眼的光辉，与寂静的建筑形成反差，非常刺眼。停车场的出入口有一间管理室，室内亮着灯光，从外面看，室内景象一览无遗。有一个男人正坐着发呆，看样子是管理员。

永尾刚三！

佐坂双手握拳。

正是杀死姐姐美沙绪的男人。

他今年应该是六十八岁，但看起来像七十几岁，皮肤晒得黝黑，整张脸皱巴巴的，如同一张揉皱了的砂纸。

永尾刚三以故意杀人罪被起诉，地方法院判处有期徒刑十二年，律师和他本人立刻上诉，但被高等法院驳回。确定刑期后，永尾刚三被直接送至监狱服刑。

案发时，永尾刚三四十一岁，在千叶市内的印刷公司做铅版工人；佐坂美沙绪十六岁，在同一座城市里的私立高中上学。

永尾刚三在公诉时供述道："我每天在通勤的电车上都能遇见她，而且每次都是同一节车厢。我觉得这就是缘分。"

因此他开始纠缠美沙绪。从公司早退等着美沙绪放学，硬将求爱的信件塞给美沙绪，还拿出一条玻璃球制的便宜项链逼迫美沙绪收下。之后，他再以此威胁美沙绪："你都接受了我的礼物，就不能接受我的感情吗？你这个欺骗感情的女人！"

"我真的是认真的，我希望她能理解我的感受。"永尾在被告席上说道。

但在美沙绪的眼里，他就是一个和父亲差不多年龄的中年男子，怎么可能跟他谈恋爱。

美沙绪向班主任寻求帮助,班主任反倒将她数落了一通:"你自己当心一点。""你一定是说了什么或者做了什么,才会让那个男人误会。""今后不要再有轻率的行为。"

警局的警察也是差不多的反应。"民事纠纷,我们警察也不太能介入。""最近的女高中生真是乱来,参加电话俱乐部,穿得也大胆开放。你啊,就把这事当作一种教训,别再去赚那些乱七八糟的钱了。"

在平成十一年发生的桶川跟踪狂事件[23]中,警察和记者的报道传递给整个社会的信息是:"局外人不应该参与到别人的情感纠葛中。""男女吵架,不需要第三者出面。"

美沙绪和朋友们商量过,但对自己的父母缄口不言。

"不想让自己的家人担心。""很难说出转学去附近高中上学这样的话。"美沙绪对朋友们透露过这样的想法。

朋友们听后对美沙绪提出了建议,"不管怎样,最好是果断地拒绝""千万不要留给他可乘之机,严厉地跟他谈一次"。

那天,美沙绪又被伺机出动的永尾刚三候个正着。

永尾刚三要求美沙绪跟他交往。面对步步紧逼的永尾刚三,美沙绪听取了朋友的建议,不给他任何可乘之机,毅然决然地拒绝。

四天后,美沙绪永远地倒在了放学途中。

永尾刚三从车站一路尾随,跟到路上行人变少的地方,发动了

---

[23] 桶川跟踪狂事件:一九九九年十月二十六日,年轻女子猪野诗织在日本埼玉县 JR 桶川站前被人持刀刺死。受害者生前因长期受到跟踪骚扰而多次向警方报案,警方却未予重视,最终没能阻止悲剧的发生。记者清水洁在调查这一事件的过程中,根据受害者生前留下的"遗言"的引导,多方走访查证,在警方轻视线索、调查不力的情况下,以记者的身份找到了凶手,进而揭露了警方对受害者生前报案的漠视、敷衍,以及案发后试图抹黑受害者、掩盖渎职事实的行为。此案引发强烈的社会反响,推动了日本《跟踪狂规制法》的出台。

袭击。

美沙绪身中数刀，胸部和腹部的刺伤有十余处，手指被砍断，连脸部都受到了刀伤。听到尖叫声的路人赶过去，发现姐姐尚存一丝气息。可她没能挺到救护车到来就断了气。

永尾刚三企图逃离现场，半个小时后被警方逮捕。

给姐姐提供建议的朋友，在得知整件事后，陷入半疯狂状态，不得不常年接受心理治疗。而对佐坂家来说，这个打击更大，祖母在郁郁寡欢中离开了人世，佐坂和父母被迫搬家，离开了家乡。

佐坂长大后，成了一名警察。

尽管他得知杀害姐姐的男人获得了假释，他仍对自己说"不再追问他的去向"，因为看到那张脸，就可能无法抑制杀意，他没有在这种情况下还能保持平静的自信。

但是，佐坂还是调查了永尾刚三的去向。也许是因为再遇今道的原因，佐坂想知道这个家伙现在在哪里、在干什么。

调查过程比想象中的要简单。

获得假释出狱后的永尾刚三，因为没有任何人可以依靠，在外流浪了一段时间。然而，他得到了一个政府支援组织的庇护，在他们的帮助下，重新融入社会。

眼下，他通过这个支援组织的介绍，在以一位德高望重的政治家名字命名的纪念馆工作，具体负责停车场的管理、清扫、引导停车以及整理等工作。他的工作态度很认真，除生病外从不缺勤。

佐坂盯着管理室内的永尾刚三。

永尾刚三弓着腰坐着，管理室内的冷气开得很足，他的目光呆滞，一直盯着一个方向。

佐坂定睛一看，原来这家伙的耳朵里塞着耳塞，也许正在听电视机的声音，又或者是收音机。突然，他的嘴角扬起，笑了起来。

看到永尾刚三笑的那一刻，佐坂一股怒气直冲脑门。

为什么这家伙在笑！

姐姐，她永远都不会再笑了，这个畜生剥夺了姐姐的喜怒哀乐，剥夺了姐姐的未来。不仅仅是姐姐的，还有整整一家人，事情发生后，家里再无欢笑之日……

可是，这个畜生在笑。

佐坂紧紧咬住后槽牙。回过神来时，他紧紧地握住拳头，指甲都嵌进手掌了。等他松开手指，掌心已经开始渗血。佐坂轻轻地咂舌。

就在他转身离去时，衣服内侧口袋里的电话响了。

佐坂眼睛一扫，是北野谷打来的。

"我是佐坂……"

"喂，你在哪里鬼混啊。现在立马回来！"

北野谷的声音如此亢奋，甚至有点发颤，这可真稀奇。

"发生什么事情了？"

"鸮矢美玲被杀了，凶手是阿亚，鸮矢亚美！她带着凶器走出来，被警察当场抓住，现在正在做笔录。不管你在哪里，马上回来！"

话音未落，电话就挂断了。

5

这事让警方彻底失控。在发现了鸮矢亨一的谋杀案与"泽馆女性连环被杀案"有关联后，他们就调整了负责监视和保护鸨矢美玲的工作人员，也不是将美玲完全排除于目标之外，只是美玲成为共犯的可能性变小了，反而成了凶手行凶的目标。不过，按照危险度排序，鸨矢美玲目前的危险性还比较小，理应排在丹下薰子和岸智保后面。

现在负责保护鸨矢美玲的警员人数有两人，每六小时换一次班，基本上是在公寓外站岗，当美玲去"抚子"工作时，二人就在店门外等待。

说到保护美玲的安全，警察主要的警戒对象都集中在男性身上，可还是大意了，凶手利用了两人换班的空隙。一个年轻女人穿着连体工作服，双手抱着一个纸板箱，进入了公寓。警员们没注意到任何异样。

八分钟后，传来路人们的尖叫声。

警员循声望去。只见公寓里一个穿着工作服的女性摇摇晃晃地走了出来，衣服上沾满了飞溅的鲜血，右手握着染血的菜刀。

"阿亚。"呆若木鸡的警员听到一旁的同伴的嘀咕声，忽然缓过神来，再仔细打量起这张脸 —— 寻人启事上的鸨矢亚美，她已经瘦得不成人样，头发也剪得很短，精神涣散，但还是可以认出她是鸨矢亚美。

警员们慌忙飞扑过去，死死抱住亚美，从她的手中夺下菜刀，低声问道："你是鸨矢亚美？"

"没错。你是警察？"亚美的口音略显模糊。这时，警员清晰地发现，她的左手小指已经从根部被整个切除。

"……我……杀了……她。"她的眼神涣散，小声轻吟，"……我，杀了，那个女人。都是因为那个女人，亨一才会死，那个人的女儿也死了。大家，大家都是被那个女人杀死的。所以，我，是来报仇的。"

"那个人是谁？"

警员边说，边回头看了看他的同伴，同伴抬起下颌，示意自己去公寓看下美玲的情况。

目送同伴跑进公寓后，警员又问了一遍："亚美女士，你刚刚说的那个人是谁？女儿又是谁？"

但还是迟了，亚美已经耷拉下脑袋，失去了意识。

鸨矢亚美被送进了医院。

大约一小时后，亚美恢复了意识，面对警察的询问，已经可以清楚地应答，完全具备记忆力和证言能力。然而，在她那张憔悴不堪、骨瘦如柴的脸上，有一双着了魔似的眼睛，闪烁着强烈的光芒。

之后，亚美被带到荻洼警局接受进一步调查。

她的腰部被系上绳索，和坐的椅子固定在一起。不过，她也没想逃跑。

警察审问起鸨矢亨一被杀那晚的情况。

"嗯，我记得清清楚楚。"亚美回答道，"当晚刚过七点，门铃响了。准确来讲是门禁系统响了，门禁传来的声音我也听到了，是亨一外婆的声音'小亨，小亨，是我哟'……"

言语间丝毫不拖泥带水。

"亨一打开了门禁，说了声'我去电梯口接外婆'便出门了。"

亚美的声音平稳得让人觉得有点害怕。

自从失踪以来，亚美瘦了将近十公斤，不仅仅是脸部，全身都瘦得皮包骨头，她的头发被剪得很短而且很碎。左手小指从根部被切除，上面缠着一圈淡黄色的绷带。

然而，就在几小时之前，她用这只手杀害了自己的婆婆。经过近一个月的拘禁，然后出门杀人。警察无法想象一个女性在经历了如此的波折后，依然能够以温柔平稳的语气来应答。

"我就站起身去准备茶水。"亚美继续说道。

"但是，门口传来了亨一的声音，'你是谁啊''你就是野田'，我还是第一次听到亨一对他人发出如此大的声音。"

"野田"是纠缠鸨矢茂子的老人自称，亨一很有可能是从外婆那边听到了这个名字。

"亨一先生让野田进入房间了吗？"警察问道。

"嗯。与其说让他进来，不如说是硬拽着他进来。"

"你以前见过这个人吗？"

"没有，第一次见，是个八十岁左右的老人，右侧脸颊用胶带粘着一大块纱布。"

亨一紧紧抓住老人的双手，尖叫道："亚美，报警，快叫警察来，就是这个家伙一直纠缠外婆。"

老人很老实，看上去很绝望。

亚美按照亨一的指示，快步向墙上挂着的固定电话走去，可还没来得及拿起电话，就听到背后传来一声惨叫。

"我马上转过头去，只见亨一的腹部被刺中，老人藏着刀具。我被眼前的场景吓到无法动弹……只能看着亨一挨了一刀又一刀。当时我太害怕了，双腿不听使唤。"

"这是正常反应。"警察安慰道。

鸨矢亨一的尸检结果是胸部两处、腹部三处被刺。对从没经历过暴力的年轻女性来说，遇到这种情形感到害怕和畏缩是很正常的。

"亨一双膝跪地，然后慢慢朝一旁倒了下去……看到这一幕，我拼尽全力想跑到他身边，不过老人握着菜刀的手一挥……当时我也不清楚是怎么回事，应该本能地躲避了一下，不清楚头是否撞到了地板。反正在很短的时间内我就昏迷了……等我恢复意识时，看见老人坐在了亨一的身上。"

"勒着亨一先生的脖子，是吗？"警察问道。

亚美点了点头："……亨一的脸已经扭曲得不成人样，我知道他已经死了……但是，老人依旧在拼命地勒着他。我当时慢慢坐起来，但无法动弹，也感觉不到疼痛。"

"疼痛？"

"就是这个。"

亚美将没有小指的左手高高举起。

"这是他朝我挥刀的时候砍掉的，当时就几乎砍断了，只剩下皮肤还连着。可我不恨他，他也不是故意的……"

亚美笑了起来，那笑容令人捉摸不透。

"然后，老人对着我说'计划都乱套了''我可不想这么干，应该更多地折磨那个贱女人，让她尝到更多苦头，最后再杀了她'……我突然反应过来，虽然我不知道事情的来龙去脉，但我知道眼前发生的这一切肯定是因为婆婆。因为婆婆的错，所以亨一死了，这样我就能理解了。"

她一只手攥住衬衫胸口位置的下方。

"我知道这听起来很奇怪，但我在那个时候真的理解了。亨一招人怨恨，被人杀害的可能性为零。不过什么事情牵扯到婆婆，那这一切就说得通了……"

老人对着在丈夫尸体前发呆的亚美说："你放心，我不会杀你。你和那个女人关系很僵，是吧？我如果杀掉你，那个女人才不会悲伤，反而会高兴。"

老人蹲下身子，盯着亚美的脸看："但是，我的脸也被你看到了，就不能把你单独留下……来吧，跟我一起走。"

老人每说完一个字，就会适当停顿一下，语气也非常平淡。亚美意识到，他可能在刻意掩饰口音。

"站起来！"他将刀对准亚美，命令道，"站起来，下面有一辆车。"

亚美双腿直哆嗦，用手撑着墙壁勉强站起身来。

"手机在哪里？"老人问道。

亚美用手指了指放在沙发上的包。

老人翻开包，将手机拿了出来，关机后，塞进裤子后兜。

"然后，他用一根皮筋将我的小指根部绑紧，让我上车……开车的是另外一个男的，他用太阳镜和口罩遮住了面部。因为他坐着，也看不出具体年龄。我从他的手来看，年龄应该是很大。"

亚美刚上车，就被一条毛巾蒙住了眼睛。只知道车没有规规矩矩地开直线，而是不断地左转、右转。

"走大路到处都是摄像头。"

亚美听到老人在自言自语，话音带有方言，但听不出是哪个地方的语言。

亚美被带入公寓的一个房间后，被人拿掉了蒙住眼睛的毛巾。房间里只有亚美和老人，没有那个团伙。

亚美被注射了一针后失去意识，再次醒来，发现自己彻底失去了左手小指。没多久，麻药的劲儿过去了，剧烈的疼痛让她全身渗出黏糊糊的汗水。

从被带到这个房间的第一天起,亚美就被拘禁在浴室里。老人仅仅给了她一条浴巾。浴室的门是一扇厚重的玻璃门,老人将她反锁在浴室里。亚美环视一周,发现没有可以砸碎或者敲破玻璃门的工具,她试了一下镜子和架子,都是不可拆卸的。不过,在这之前,亚美就已经完全失去了抵抗的力气,手指断裂的钻心之痛,让她的手脚完全使不上力。

　　浴室里除了换气扇没有一扇窗户。打开水龙头,有水出来。看来至少不会脱水而死,这一点让亚美稍稍地放宽了心。

　　"幸好不是寒冷的季节。要真是严冬腊月被监禁在浴室里,真的会冻死。"亚美淡淡地说道。

　　"吃饭呢?"

　　"每隔几个小时,老人会来开门,送点甜面包和盒装牛奶之类的。因为身边没有钟表,对时间的概念比较模糊,大概每天送两次吧。"

　　"面包和牛奶应该是团伙买来的,然后由老人送到浴室。我没有感觉到老人有外出的动静,能听到外面一直传来电视机的声音,还有人走来走去,以及碰到物体发出的声音。"

　　除了食物,他的团伙还会送来一些报纸、周刊,当然,还有药物和绷带。老人会在给亚美送食物的时候,给她一些白色胶囊,告诉她是消炎药和止痛片。

　　"我只能隔着门听到一点声音,因为听不太清,猜不出他的年龄,但从他的语气来推测,应该不是老年人。他的语气里带着恳求,'不要再这么做了''请放过我吧',似乎极不情愿听从老人的安排。"

　　最初几天,亚美还在数着日子,每送两次甜面包与药物时,表示已经过了一天。

在没有窗户的浴室里，根本分不清白天黑夜。"靠数日子的方式过了十天，就数不过来了。有一天，我突然醒过来，但已经不知道自己睡了多少时间……半天？一整天？或者其实只睡了几分钟。从此以后，我就放弃数日子了。"

没有了时间概念之后，亚美开始拔自己的头发，还会用嘴巴去咬自己小指的伤口。伤口的疼痛，渗出来的鲜血，让她感到很舒适。因为这能让她实实在在地感觉到自己还活着。她将拔下来的头发一根根规整地排列在浴巾上。

和老人再次有交流时，亚美已经拔了五百多根头发。

"门外传来老人搭话的声音。他说：'真是对不起你啊。'"

"是绑架你的那个老人说的吗？"警察问道。

亚美点了点头："然后，他接着说：'就像我之前说的，我不会杀你。但是现在也没到放你走的时候。有很多不便是吧，再忍一忍，在这里待一段时间。我跟你约定，只要我复仇结束，就一定会放你走……'老人的声音很温柔，而且始终带着悲伤的情绪。"

亚美发现，她对老人的恨意已经烟消云散。她被困在这间狭窄的浴室，积蓄起来的满腔怒火全都转移到她的婆婆身上："都是那个女人的错，都是我婆婆的错，亨一才会被杀，都是那个女人干的好事……"不过亚美一点也不惊讶，因为自己也很讨厌婆婆。在与亨一结婚前，就一直恨她。

"我问老人为什么，当时没考虑这么问会不会刺激到他。我问他：'为什么我们要遭遇这样的事情？婆婆到底对你做了什么？为什么要反复强调复仇？'"

"老人是怎么回答的？"

亚美有意停顿了一会儿，回答道："他说自己唯一的女儿被杀了。"

沉默。

警察静静地等待着。足足沉默了近一分钟后，亚美开口道："我看到老人在门外坐了下来，是他的身影映在了门上。然后，他讲了很久他是如何爱着自己的女儿，毫无保留地疼爱她，但就被那样蛮横地夺走了。"

"也就是……"

警察停顿了一下，慎重地询问。

"也就是说拘禁你的凶手，因为鸨矢美玲的过失，导致自己的女儿被杀死，是这个意思吧？那他说女儿遭遇的案件和杀人凶手的名字了吗？"

"没有。但是听他的口吻，似乎是婆婆以前的同居对象杀死了他的女儿，据说还有几名年轻女性遇害……这都是因为婆婆带来的那个男人，让整个城镇都遭受到迫害，和睦的家庭破裂……"

"你相信这个男人的话吗？"

"相信。"亚美想都没想回答道。

"因为这和亨一提过的完全符合。虽然他平时不怎么说这方面的事，但晚上做噩梦的时候，还有少数几次喝得酩酊大醉的时候，都会断断续续地吐露一些。他说过'都是母亲的错，才会被迫逃离家乡''外婆也被母亲牵连进来了，所以我和外婆是站在一条战线上的。母亲遭到了别人的唾弃，连带我们跟着一起倒霉'。"

她咬着下唇。

"这事像婆婆做出来的，她带了一个根本不知道底细的男人回家，毫不在意给周围人带去的困扰，她的眼里只有自己，自己才是天底下最重要的人……婆婆就是这样一个人。"

亚美的双眸充满了愤怒。

此后，老人对亚美的态度发生了转变，他会不时坐在浴室前，对亚美诉说记忆中的事。

老人常常重复着同样的话，但亚美毫不厌倦地倾听。

"我们的心灵相通。"亚美说道。

此后，亚美的生活得到了改善，从之前一天两顿的牛奶和面包变成了饭团和味噌汤。虽然饭团是便利店买的，味噌汤也是冲泡的，但亚美很高兴，毕竟味噌汤是温热的。

"他还会送来夹着生菜的三明治、橘子还有香蕉。因为一直吃甜面包，所以当看到蔬菜和水果时我很高兴。可能我说的有点夸张，但确实每个细胞都感到万分愉悦。"亚美讲得眉飞色舞。

警察一边点头，一边在笔录的一端写上"斯德哥尔摩综合征"几个字，然后问道："你拿到三明治和水果后，对凶手表示了感谢？"

"嗯，我对他说了'谢谢'。"

"凶手可是你的杀夫仇人。而且他还绑架、拘禁你，把你逼到这种残酷境遇，即使这样，你还要表示感谢？"

"丈夫的事情，都是我婆婆不好。"亚美坚定地说，"是婆婆种下的恶果，是她带着一个陌生男人同居，给整个城镇带来不幸。有多少人丢了性命，亨一也因此背井离乡。所有事情的元凶就是那个女人，她还有什么资格悠然自得地活下去！"

亚美咬牙切齿，眼睛里闪烁着愤怒的光芒。

听到这里，警察确信亚美的精神已经不正常了，基本可以判定为斯德哥尔摩综合征。

很多人质都会陷入这样的心理状态。被突然限制人身自由的人质们随时面临死亡威胁，精神面临崩溃，此时对方只要施以小惠，就能轻易击破人质的心理防线，久而久之，人质会感恩对方的"恩惠"。一段时间后，人质对罪魁祸首会慢慢生出感激之情，再从感激慢慢变为与凶手的动机产生共鸣。

　　淀号劫机事件中的人质就为凶手应援加油，浅间山事件中的人质也在报纸和杂志采访的时候发言说："绑匪对我很照顾。"这成了当时有名的逸闻。

　　人类的大脑着实很优秀，也正是因为太优秀了，有时连自己都骗。不管在什么情况下，大脑试图让精神适应当下的环境，以此来保护身体，这是斯德哥尔摩综合征的一种防卫本能。

　　"你的丈夫被杀害，自己的小指也断了。"警察说道，"即便如此，你也不怨恨凶手吗？你的头发是怎么回事？"

　　"哦，头发啊。"亚美把手放在头上，"自己弄的。"

　　亚美笑了起来。

　　警察继续问头发的事："自己弄的？为什么要这样做？"

　　"因为必须这样做。"

　　"必须？"

　　"我想证明我可以全方位协助老人，而且我对那个女人的杀意是真的，所以我必须把头发弄成这样。"

　　亚美的声音毫不动摇，双眼直直地盯着警察。

　　警察只得装作平静，继续提问："之后就是老人将剪刀和刀具给了你？"

　　"是的，我已经取得了老人的信任。"亚美微笑着说。

据她说，当这种情感联系逐步加深时，有一天老人将替换的衣物送到了浴室。那是一套灰色的宽松运动服和一条短裤。短裤是便利店买的新品，运动服应该是男人用的，不过是小码的。亚美有好几天没有换衣服了。

"衣服换好了吗？"老人隔着门确认。

在听到亚美回答换好了之后，老人打开了浴室门。他将亚美的双手用捆包的绳子绑了起来，催促着亚美离开浴室。

亚美被带到了一个约八个榻榻米大小的房间，地板上有一台小型便携式电视机，还有一张单人的薄床垫，没有任何家具或者其他生活用品。室内挂着一个金属风铃，叮当作响的时候让屋内显得不那么冷清。

"然后，我就直接一屁股坐在地板上……我们两个人一起看电视。白天他会把我的手松绑，就松开一只。我们一起吃茶泡饭，温热的茶水和香软的米饭……好吃到眼泪都快掉下来了。"亚美说得有点出神。

吃完茶泡饭，老人开始口齿不清地絮叨起来。又是关于女儿的话题，亚美偶尔也会附和几句，基本上都是在一旁用心地听着。

那个风铃据说是和妻子女儿一起去温泉旅行时，在当地买的纪念品。

亚美的双手再次被老人绑住。但老人并没有让她回到浴室，从那一夜开始，她就睡在单人的薄床垫上了。

老人则带着电视住到另外的房间，同时锁住亚美的房间。比起浴室，这个房间宽敞多了，亚美很开心。

"既然那房间有窗户，就能逃走了吧？"警察问道，"绑你的东西是条绳子，用牙齿就可以扯断，你为什么不逃走呢？"

"因为没有逃跑的理由。我知道他不会杀我。"亚美有些心不在焉地回答。

根据她的叙述，两人的心一天比一天近，距离感一直在缩小。不仅是食物、替换的衣服、牙刷，甚至连女性生理用品，老人都会为她准备。

"对不起，把你关了这么长时间。"老人对亚美说，"我很想早点复仇。但那个女人被警方贴身保护，我始终找不到合适的时机下手……况且，我都这把老骨头了，有点力不从心。对不起，在我解决这个问题之前，只能暂且维持现状。"

亚美考虑了两个晚上，最终，将考虑的结果告诉了老人。

"我来干。"

亚美面向警察，得意地说道。

"亨一被杀的时候，目击到的凶手就是这个老人，目击者一定认为是他绑架了我，将我作为人质。所以我觉得自己能够接近那个女人，不会引起任何怀疑。"

但是老人不同意："我绝不能把你卷进来。我一看到你就想到我的女儿。她啊，和你差不多的年龄，也像你一样，是个好女孩。"

"我请求老人借我剪刀，想着干脆就把头发剪短。嗯，一开始他不同意，最后还是把剪刀递给了我。我那时候非常开心，因为感觉自己取得了他的信任。"

亚美再次恳求让她去杀掉鸨矢美玲，毕竟她已经瘦了很多，头发也变短了，即使被人盯上也没人可以一眼认出。

老人当时再次拒绝了亚美的恳求，最终耐不过亚美的恳求，妥协了。

行动那天，亚美从午睡中醒来，老人已经不见了踪影。玄关处摆放着工作服和帽子、菜刀、三张一千日元纸币，一本记有刺杀目标、活动时间等信息的备忘录。

亚美穿上工作服，走出了公寓。她在便利店买了杯咖啡和一个三明治，问了店员去车站的路线。在便利店用餐区域吃完后，步行到车站，坐上电车。不足一小时，亚美就到达鸨矢美玲所住的公寓。纸板箱则是在来的途中，从一家超市拿到的。

"这一路都非常顺利，远比我预想得简单，轻轻松松就杀了那个女人。"

此刻，亚美的脸上笑开了花。

"我装作快递员按响门铃。那个女人打开门，大吃一惊，完全没有认出站在门外的我。我松开纸板箱……用菜刀刺进那个女人的胸膛……一切如此顺利，用刀刃刺进身体竟然这么简单。要是早点知道，我早就这么干了，我竟然像个傻子一样，烦恼了这么多年。"

鸨矢美玲的胸部被扎了四刀，其中一处被刀精准地贯穿了右心房的三尖瓣。等到搜查员们冲进来时，美玲已经断了气。

"那个女人死了吗？"亚美笑着问道。

警察没有回答，但亚美读出了言外之意，大笑道，"太棒了，这样，所有的仇都报了。是我报的仇、亨一的仇、老人的仇，还有，百合的……"

"百合？"警察重复了一遍名字，确认道。

"嗯，百合是老人女儿的名字。"

在"泽馆女性连环被杀案"的被害者名单里，叫百合的女性只有一个。

——野吕濑百合，唯一未被检察机关立案的被害人。

"我不是为了从老人那里逃出来才这么做的，我是为了我自己。我做到了……现在非常满足。"亚美笑容满面地说道。

几小时后，读着笔录的佐坂心中颇不是滋味。

野吕濑百合的父亲去年年初失踪，时值冬天；岸智保在春天得知友安小轮被跟踪后出逃；五个月后，茂子在"栞"咖啡店遇见了野田……

野田和野吕濑。第一个字相同，这是取假名字的常见方式。

这是源自一位父亲的复仇吗？

野吕濑失去了最爱的女儿，妻子也撒手人寰，对他来说已经没有值得留恋的东西了。至少，他要在自己寿终之前，鞭策老躯，为女儿报仇雪恨。

亚美至今不知道，她的小指已经被野吕濑送到了警方手中。野吕濑在切断手指后，应该是冷冻保存了。这一举动真是令人捉摸不透，佐坂感受到了野吕濑的冷酷。

据说亚美在杀害美玲之前，在西所泽站坐过电车。经过一番搜查，警察发现一辆藏青色的轻型面包车被丢弃在距离西所泽站半径六公里的停车场，车牌已经被卸掉，根据车辆编号，警方确定这是一辆偷来的车。

搜查员们搜查了停车场周边的公寓，最终找到了一栋有着四十五年房龄且大部分房间都处于空置状态的木结构公寓。搜查员们打开其中的一间，屋内一尘不染。他们在屋内采集到了亚美的指纹和掌纹，但没有野吕濑的指纹。亚美说，老人总是戴着手套。

野吕濑的行踪至今成谜。

是复仇吗？佐坂念念有词。

佐坂不是没有考虑过为姐姐复仇，但是，他办不到。经过二十七年，怒火也好、悲伤也罢，都淡化了，心也已经麻木了。

但是野吕濑在经过二十一年的岁月后，依然选择为女儿报仇。

你能理解吗？ —— 佐坂自问自答 —— 能理解。

警察的职责当然是将凶手缉拿归案，但是抛开理性，佐坂在心中呐喊"能理解"。

"佐坂前辈。"

佐坂抬起头，是菅原在叫他。

"怎么了？"

"刚刚搜查支援分析中心来电。"菅原激动得面色泛红。

"监控解析组查看了拘禁阿亚的那座公寓附近的监控，通过图像解析技术，组员发现了一个和事件有关的人。"

"有关的人？谁？"

"岸，岸智保。"菅原压低声音说道。

"他多次往来于公寓附近。因为公寓本身没有安装监控，无法确认他是否出入过公寓。但是根据公寓附近监控拍到的画面，他的出现频率也太高了些……野吕濑的帮凶，很有可能是岸智保。"

第
六
章

1

警方让友安小轮确认了监控录像。

"没错，就是他。"

长相、身材、走路的样子，连歪头的方式、姿势都一样，友安小轮确认这就是"岸智保"。

"好！按照串联起来的线索追查下去！"搜查会议上，主任振奋地说道，"追查的线有两条：一条线是野吕濑百合的父亲，野吕濑辰男；另一条线是岸智保。有可能之后两条线会重合成一条。你们有没有把岸智保的照片给鸨矢亚美看？"

"已经跟她确认过，但是她说自己没有见到过共犯的脸，所以不清楚。"中乡组长回答道。

"鸨矢亚美的证言没有矛盾之处，她确实说过自己没有和共犯讲过话。但是她毕竟和主犯长时间接触过，不知道她有没有偷听到他们的藏身之处，这一点我们还得继续确认。"

佐坂打开资料，资料上记载着野吕濑辰男的调查内容。

一九四〇年，野吕濑辰男出生于富山县。单说一九四〇年倒也没什么，但若是提起那是近卫文麿成为首相的一年，就能知道那是多久以前的事了。

八十岁。杀人、绑架，能做到这些事，八十岁的年纪算是相当高龄。

佐坂双眉紧锁，他能明白那种心情，正是因为想到了这一点，才不得不咬紧牙关控制自己的情绪。

野吕濑辰男是日本第一代"金鸡蛋"[24]，从农村到东京，正好赶上战后经济高速增长的初期，是年轻力壮的劳动先锋。初中毕业后，年仅十五岁的野吕濑立刻奔赴东京，在位于台东区的一家玻璃加工厂切割玻璃；二十四岁时，和在工厂附近洗衣店工作的女性结婚，两人相差一岁；二十六岁时，他从厂里辞职，自己创办了一家玻璃加工厂。

一九六四年，东京奥运会开幕，证券市场出现波动，但玻璃加工的需求没有受到太大影响，生意依然很红火。野吕濑的手艺精湛，是个能工巧匠。

但是，他和妻子没有孩子。

野吕濑的妻子婚后经历过三次流产，医生诊断为母亲体质不适合胎儿成长。他对妻子说："如果怀不上孩子就算了，两个人生活也不错。"除了安慰，别无他法。

就在他们打算放弃的前一刻，妻子怀上了百合。

虽然是早产，但百合平平安安地降临人世。就这样，在野吕濑三十六岁、妻子三十五岁时，他们迎来了自己的第一个孩子。

---

[24] 金鸡蛋，原文写作"金の卵"，指代尚未成熟，却是未来可期、不可多得的人才。是日本1964年的流行语。

但是，就在喜得千金的当口，野吕濑突然面临事业危机。

昭和五十年代后半期（约一九七九至一九八五年），玻璃加工业以迅雷不及掩耳之势进入全面机械化时代。野吕濑眼巴巴地看着同行们还不清债务而接连倒闭，仿佛也看到了自己的明天。

好在野吕濑技术高超，在业界口碑很好，因此有一家工厂委托他加工船舶用的玻璃。

十年后，时代卷起的浪潮再次席卷了野吕濑的加工厂。造船厂是他最大的客户，然而这家企业因继承权纠纷破产了。

百合想从高中退学，找份工作养家。野吕濑和妻子竭尽全力地阻止百合这么做。他和妻子都只有初中毕业，吃尽了受教育少的苦，所以绝不想让唯一的爱女再去体会这其中的辛酸。

野吕濑的加工厂最终挺过了那段艰难的日子。

平成年代（一九八九年至二〇一九年）没有了泡沫经济时期的势头，人们开始关注自身的价值，个性化浪潮正悄然成风。流水线产品已经不能满足人们的要求，大家都想买到充满个性的东西。

“大批量生产的玻璃对日常使用来说没问题，但我想要一些可以在特殊场合使用的。”

“比如纪念日，想给重要的人送一份定制品。”

这些需求的声音使玻璃切割技术行业展开竞争。在得到玻璃餐具制造厂商的肯定后，野吕濑的玻璃器皿、茶壶制作技术越发娴熟高超，尤其是亲手制作的玻璃装饰品和灯罩为他赢得了超高的人气。

百合也因此顺利高中毕业，进入短期大学[25]继续学习，在读期间

---

[25] 短期大学：短大是二年制，因此学的东西跟大学一年生、二年生差不多，都是比较基本的知识。读完之后基本都可以编入本校四年制本科的大三。

取得会计二级证书，毕业后顺理成章进入老家的汽车零件工厂就职。

警察的调查报告上记录了附近居民对百合的评价：

"这姑娘诚实、孝顺父母，待人接物非常有礼貌。"

"性格开朗，每次碰到总是先打招呼。"

野吕濑夫妇希望女儿将来能遇见一位勤奋踏实的男士，希望女儿能够拥有安稳的幸福。然而这一份心愿，以一种最残酷的方式落空了。

百合在某一天去公司上班之后再也没有回来。在废弃工厂的停车场，发现了百合的焦尸，尸体炭化严重，僵硬得缩成了一团。

凶手竹根义和被逮捕前，又杀了两名女性。

但野吕濑夫妇的不幸还在继续。警方因为无法证明竹根义和对百合的谋杀负有责任，选择不起诉。

野吕濑义愤填膺，妻子整日以泪洗面。

视若掌上明珠的独生女被侵犯、残忍杀害，连五官都烧到炭化，警方却说无法立案，岂不是太轻飘飘了！

面对失控的野吕濑夫妇，警方顶多安慰两句："非常抱歉。""我们也很痛心，非常遗憾。"

之后发生的事情与百合闺密叙述的一样。野吕濑夫妇从头到尾旁听了竹根义和的审理，他们亲耳听到了竹根义和的死刑判决。但是，竹根义和并没有被执行死刑，因为他在服刑期间病死了。

前年，妻子带着遗憾离开了人世。四十九日祭结束后，野吕濑不辞而别。妻子的去世让他再无牵挂。

"那是和女儿一起去温泉旅行的时候，在当地买的纪念品。"根据亚美的证言，野吕濑谈及了房间里挂的风铃来历。这一点也与百合闺密给出的证词一致。

"爸爸，下次用玻璃做一个这样的风铃吧。"

父亲一听女儿这么说，立即提议："那先买一个成品，之后照着做。"

佐坂继续翻阅资料。

资料上印有野吕濑辰男的照片，与众多的证言相符，是一个小个子老人，右侧脸颊有大块浅茶色瘀青状斑点。根据百合闺密的叙述，这是野吕濑在将近七十岁的时候脸上突然长出来的，而且越长越大，应该是年轻时积累的黑色素，随着年龄增长，开始在肌肤表面显露。

佐坂盯着照片，低声念叨，真是个极其普通的老人。

平凡质朴，但却是一位有责任心的公民，可以说是日本战后支撑国家发展的典型国民形象。从不奢侈浪费。追求简单的幸福，与家人一起过着平凡安稳的生活。

就是这样的一位老人，以凶手的身份为自己的人生谢幕，太过悲惨。

佐坂想到这里，眉宇紧锁。

结束了搜查会议，佐坂走出警局问今道："百合出事时，你去见过野吕濑辰男吗？"

"嗯，见了。"今道也是一脸愁容，点点头，"唉，见过好多次……我们向他道歉，对他说我们确信杀害百合的就是竹根义和，但苦于没有物证，无法立案。时至今日，我依然对当初发生的一切感到遗憾。"

看着今道发出如此感叹，一旁的北野谷说道："我不明白的是为什么岸智保要协助野吕濑。目前依然没有发现野吕濑辰男和岸智保之间的共同点，年龄和出生地完全没有交集，没有血缘关系，也不是师兄弟，甚至感觉他们一辈子都不会在路上擦肩而过。这到底是怎么回事？"

2

北野谷的这个问题，在第二天就得到了解答。调查组首次发现了岸智保与"泽馆女性连环被杀案"之间的联系。

"喂，小湘。"

佐坂前脚刚踏进警局就被中乡组长叫住了。

"取证组下的调查班查到新线索了。竹根义和在年少时期熟悉的人是电影院的馆长，此人正是岸智保的外公。你还没反应过来？友安小轮的证言里提到过，岸智保有一个爱好电影的外公！"

"嗯。"面对炮语连珠的组长，佐坂愣了愣，"就是留给岸智保那本电影海报剪贴簿的外公啊。他将岸智保视若珍宝的电影画册装订在了一起。"

"没错。"组长用手指着佐坂的鼻子，"馆长是岸智保的外公，那家电影院不仅放映流行电影，还会定期播放一些经典电影，是当地一家有名的剧场。由于馆长的身体原因，在昭和五十七年（一九八二年）闭馆。接着为了治病，一家人搬去了高知市。

"成年后的竹根义和，对于这位他仰慕的馆长，也是一路跟随，移居高知市，经馆长介绍，在一家公司就职。而和竹根义和共事的男人名叫宫崎保雄，就是日后藏匿竹根义和的老同事，同时他也是岸智保的亲生父亲。宫崎和馆长的女儿结婚后，生下了岸智保。"

组长停顿了下，继续说道。

"在竹根义和被逮捕的两年后，岸智保的双亲离婚。这次调查还发现了馆长，也就是爱好电影的外公，在岸智保的父母离婚前一年去世了。在竹根义和作案后，外公曾表现出后悔，'女儿女婿和外孙都是因为我和竹根义和有牵连才会遭难。'这样的压力使他的病情迅速恶化。弥留之际，他握着外孙岸智保的手道歉，这个可怜的老人在离开人世的前一刻还在道歉。

"那么对岸智保来说，竹根义和也是外公的仇人。"佐坂叹了口气，继续说道，"因为竹根义和引发的一系列事件，他的双亲离婚，外公郁郁寡欢地离世……当时，他还是一个小学生。这些对他来说都是晴天霹雳。"

佐坂的声音满怀同情。

中乡组长也忍不住感叹："目前还没有查明野吕濑和岸智保是在哪里因为什么相遇的，只知道有一段时间，野吕濑在找岸智保。对岸智保来说，帮助野吕濑也是帮自己报'泽馆女性连环被杀案'的仇。岸智保是否出于自己的意识而离开友安小轮，目前不明。但这之后应该就和野吕濑联手了。"

说完，中乡组长说了句"我现在去汇报"便快步走开了。

佐坂找到今道和北野谷，将刚才从科长那里听来的消息告诉他们。

"为了报外公的仇？"北野谷单手拿着自动售卖机的咖啡问道。

"根据友安小轮的证言，岸智保对父母的感情一般，反倒无比崇拜外公，逃亡期间都不忘带着那几本电影海报的剪贴簿。"

说完，佐坂望向今道："你怎么看？"

"感觉不对。"今道面露难色。

佐坂接着问："你是指为外公报仇一说？"

今道吞吞吐吐地回答："呃，不是，怎么说呢？说实话，很早之前就有这种感觉，这话也就在这里讲讲，我始终不能接受野吕濑辰男是罪魁祸首的结论，或者说我没办法理解。所以……只能用感觉不对来形容。"

北野谷缓缓将咖啡纸杯从嘴边挪开。

今道愁眉不展："不……就算我有自信这么觉得，也不能断定。但是，那个……尽管我文化水平不高，起码积累了很多经验。我越来越觉得这些事件的发展和野吕濑辰男的人生观不一致。"

今道停顿了下，继续说道。"报仇确实是个不错的动机。独生女被剥夺了生命，妻子也离开了，他完全有可能选择在去世前，拼了老命地报仇雪恨。但是从他的档案来看，野吕濑为人忠厚老实，潜心钻研打磨技术，是一个被大家认可的匠人。这次事件暴力成分居多，不像是野吕濑能做出来的。"

说完这些，今道苦笑道："说得有点抽象……"

"不，我明白。"北野谷点头，"你之前也说过，这次事件的凶手对犯罪手法驾轻就熟，在威胁友安小轮和丹下薰子的时候，凶手明显获得了愉悦感。很难相信一个不熟悉犯罪的八十岁老人，仅凭着报仇的想法就能完成这些事。"

"是啊，而且这种时刻紧盯别人的做法与野吕濑辰男的个性不符。"

今道点头同意。

"所以我对野吕濑辰男是主犯的说法持不同意见。也就是在你们面前讲讲这话，毕竟我就是一个来帮忙的局外人，没有资格对搜查方针指手画脚。"说完，今道耸了耸肩，啜饮一口咖啡。

北野谷的视线看向佐坂："我说，'破案迷'。"

"又来了……别再这么叫我了。"

"现在是要使用你脑力数据库的时候了。咱们国家有多少被害人及家属实施的报复杀人案？"

"这个嘛……"佐坂的脑袋快速地旋转起来,"肯定不多见,严格来说是很少。比较有名的是'丰田商事会长刺杀事件'——主营恶意买卖的头目在电视镜头前被刺杀。但凶手并非诈骗被害人本人,而是其雇的两名男性。"

"还有吗?"

"嗯,'练马一家五口被害事件',这个案件说是被害人的报仇也可以,但略微有些微妙。这是一起房产纠纷杀人事件,凶手以所有资产作为抵押,赢得了一处拍卖房产。然而,债务人为了逃避,允许他的女儿女婿一家居住在已拍出的房产中。即使交房期限已过,仍旧拒绝腾出房子,焦躁的凶手随后陷入了疯狂,结果就把债务人的女儿女婿和三个孩子都杀了。凶手一直坚信自己是正确的一方。但是他本身就不是什么善茬儿,以前用菜刀刺伤了自己的亲弟弟,以杀人未遂被起诉,获刑三年。"

佐坂调整了下呼吸。

"另外还有'石狩市欺凌报复事件''同学会大量杀人未遂事件',等等。这几起案件有个共同点,动机都是因为报复校园霸凌者。前者是一个遭受同学霸凌的少年杀了霸凌者的母亲;后者是曾在中学一直被欺负的男生去参加同学会时,带着掺了砒霜的啤酒和亲手制作的定时炸弹。"

"原来如此。"北野谷呼出一口气,"你刚才说的都是单纯的冲动型犯罪。虽然都比较残忍,但凶手不具备本案中嗜虐成性的特点。你最后说的那个啤酒里掺了砒霜的案件还算有一定的计划性,但最终投毒未遂,这和以复仇为名多番施虐而感到愉悦相去甚远。"

"而野吕濑绝不是把复仇当成快感源头的类型。"今道低声说道,

"如果整个案件全部由野吕濑主导，那这个案子给人的感觉就更加悲壮了。他准备带着女儿的遗憾赴死，不过好在他只是盯着一个人。"

"那如果主犯是岸智保呢？"佐坂说道。

北野谷摇摇头："不会，从岸智保的档案来看，没有发现他有暴力倾向。我越想越糊涂了，这个案件到底怎么解决！"

听着他发出一个响亮的咂舌音，佐坂说道："事已至此……在日本，惯犯的同伴和雇凶杀人并不稀奇，但纯粹的复仇杀人还是比较少的。我们国家不可携带枪支，而且普通市民一般很少涉及暴力事件，更不用说复仇。大家也非常信任警察和司法机关，日本逮捕率很高也是出了名的。"

"更多的是上层社会展现出的软弱。"北野谷愤愤不平。

"民众根深蒂固地认为，只要把事情交给当局就安心了。如果当局不做出回应，受苦的是民众……总之在日本，对惯犯和其他暴力犯罪的门槛有很大不同，这一点我深有同感。用枪时，扣动扳机就能毙命，而用刀杀人是场肉搏战，会反映出体格、经验和杀人决心的差距。所以很少有普通人会因为'一时冲动''防卫过当'之类的理由去杀人。"

"这么说，主谋另有其人？"佐坂陷入沉思。

如果是这样，那么野吕濑辰男故意露出那颗醒目的痣行凶的理由就可以理解了。虽然他有时会在脸颊上贴着纱布，但很容易让看到的人联想到纱布下藏着一道疤或者瘀青。既然如此，他很有可能是门面人物。

"那也就是说，主谋和野吕濑一样，甚至比野吕濑更恨与竹根义和有关系的人。那会是哪位被害者家属呢？"

"不知道。"北野谷念叨，"虽然不知道是谁，但我必须向上面汇报。

最后的决定权在老狐狸主任手里。今道前辈，你有什么细节方面的疑问，现在提出来比较好，我一起汇报给主任。不过我好像抢了你的功劳，非常抱歉。"

"没事，没事，别往心里去。"今道很大方，摇了摇手，"我说过很多次了，我只是一个局外人。如果你们向上级的提议能够顺利解决案子，那最好。"

北野谷向上级阐述了自己的想法。

表面上搜查方针基本没有大变化，最优先的还是追踪野吕濑辰男和岸智保。即使背后存在主谋，只要能确保控制住他们两人中的一人，就一定能顺藤摸瓜。

但有一处变化：上面决定增派警员保护友安小轮和丹下薰子。

野吕濑离开前对丹下薰子说"以后再找你算账"，如果说整件事背后果真有一个罪魁祸首，那么这句话不会只是虚张声势。得到主犯命令的野吕濑，一定会算准时机再去找丹下薰子。

"友安小轮和丹下薰子的关系越来越好了。"佐坂说道。

他和北野谷、今道，以及中乡组长四个人围坐在一间小会议室内。

"现在友安小轮住在丹下薰子的公寓里。她们把发生的事情告诉了公司和研讨会，申请休息一段时间。"

"如果警方分开保护她们两人，那就要加倍增派人手。提议让她们同住时，她们挺配合的，真是帮了大忙。"组长抚摸着下巴。

"我觉得岸智保很可能再去找小轮。"今道直言不讳道，"他和竹根义和相比，喜欢的电影类型不一样。岸智保喜欢的电影都是偏浪漫风格的，所以他对一个让自己坠入爱河的女人应该是难以忘怀的。"

然后，今道提出要做小轮和薰子的室内监视和保护的候选警员。

"年轻人在外面多跑跑，一直待在房间里盯着的工作还是比较适合我这种老年人。何况监视的对象是女性，爷爷级别的我要比年轻活跃的男性让她们安心些吧。"

从今道留在脸上的笑颜看上去，真的像一个慈祥的好爷爷。

3

佐坂来到纪念馆。一进入馆内，他就立刻在大厅的沙发上坐了下来。一只手拨弄着手机，视线则盯着外面。这个位置透过玻璃，可以望见整个停车场。

永尾刚三今天同样坐在停车场管理室里。看起来很悠闲，耳朵里依然塞着耳塞，偶尔会晃晃身体，调整一下坐姿，然后张大嘴打个哈欠，从来不用手遮一下嘴。

"那家伙肯定认不出我。"佐坂自言自语道。

他又想起今道说的"你和你姐姐长得很像"。佐坂确实和姐姐长得很像，但还没到一个模子里刻出来的程度。而且，毕竟已经过了三十岁，又是个男性，就算那个家伙注意到自己，也不会第一眼就联想到佐坂美沙绪。

时间接近傍晚，太阳向西倾斜，夕阳晃得人睁不开眼睛。天空大体还是蓝色的，但远方逐渐被粉色和橙色晕染开来。

正对着大马路的红绿灯变成了绿灯。

一群人从斑马线上走了过来。

她们是一群穿着藏青色校服的女高中生，统一背着学校指定的书包。大家有说有笑，隔着玻璃也能听到她们的欢声笑语。风吹拂着她们的头发，从海军蓝长筒袜中露出的小腿看上去纤细匀称。

　　佐坂看到永尾刚三在管理室里身体前倾，一扫刚才松垮的表情，眼神贪婪地凝视着这批女高中生。

　　佐坂观察着永尾刚三。只见他的肩膀上下颤抖，似乎正在用力呼吸。那厚厚的舌头正使劲儿地舔着嘴唇，很明显，他的肾上腺素正急剧飙升。

　　佐坂又将视线转向女高中生。这些女孩都有一头黑发，中波浪或齐肩发，看上去都非常朴素，没人化妆。

　　这就是永尾刚三喜欢的类型吧。

　　佐坂心中念道，站起身来，将手机放进内侧口袋，慢悠悠地走出纪念馆。

　　佐坂刚回到警局，调查又有了新发现。

　　两年前，野吕濑夫妇加入过"受害者协会"。

　　查到这条信息的是受委托运营这个网站的人，他是"被跟踪狂骚扰的受害者会·SVSG"的现役管理员。SVSG 也是友安小轮和丹下薰子互相认识的网站。

　　"其实，'SVSG'这个网站之所以采用链接申请制，是因为有人入侵了受害者协会。这是那次失误后吸取的教训也源于当时我犯的错。"

　　面对搜查员，管理人如是说。

　　"这是我的过错，没能发现可疑的人。当时，有一个人冒充受害者，试图窃取会员的个人信息。您觉得他是凶手吗？……我当时按照他的意思，没有选择报警，现在也不知道他是谁。当时也没有查他的 IP，虽然仅凭位置定位不足以锁定到个人。"

再次确认 IP 后发现账号是从栃木市 [26] 登录的，岸智保当时租住的公寓也在那片区域。

"会员的个人信息还好吗？还是泄露出去了？"

面对搜查员的提问，管理员看起来很懊悔："不知道……虽然我不想他们的信息泄露出去。但那件事确实增加了泄露风险。"

受害者名单上有野吕濑辰男。

"岸智保就此得到了野吕濑辰男的个人信息，并与他取得了联系？若真是如此，他从野吕濑那边逃走的理由就越来越不明朗了。"在站着吃饭的荞麦面店里，佐坂一边吸着荞麦面，一边朝身边的北野谷说道。

"没错。莫非他们的关系破裂了？最后关头退缩了？"北野谷一本正经地拿着筷子，夹起荞麦面。

"正是这场信息泄露引发的恐慌，让受害者协会的网站被迫关闭。野吕濑夫妇也以身体状况不好为由选择了退会。"

"岸智保的肖像照已经向野吕濑家附近的居民确认过了是吧。"

"还没，目前正在向周边居民逐一确认，还没有进展。野吕濑夫人去世后，到他家祭拜的客人挺多的，所以收集到的证言都觉得来客中可能有照片上的男人，但谁也不敢肯定。"

"这种情况也正常。"佐坂认同。

他回忆起自己的过去亦是如此。姐姐被害后，抱着想为姐姐上一

---

[26]　栃木县地处东京的东北部，属关东地区，县府所在地为宇都宫市。与栃木县同名的栃木市位于该县的南面。

支香的访客多得惊人。有自称姐姐恩师的男人，有自称姐姐前辈的男人，抑或是自己找上门来，介绍自己是法律顾问的女人。佐坂无法辨别这些来客身份的真伪，甚至连长相都记不清楚，更何况附近的居民，那更是记不得了。

佐坂双手捧起大碗，喝着面汤。

关东人好这口纯黑的荞麦面汤，关西人则会嘲笑关东人没品味。佐坂喜欢浓油赤酱，而北野谷在筋疲力尽的时候喝上一碗美味且香气扑鼻的鲣鱼汤就会满血复活。

"好喝。"

一旁的北野谷"扑哧"笑了一声。

"喂，你没事吧？"

"嗯？"

"人一品尝美味的食物，心情就会随之发生变化。这次案件的搜查工作已经进行了很久，但你还是得集中精力。"

"我也这么想。"佐坂苦笑道，"对了，今道前辈的饮食正常吗？"

北野谷听后，皱起眉头。

"他那边和我们不一样，那可是贴身警卫，而且又是资深搜查员，还没到你操心的时候。"

"嗯，对，也是。"佐坂感觉碰了一鼻子灰，这时北野谷的手机响了。

"喂，是我。"北野谷迅速接起电话，随即眼神发生了变化，同时将手按在手机内置话筒的位置，轻声说道："岸智保那边有动静。"

佐坂的神经立刻绷紧起来。

"嗯……嗯，好，了解。"北野谷用一只手打开笔记本，用笔记录着。

佐坂凑近，看了看北野谷写在笔记本上的字：

小轮电话 追查〇

应该是友安小轮收到了岸智保打来的电话。

"追查"就是追查电话来源。鸨矢亚美被绑架后，警方请求通信单位追查电话来源，这一次也用在了小轮和薰子的事上。〇代表成功找到了信号发出地。

只见北野谷的笔继续在飞速地记录。

久我山。

久我山站？很好，就在附近。佐坂紧握拳头。

北野谷挂断电话，什么都没说，转身飞奔出荞麦面店。佐坂一言不发地追了上去。

久我山站是京王电铁井之头线的一个车站，车站为双线地面站。

这不是一座大车站，但北出口和南出口都连接商业街，因此车站周边来往的人群络绎不绝。

当佐坂和北野谷跑到目的地时，追捕行动已经结束。

"让他逃了。"一旁的中年搜查员哀叹道，这是警视厅派来的搜查员。他的背后站着脸色铁青的菅原。

搜查员用大拇指指了指菅原，朝北野谷说道："这个菜鸟真是给你们获洼局丢脸。隔着一堆人发现了岸智保，居然大叫：'警察！站住！'拜他所赐，岸智保回头看了一眼，立刻扭头撒腿就跑，商业街人那么多，根本看不到他在哪儿。喂，你们是怎么培训新人的？光让他看看警察电视剧就算培训了？"

"好了。"北野谷打断了中年搜查员。

"我们也不能把责任都推到他身上。你们刚刚看到岸智保了是吧，他是什么德行？"

"嗯……脏兮兮的，就算不是流浪汉，但那样子也像是露宿街头好几天了，绝对联想不到他以前在银行工作过。他转过头时，我看他眼神很颓丧。你懂吗？就是那种人特有的神色。"中年搜查员压抑着怒火说道。

佐坂明白"特有的神色"的意义，是指被警方追踪人员的眼神，那种眼神是很多罪犯特有的。

佐坂和北野谷离开车站，前往丹下薰子的公寓。

"是从公用电话亭打来的……"小轮的嘴唇失去了血色。

丹下薰子依偎在友安小轮身边，像是一对亲姐妹。

今道盘腿坐在两人身后，和她们距离很近，似乎已经取得了信任。佐坂打心底对今道感到钦佩，他从前就很擅长走进被害人的心里。

小轮低着头缓缓说着："他好像在一个周边很吵闹的场所，电话那头的杂音很多，我很难听清楚。只听到他在电话那头大声地重复问我'一切都好吗''自从那以后都好吗？没有再碰到什么情况吗'。我想，如果我只回答'没事'，他有可能就挂电话了，我就问了他一点问题来延长通话时间。"

"很棒，友安小姐做得非常好。"今道表扬道。接着他将目光投向北野谷，"友安小姐问岸智保，'你为什么要逃避警方？老人的目标又不是你，为什么不寻求警方的帮助，为什么要逃呢'，这些问题问得非常合理。

"岸智保回答：'身不由己。非常后悔把你卷进来，对不起。我还有必须要做的事情，等所有事情了结，会去警局自首。'说到这里，他挂断了电话。接着我们马上收到了通信单位从基站周边打来的电话，搜查员们一窝蜂地朝着久我山站集结。事情大概就是这样。"

"嗯，这确实是友安小姐的功劳，但因为我们的失误让煮熟的鸭子飞走了。"北野谷拉长着脸说着，将视线投向佐坂。

"这事也没必要把责任都推给新人……虽然让岸智保逃走真的很可惜。这家伙在此次事件中到底承担怎样的角色，大伙儿依然不清楚。要追问的点实在太多了。"

"……那个，我……"小轮双手环抱在胸前，怯生生地说道。

在场的所有人自然而然地看向她。

"事到如今我再说出这些想法可能有点天真。"小轮停顿了一下，继续说道，"我还是不相信岸智保是杀人犯的帮凶……但是电话那头，他确实在发火。虽然我不知道他对谁发火，可我感到他很悲伤……他因为把我卷入事件而道歉。所以我……我觉得他也是被谁卷入事件的，他发火的对象是否正是把他卷入事件的人？"

说完，小轮紧紧地抿起嘴巴，强忍着哭泣，不停地颤抖着。

4

第二天上午七点五十七分，佐坂坐上总武线的列车。车里没有空位，但比上下班高峰期要好一点。上坐率大概百分之一百二十，座位上坐满了人，每一个拉环都有乘客拉着，但至少读个报纸、刷个手机的空间还是有的。

佐坂手拽拉环，透过车门看着一旁。他不是漫不经心地随便看看，眼神紧紧追随永尾刚三。

从今天早上开始，佐坂片刻不离地监视永尾刚三，一路尾随。他看到永尾刚三七点二十五分走出公寓，在便利店买了一听罐装咖啡。

每当永尾刚三看到女高中生，就会流露出下流的眼神，紧绷着脸盯着她们，好像要把她们吞掉。那种眼神，佐坂嗅到了一种罪恶的"饥饿感。"

果然，这个畜生喜欢的女生是同一种类型。

佐坂再次确认了一下：相比小麦色皮肤的女孩，永尾刚三更喜欢肌肤白净的。发型是垂肩的黑色直发。那种校服穿得不整齐、化妆、涂指甲油的女孩，会被他排除在外。运动系少女也不是他的目标。永尾喜欢穿戴整洁、看起来老老实实的女孩。比起在外面乱跑的女孩子，他更喜欢在图书馆里安静读书的。这种女孩即使在路上被陌生的中年男人搭讪，也不太可能大声呼叫反抗。

永尾刚三在西船桥站下车，换乘京叶线。佐坂依然跟在后面。

他坐上了列车的第二节车厢，一上车就开始东张西望。突然，他的视线停在了一处。顺着他的视线望去，佐坂差点叫出了声，他急忙用手捂住嘴巴。

那个女高中生，和姐姐长得很像，尤其是气质。

光滑的皮肤，垂肩的黑发，阳光照在女生的脸上，水灵灵的像是蜜桃，浓密的长睫毛微微下垂。

这是哪所高中的校服呢？佐坂认为必须要调查一下。

性犯罪者分为两类：一类是无差别袭击所有年轻女性，一类是只针对同一类型的女性。后者的典型有美国的连环杀手泰德·邦迪。他在少年时期被一个叫斯坦芬尼的女性无情甩了，埋下了怨恨的种子。从第二年起，他就专门谋杀长得像斯坦芬尼的女性。

另外，《沉默的羔羊》中凶手的原型埃德·盖因也是如此。他曾受到母亲虐待，便杀害与母亲长得像的女性，将她们的头颅割下，尸体颠倒吊挂。他还经常去盗墓，挖掘那些和自己母亲长得像的女性尸体。

佐坂的手指紧紧揉着太阳穴。真相是什么？佐坂百思不得其解。

最近就遇到了一个这种类型的男人。

啊，对了，竹根义和！

从被害人梨井纪美子、饭干逸美、辻瑠美、河锅桂子、野吕濑百合可以看出，这家伙喜欢的也是同一个类型，竹根义和只对二十多岁富有朝气的短发女性动手。

莫非竹根义和也和邦迪、盖因属于同一类型？

一瞬间，佐坂忽然想起了什么，倒吸一口凉气。

他迅速拿出手机。

泰德·邦迪恨的是斯坦芬尼，而埃德·盖因恨的是母亲。

如此说来，竹根义和杀掉的那些女性是否也存在一个"原型"呢？

佐坂将刚才的思路整理成邮件发送给北野谷。

"你看问题的方向不错嘛，'破案迷'。"北野谷开门见山地说道。

佐坂一踏入搜查本部，迎面就听到了这句话。北野谷把手机放在佐坂的眼前。

"看，这是我们跟高知县警方申请后，他们发来的画像。"

佐坂紧盯着手机屏。

这是一张三十多岁的女人肖像，看上去睿智、美丽，一头短发很适合她。

北野谷继续说道："她叫岸千秋，当时三十六岁，离婚前的名字叫宫崎千秋，是岸智保的母亲。"

"哦，我明白了，她同时也是照顾竹根义和的电影院馆长的女儿。"佐坂说道，"竹根义和在成年后移居高知市，其实并非追随馆长，他真正的目标是馆长的女儿 —— 岸千秋。"

"没错。"北野谷点头赞同。

"那家伙利用了馆长的善良，靠他的关系谋得一份工作。岸千秋在同家公司做事务员。然而，竹根义和没能谈成恋爱，岸千秋的心被同事宫崎保雄抓住了。"

"刚就职时，竹根义和还是挺老实的。那时候，他是想做个普通人的吧。但仅仅过了两年，他又开始犯罪，因非法入室抢劫致人受伤被逮捕，获刑八年。可能那时候，他知道了千秋和宫崎正在交往。"

"估计是。调查发现岸千秋和宫崎保雄在竹根义和服刑期间结了婚。可怜的家伙，得不到心爱的姑娘就自暴自弃了。"

"'破案迷'，你来解说一下。"

"竹根义和为什么没有杀害岸千秋？他要是想下手，机会肯定非常多。竹根义和从小就认识岸千秋，又是老同事。竹根义和在千叶犯下连环杀人案后，甚至躲到了岸千秋和儿子住的家，那为什么他只杀长得像岸千秋的女性，而岸千秋本人却毫发无伤？"

"这个……我也是推测。"佐坂寻思道，"泰德·邦迪也没有杀害自己最爱的斯坦芬尼。八年后，他们重归于好，但那时候的邦迪对她不再热情。之后有人问起邦迪这是为何，他的回答是'我只是为了证明我可以征服她，仅此而已'。有一半人认为他说这话是在逞强，而另一半人认为他说的是真心话。邦迪此后也是盯着与斯坦芬尼同一类型的女性，显然他依然痴迷于此。"

停顿了一下，佐坂继续说道。

"邦迪有很大可能是在不断追寻、迷恋曾经的斯坦芬尼，他追寻的是这个世界上已经不存在的、只存在于过去的斯坦芬尼。总之，他不可能得到。这种得不到的绝望模糊了他的心智，进一步将仇恨发泄到同一类型的女性身上。精神上的饥饿、性欲以及攻击欲，这些东西结合起来，促使他发展到了杀人的地步。竹根义和是否也同样？执着于永远无法得手的'年轻时候的岸千秋'？"

"变态。"北野谷爆了一句粗口。

"虽然我们暂时掌握了这个变态的思维过程，但实在无法产生同理心。"说着，北野谷将手指抵在眉宇之间。

"我这么说可能有点过分，岸千秋和竹根义和以外的其他男性结婚，是否算得上是女性连环被杀案的祸根？问题来了，岸千秋的亲生儿子岸智保为何会与野吕濑辰男混在一起？如果那时埋下的祸根成为野吕濑辰男怨恨岸智保母子的间接原因，倒是不难理解。莫非岸智保处于被野吕濑辰男追赶的对立者，而非是共犯……"

一阵喧闹声盖过了北野谷的声音。

佐坂下意识地转身看过去。

声音是从搜查本部的一个角落里传来的，中乡组长在向他们招手，佐坂迅速跑了过去。

"发生什么事了？"

"就在刚刚，友安小轮的社交平台上，收到了岸智保的信息。"组长眉头紧敏，"上次的追捕，岸智保似乎察觉到自己的通话行迹暴露了。电话交流让他产生了防备心理，所以他选择使用社交平台。如果是社交平台，警方又要向其他管理方申请数据公示，还需要耗费大量的时间和精力分析。"

"写了什么？"北野谷插了一句。

"'我已经看到他了，准备拼个你死我活''想最后再听听你的声音，可又有点犹豫，就现在这样也不错'。"

"那家伙是指谁？"

"不清楚。"

"难道是野吕濑辰男？"佐坂与北野谷四目相对。

"开什么玩笑！岸智保是在预告自己要杀人吗？"主席台上的主任大声吼叫。

他的怒音，震动了四周的空气。

"喂，你们赶紧联系社交平台的管理方。他是从哪里发出信息的，无论用什么方法都要定位，请求机动队出动周边搜索，打开无线电联络所有交通科的警车。浑蛋，要是再发生杀人事件，警方的颜面就真的扫地了。"

主任的眼中满是血丝。

鸫矢美玲在眼皮底下被杀死已经让搜查本部丢尽了脸，如果这次无法阻止岸智保杀人，那就不仅仅是失误了，到时候，警视厅就是在全日本国民面前当众出丑。

"组长，我能用一下搜查一科的车辆吗？现在已经快到与今道前辈的交班时间了。"

北野谷边看手表边说。

在绑架等紧急事件中，需要有人待在室内随时待命，值班人员基本每三小时换一次。这一次由于是贴身警卫，所以变成了在三天时间里，每十二小时轮一次班。

"我去丹下薰子的公寓换今道前辈可以吗？那个人可以派上用场。"

"可以。你去换班的时候，把他也带上吧。"中乡组长横着朝一旁伸出大拇指，指向菅原巡查，"现在这个节骨眼儿，估计他在局里待着也坐不住……"

佐坂看着组长的眼睛，点点头。

5

今道满脸疲惫地走出丹下薰子的公寓，坐上搜查专用车，眼睛下面多了两个黑眼圈。不知是不是心理作用，感觉他的脸颊消瘦了一大圈。

"我在值班前还适当眯了一会儿，岁月不饶人啊。"今道说着，将身体陷进座位里。

今道和北野谷坐在后排，佐坂手握方向盘。

车向东北方向驶去。

这一次，网站运营方十分迅速地给出了回应。结果显示，发给小轮社交平台的终端地址来自葛饰区一家网吧。

据店员说，岸智保待了不足三十分钟便离开了。

这家网吧是全国大型连锁店，岸智保持有会员卡，可以直接入店。他的会员卡是四年前在栃木办的。

北野谷在后排自言自语："友安小轮曾经说过，岸智保有段时间住在网吧里。对他来说，那应该是一个能让他安下心来的场所。"

"预备组正在给每一家连锁分店打电话。"佐坂说道。

今道的身子依然陷在座位里："没用的，他肯定不会在网吧了。"

"菅原他们看到的岸智保，已经是一副脏兮兮的流浪汉打扮了。如果他既不是谁的共犯，也没有可以依靠的人，只要不是寒冬，可以一直睡在外面。现在，他肯定不想在住宿上多花钱。另外，虽然他说过要和某个人拼个你死我活，但他又不是那种能在大马路上堂而皇之行凶的人。恐怕他现在在哪个免费的藏身地蹲着呢，肯定有个地方。"

"现在正是大白天呢。"北野谷望着车窗外，点头同意。

"岸智保毕竟是个外行，我觉得他还在犹豫，就算杀意是真的，要在明处见血不容易。话说回来，晚上动手也不一定就有胆量。"

今道用手揉着眉头。

"岸智保对恐怖片没兴趣，对暴力片也一样，连道具血浆都不喜欢的男人，现实中应该也不愿意见到血。不过，他会看一些悬疑片和惊悚片，对了，他讨厌《恐怖角》。"

"什么？"佐坂通过反光镜看着今道，问了一句。

"我是从小轮那里听来的。在贴身保护她的这段时间里，我把她对岸智保的许多回忆片段都套出来了。我装作自己记性不好，让小轮把这些回忆重复再重复了好几遍……《恐怖角》是一部描写带着怨恨的跟踪狂犯罪的悬疑电影。听小轮的叙述，岸智保是真的很讨厌这部电影，我觉得岸智保说的不太可能是假话。"

"确实。我也觉得岸智保长期被人跟踪。相似情节的电影，会让他有心理负担。"佐坂回应道。

"不过，他到底在哪个阶段从被害人变成了加害人呢？还是说，他一开始是共犯，但因为背叛了对方才被追踪的？又或者，他就是单纯遭受攻击的被害人？他在监禁鸨矢亚美的公寓周围徘徊，但并非帮凶，而是在追踪野吕濑辰男？"

"这点我们之后再谈，目前最主要的是要找到岸智保的藏身之处。"北野谷打断了佐坂的思考。

今道望着他："那就拜托了，用你的手机查一下，那家伙应该有藏身的地方，比如现已停业的电影院？"

"电影院？东京市中心是没有的。但是，荒川区有一家……"

"不，等一下。"北野谷皱起眉头，继续说道，"那家伙在栃木和茨城都住过，对两个县都很熟悉。从栃木到东京市中心不到两个小时，从茨城过来的话一个半小时……"

北野谷一边自言自语，一边用手机检索着。不久，他举起一只手："找到了。停业但还未拆除的电影院，茨城有四家、栃木有一家。"

"岸智保和小轮只谈有关电影的一切。"今道说道。

眼看案件有了新的突破点，三个人精神都很振奋。

"岸智保对自己的事情一概不提，他想用电影来转移对方的注意力。不过，那家伙本来长得就不像罪犯。"

"看一下这几家影院的外观照片，有一家电影院贴着民间保安公司的标签。"北野谷说道，"依岸智保的为人，他应该不会瞒过安检偷偷溜进去，先把这家排除；另外一家门口围着一圈花盆，看样子平时有人护理，因此这家也排除。"

北野谷看着今道："剩下三家，联系主任，让他分派附近的搜查员过去。至于我们，三家里去哪一家？"

今道用手指画了画。

"岸智保曾经对友安说自己因为转校，再也没碰过棒球。这应该是岸智保唯一一次谈论过去的生活。他生活在高知时已经过了打棒球的年龄。因此，这应该是从茨城转校去栃木时期的事。茨城对他来说，应该是充满美好回忆的地方。"

佐坂打开右转提示灯。

北野谷用警察专用手机拨通了电话。

"取证一组报告……"

佐坂心想：电话那头应该是主任，他应该已经请求到了茨城县警的协助。

岸智保没有出行的交通工具，也没有租车的钱，所以没必要用警车设卡追捕。现在在车站和巴士站都安排了搜查员。到目前为止，还没有收到任何抓到他的消息。

"友安的社交平台上显示收到消息的时间……嗯，上午九点十二分。"今道好像是在自己跟自己确认。

"他在信息中提到'我已经看到他了，准备拼个你死我活'。也就是在说这句话前，还没有实施绑架。岸智保从网吧出来是几点？"

"九点二十七分。"

"那么，之后他顺利实施绑架行动的时间，是否在十点左右？从葛饰区到茨城一小时多一点。……差不多，到达藏身之处的时候。"

今道看着手表说道。

"今道前辈是确信人质现在还被绑着，没被杀死吗？"佐坂问道。

"百分之八十吧。之前北野谷也说了，岸智保不喜欢见血，是个浪漫主义者。"

"心地不坏的岸智保有可能会在杀人前和对方沟通。我们搜查人员总是先入为主地认为有些人无法沟通，但岸智保不是。他希望通过交流，试图理解对方的难处，比如问问对方为什么把自己逼到这种地步，到底是怎么想的。"

"那……"佐坂刚想说点什么，又把话咽了回去。

他的心中涌起一个疑问，自己是不是和岸智保有一样的想法？是不是在一定程度上对永尾刚三抱有希望？如果和他交流一下，能否让他说出反省的话？为什么被害人是姐姐？为什么一定是我姐姐？当我能够理解他的同时，这个问题是否就迎刃而解了呢？"

佐坂摇了摇头。

他看了看仪表盘的时间：11:08。

就在车驶近茨城县界的时候，三人接到了来自搜查本部的无线电通信："调查关东圈内停业电影院的工作已结束。茨城两家、栃木一家、荒川区一家，上述四家均未发现岸智保。"

今道听闻，叹了口气："果然，事情没有那么简单。"

一旁的北野谷接着说道："今道前辈，麻烦你把刚才的话再说一遍。"

"刚才说的？哪句？"

"友安小轮说，岸智保唯一谈起的过往是他因为转校感到悲伤，还提到了他本来是打棒球的，转校之后便放弃了，是这样吧？"

"嗯，没错。"

"那就是和棒球有关咯？"佐坂插了一句。

"岸智保当时还是中学生，那他常去的体育馆和球场呢……哦，那所中学现在还在正常办学，他不会躲在那里的。"

佐坂在记忆深处继续搜寻信息。

"我们要不去那所中学附近转转？比如，岸智保和他的朋友一起聚集的游戏机房之类的？那些地方现在可能已经空置了。还可以去一些小孩能打球的地方试试看。"

"等等，让我仔细回想一下友安的话。"今道闭着眼睛，双眉紧锁。

"啊，有了。有关岸智保的过去，他还谈到过看棒球少年相关的电影。他好像是这么说的：'小时候，我打棒球。后来中途必须要转校，从此以后就再也没碰过棒球。虽然母亲鼓励我继续打下去，但我不想在其他队伍继续打球，所以干脆就彻底不打了。'大致说了这些，肯定没有遗漏的了。"

"什么电影？"北野谷问道。

"呃，我刚才也说了，电影的题材是棒球少年，好像是非常老的电影了。电影的主人公是一支弱队的教练，他提高了队员们的个体能力，后来队伍整体变得强大起来，在联赛中所向披靡，连战连捷。在关键比赛的重要节点，这位教练甚至会让替补队员出场感受球场气氛……"

"《少棒闯天下》。"佐坂大声说道。

"这部电影我也看过好多遍。但不是在电影院看的，也不是看的DVD，我想起来了，是在移动电影院看的。"佐坂的回忆如潮水般涌来。

他将车停在路边。

"每年夏天区体育馆都会举行放映会，这部《少棒闯天下》就是那座移动电影院里人气很高的固定播放影片。"佐坂回过头，惊喜地说道，"岸智保和我相差六岁，东京和茨城也有点距离，但那座移动电影院定期会在关东一带巡演。他很有可能去过那家移动电影院。"

"嗯。面向少年的电影不符合外公的喜好，所以他要去别的地方看。"今道点头同意。

"据友安说，岸智保收集的电影海报全都是一些晦涩难懂的电影，这部《少棒闯天下》确实不太符合他外公的品味。"

"变为单亲家庭后，岸智保一家经济上也不会很宽裕。在日本看一场电影，价格可高了。因此，便宜又能观看电影的移动影院肯定适合喜爱电影的少年岸智保。"

"稍等，我查一下那家移动影院是否还在。"北野谷拿出自己的手机。

"你刚才说的是在公共体育馆上映的？有没有可能在别的地方上映，比如文化会馆、产业振兴中心之类的？"

时间一分一秒流逝。

几分钟后，北野谷大声说："有！茨城县日厨市的协和文化中心，平成十九年（二〇〇七年）停业。平成二十四年（二〇一二年）发生火灾，被烧成一片废墟，但没有拆除，遗留到了现在。因为是钢筋混凝土结构，即使烧成了废墟，依然可以挡风遮雨。另外，岸智保曾经居住过的城镇到日厨市，坐电车只需两站。"

"出发。"

佐坂动作麻利地转动方向盘，朝着茨城县疾驰而去。

6

原来的文化中心，现在成了满目疮痍的废墟，四周被铁栅栏包围着。铁栅栏上挂着三块牌子，上面用醒目的红字写着"禁止入内"。其中一块牌子上写着："本中心于二〇〇七年三月停业，衷心感谢长久以来对本中心的支持。"落款还写上了管理公司的联系方式。这块牌子经历了几年的风吹雨打，上面的文字已经模糊了，不把脸凑上去，根本看不清楚。

"看！车被丢在这里了！"北野谷重重地将车后门关上，大声叫道。

他所说的，是一辆挂着足立牌照的银色小轿车，胡乱停靠在路中间。

铁栅栏上，有一扇上了挂锁的门。

栅栏并没有高到不可翻越，也没有带铁刺。如果是一个体形偏瘦的成年男性，应该可以踩着纵横交错的铁栅栏轻松爬过去。

北野谷将手机放入内侧袋。

"主任答应过，出了问题一切责任由他承担。兄弟们，上！"

北野谷话音刚落，纵身跃上铁栅栏。他利用自己身材矮小的优势，毫不犹豫地跳了上去，轻轻松松翻越到了另一边。接着，佐坂也翻了过去。最后，今道借助两个人的手，同样翻到了里面。

喘着粗气的今道看着身旁的佐坂，他正在确认时间。中午十二点十九分。

佐坂心中默念，一定要赶上，一定不能让那家伙杀人。就在一小时前，自己突然对岸智保感同身受。

佐坂去盯梢那个杀死姐姐的男人，想去质问凶手，同时又试图理解他。这番矛盾，是否在潜意识里与岸智保同步了呢？

眼前矗立着废墟。

仅仅是一场火灾，便将整个建筑物烧成了炭黑色。即便是大白天，看到这栋建筑的外观仍旧会让人起鸡皮疙瘩。入口处散落着破碎的玻璃，往里望去，仿佛黑暗已经张开了它的大嘴。墙壁上被喷漆涂着粗俗的语句。地上到处散落着碎玻璃，是在火灾的时候爆裂的，还是之后闯入者敲碎的？

三人走过无人的前台，推开重重的大门。

这是一扇通向礼堂的大门。

佐坂不禁眉头紧锁，舞台和幕布难逃一劫，大部分观众席也已经被烧毁，到处是成堆的灰烬和碎片，隐约还能闻到化学品烧焦的刺鼻气味。

岸智保就在这里，佐坂的直觉告诉他。

这是一个可以同时容纳八百到一千人的两层大礼堂，加上堆积如山的灰烬，很难用眼睛找到有谁躲在哪里。但是，这里有一种气息，一种活人的气息，而且不止一人。

就在这个废弃的文化中心里，有人正屏住呼吸躲在某个角落。

绝不能刺激他，佐坂对自己说。

北野谷和今道都说过，岸智保不想见到血。但那是在平时，而他现在长时间处于紧张状态，背负的巨大压力会使善良的人也变得疯狂。

他那根紧绷的弦说不定什么时候会崩掉，不能追他追得太紧。但这里面积宽敞，结构凌乱，该怎么找到他呢？

佐坂咬着唇陷入沉思，这时身旁传来深吸一口气的声音，紧接着，今道大声叫道："大哉，你在这里呀。"

今道的叫喊声穿透力极强，整个大礼堂不断回响。

佐坂着实吓了一大跳，惊讶地抬起头看着他。

稍作停顿，今道继续亮开嗓子叫道："岸智保，你记得这句话是吧，这是我从友安小轮那里听来的。这句话对你来说有很重要的意义吧。她很信赖我，所以告诉了我这句话。"

"我是警察，当然也是站在友安小轮这边的。作为贴身保护她的警察，我和她一起度过了三天。这三天来，她一直重复着跟你相关的话题，虽然大部分和电影有关，但也知道了你以前打过棒球，后来因为搬家就放弃了，还哭了很久。小轮是个温柔的姑娘，请不要再伤害她了。我答应过她，不会让你做出让她伤心的事情。我今天就是为这事儿来的。

"所以请你配合我们，自己走出来吧。"

四周陷入死寂。

"我刚才说了，我不想让她更伤心。你一定也是这么想的。"

说完，大礼堂再次被寂静的空气笼罩着。

长时间沉寂后，在一楼的角落里看到了一个黑影在闪动。

佐坂一看，是个身材高大的男人。

高挺的鼻梁、薄薄的嘴唇、稀疏的睫毛以及浓黑的双眉。

这和从友安小轮那里听到的样貌相符。但现在的他，肤色像是被揉捏过的泥土，毫无血色的嘴唇在颤抖着。

他用左臂夹住一个老人，右手握刀，刀尖顶着老人的喉部。

从他握刀的手势来看，很明显是一个不习惯握刀的人。虽然这样，还是令人感到可怕。不知道什么时候他就会一激动下手。

空气变得焦灼起来。

"我要杀了这个浑蛋！"岸智保呻吟着说道，"我就是打算杀他才来这里的。杀死这个浑蛋，我自己也一死了之。"

"冷静！"今道摇了摇头，声音里透着真诚，"你不会这么做的。不，你绝不能这么做，友安小轮还在等着你回去，不要再让她难过了。"

"我……我也想，但是……"岸智保全身都在发抖。

佐坂看到被他左臂夹着的老人的颈部已经出现了几条血痕。

"浑蛋！这个浑蛋！就是这个浑蛋把我住的地方泄露给了野吕濑辰男，我早就隐约猜到就是这样……事到如今，我还是不想承认。"

"这个浑蛋是谁？"北野谷出声了。他的声音像一条鞭子，和今道形成了鲜明对比。

"你左手夹的人到底是谁？"

岸智保低下头。

一会儿，他的脸上浮现出迷茫的表情，回答道："我父亲。"

佐坂瞪大了眼睛。

宫崎保雄？

这个男人在二十一年前的"泽馆女性连环被杀案"中，藏匿了被千叶警方通缉的竹根义和，是竹根义和的老同事，也是已经离世的岸千秋的前夫、岸智保的亲生父亲。

这对父子早就形同陌路，宫崎保雄离婚后不仅长时间不支付抚养费，也从不去探望孩子。通过警方调查，离婚后，父子俩仅有的一次会面是在岸千秋的葬礼上。

"你父母当时还处在协议离婚的阶段，是吧？"今道说道。

"你父亲当时对周围人说过，万一竹根义和刑满释放，会带着'礼物'去看你们，所以他只想让老婆孩子快点逃走。你母亲当时应该也相信他说的话。你上初一那年的冬天，你母亲突然决定搬家，完全没问过你的想法，害得你初一那学期没上完就转学了。这是不是表明你母亲是从宫崎保雄身边逃走的？"

没有等待答案的必要，因为岸智保的整张脸都皱了起来，这个表情像极了小孩子要哭出声前的那一瞬间。

"母亲……"

喘着粗气的岸智保开口说道。

"母亲……那个时候很害怕。她对我说:'虽然说你父亲的坏话真的不应该,但是,我现在好怕他。结婚前,我把那个人跟你父亲做比较,才选择了你父亲。现在也正因为有这种比较,我觉得那人才是非常好的人,到头来这场婚姻本身就是个错误。'"

夹在岸智保左手臂中的宫崎保雄,听了这话后,脸部不断抽搐。这个表情夹杂着爱与恨,以及满腔怒火。

"你父亲不如想象中的好吗?"北野谷问道,"他为人怎么样?你父亲的真面目到底是怎样的?"

"卑劣的坏人。"岸智保的牙齿在打战。

"竹根义和在高知市犯下的案件,故意伤害以及盗窃案件的共犯就是我父亲。他利用仅能供他使唤的竹根义和犯下了这些罪行,然后这个浑蛋还跑去警局揭发。竹根义和因为抢劫及盗窃被判刑八年,这些案件其实和我父亲……和这个浑蛋有关。他出卖了竹根义和,毫无愧疚之心,再戴着一张善人的面具跟我母亲结婚……"岸智保颤抖着说完了这段话。

"原来如此。"佐坂口中默念。

原来竹根义和在那个时期再次走上邪路,并非是因为被甩而自暴自弃。

整件事的顺序颠倒了,是因为有了宫崎保雄这个共犯才犯下了这些罪行。另外,竹根义和得知岸千秋被宫崎保雄夺走,应该也是出狱后的事情了。

"岸智保,你宁可逃避也不愿寻求警方的帮助,就是因为你隐约意识到了你父亲的错误行径。"

北野谷向前走出一步。

"是谁把你的信息卖给了野吕濑辰男，你想通过自己的眼睛去确定。毕竟是你的亲生父亲，其实你从内心深处并不想承认他是个浑蛋。"

"没……没错。"岸智保点头承认，但是刀尖依然对准宫崎保雄的喉咙。

"我知道，这是幻想……因为我母亲对竹根义和的冷漠态度，引发了女性连环杀人案。野吕濑辰男对复仇抱有必死的执念。所以，我父亲这个浑蛋就把我卖了，他提出的条件是放他一马。我明明是无辜的，却我要承受别人的恨意。"

岸智保仿佛处于绝望之中，他停顿了一会儿，继续倾诉道："前几天，在我查到父亲的工作地后，立刻就从久我山站打电话给小轮。而葛饰区的网吧离父亲的公寓很近，我一看到他，就从网吧走出来，控制了他。因为我已经掌握了他十点上班的规律，所以就躲在他的小轿车后等他，等到他过来，便用刀威胁他，强行让他开车，来到了这里。"

"原来如此，终于明白了。"今道说道。

"明白了，好了，到此为止吧……把刀放下。我刚刚就说了，你应该回到友安小轮的身边。真的不值得为了这样的男人赌上你的人生，为了小轮，适可而止吧。"

但是，岸智保岿然不动，他整个身子像是被电击般战栗着，握刀的手似乎还能听到关节发出咯吱声。即使这样，他依然没有把刀放下。

佐坂察觉到，不仅是岸智保，宫崎保雄也已经接近极限了。

"把刀放下吧。"今道又重复了一遍，"小轮在等着你回去。等你回去后，你可以和她一起看电影。你那本电影剪贴本中列出的电影不是还没有看完吗？"

他清了清嗓子，放低了声调。

"'人们互相相爱，互相拥有对方。这是获得真正幸福的唯一机会。'……是这么说的吧。"

岸智保的肩膀一下子沉了下来，不只是肩膀，从手腕到手，能明显感觉到他卸下了力气。他握着刀的手，极其缓慢地放了下来。

佐坂条件反射地迅速迈开步子，跳过瓦砾，冲上前去。他迅速将岸智保的父亲夺了过来。宫崎保雄浑身渗出冷汗，整件衬衫被冷汗浸湿。

北野谷慢慢靠近岸智保。

岸智保没有试图逃跑，他乖乖地被戴上手铐，转过头看向今道："《蒂凡尼的早餐》？"

今道有点难为情，笑着回道："连我都知道这部闻名遐迩的电影，小岸你绝对看过。从我这种老头子嘴里念出这样的台词，真叫人害羞啊。"

"简直是出乎意料……话虽如此，"北野谷将目光投向了宫崎保雄，"你拼命跟我们兜圈子兜到了今天，居然还将亲生儿子的信息出卖给别人，简直是个恬不知耻的懦夫。"

佐坂将宫崎保雄放倒在地，他深深地埋着头。

"……我，我也是迫于无奈。"他的喉咙抽搐着，发出一种湿漉漉的低吟声。

"我已经不年轻了，不是可以从头来过的年纪……没多久就可以退休了。我不可能让自己丢掉现在的工作……在这个节骨眼上，要是让公司知道我和连环杀手有牵连……"

"被威胁了是吧？所以你只想让自己活下来是吧？告诉你，你这叫自掘坟墓，蠢货！"北野谷骂了句脏话。

这时宫崎保雄抬起头，双目被泪水打湿，看着儿子，眼神在寻求谅解。

"对不起……对不起，是我太软弱了……"呜咽声传来，宫崎保雄的肩膀轻微颤抖着。

然而，当事人岸智保一脸茫然，他面无表情地看着自己的父亲，不发一言。他眼里的光芒消失殆尽，看上去已经连动一根手指的力气都没了。

今道看着哭到不能自已的宫崎保雄，问道："我可一点都不同情你。不过听北野谷警官说，你被凶手威胁了？无法从凶手的手上逃脱，就只能唯唯诺诺地跟着他。因为凶手比你想象的更了解你。"

"嗯……嗯，是的。"宫崎保雄点头如捣蒜，一把鼻涕一把泪，整张脸都被弄湿了。

今道接话道："但是，威胁你的那个男人，不是野吕濑辰男……对吧？"

岸智保愕然，双眼瞪得像铜铃。佐坂看到这个表情同样惊讶万分。

直到今道说出这句话之前，岸智保一直认为野吕濑辰男就是整件事的主犯，佐坂也是这么认为的。除野吕濑辰男以外，究竟还有谁？

宫崎保雄避开儿子的脸，痛苦地点了点头。

7

"取证一组申请通缉令。川崎市川崎区贝沼 4-3；重复，川崎市川崎区贝沼 4-3。嗯，是的，贝壳的贝，三点水的沼……"北野谷正对着手机咆哮。

佐坂再次紧握方向盘。

车顶上回旋着刺眼的红色警灯，在常盘高速公路上飞驰。

北野谷已经和本部申请将岸智保和宫崎保雄暂且交给日厨市的警察，再由他们护送至搜查本部。

刚才北野谷在电话里大叫的"川崎市川崎区贝沼4-3"是从宫崎保雄嘴里说出来的地址，就是主犯现在的藏身之地。

据说主犯在关东圈有好几个临时落脚点，主要是一些简易住所和周租公寓，不会长住，差不多每隔一周就换个地方。而他现在藏身的周租公寓，是以宫崎保雄的名义租住的。

"岸智保的亲生父亲，真是个人渣。"北野谷挂断电话，咂了咂舌。

"如果说竹根义和是个怪物，那宫崎保雄就是吸附在这个怪物身上的印头鱼。不，是螨虫。小混混们只有遇到更厉害的角色，才会表现出这样的行为。"

螨虫？手握方向盘的佐坂心想。

宫崎保雄没有前科，但你拍一拍他，就能抖出一身尘螨。他在二十几岁时，就因为非法入侵及盗窃而被逮捕，最终以不起诉而结案。

宫崎保雄和竹根义和在做同事的那段时间，联手犯了好几起盗窃和抢劫案，宫崎保雄主要负责望风和开车。竹根义和为了和岸千秋结婚，想洗心革面重新做人，但宫崎保雄诱使他再次走上歧途。

他们就不应该认识。宫崎保雄怂恿和煽动竹根义和，竹根义和则把宫崎保雄当成自己的左膀右臂。两个人臭味相投。

但是，有一个人让他们两个人的关系产生了裂痕。

这个人就是岸千秋。

竹根义和打心底看不起宫崎保雄。因此，他才会毫无隐藏地表现出对岸千秋的爱意。而宫崎保雄则将自己对岸千秋的暗恋和欲望隐藏得很深。他表面上支持竹根义和，然而在面对岸千秋时，会表现出另外一张面孔。他曾对岸千秋表示"我和竹根义和可不一样""竹根义和是个会给人带去麻烦的家伙，你千万不能和他交往"。

—— "结婚前，我把那个人跟你父亲做比较。"

—— "正因为有这种比较，我觉得那人才是非常好的人。"

千秋曾经向儿子说过这样的话。

被蒙蔽了双眼的岸千秋最终选择了宫崎保雄，当他确信自己在恋爱中取得胜利后，转头向警察匿名出卖了竹根义和。

"被逮捕的竹根义和，为什么不主张还有共犯？"佐坂大声叫嚷，以便后座的两人也能听到。

仪表盘上的速度指针早已超过了限速。

"是啊。不过，你应该能想象到，竹根义和接受审问时无法好好回答问题。"今道同样大声回答。

"当时竹根义和肯定只用了电影台词应答。搜查员和取证人员觉得他是在顾左右而言他，竭力为自己狡辩，便认定他是态度顽劣的罪犯。电影里那种潇洒的英雄人物，向来都是我行我素的独狼。"

"这种潇洒换来的是八年刑期，他分明就是个傻子。"北野谷的嗓门不输给汽车引擎声。

"而且他怨恨的是岸千秋，竟然不是宫崎保雄，这真是让人无语。还有，他把怨恨发泄在那些与他无关的、与岸千秋相似的女人身上，真是个无可救药的乡巴佬。"

据宫崎保雄交代，主犯手里有一本竹根义和自己在坐牢时写的日记，但那本日记里完全没提到对宫崎保雄的憎恨。

当他知道宫崎保雄和岸千秋结婚的事后，在日记中写道：

女人是背叛者
女人不可信任
我在电影里学到的
我以为我学到了！！
但结果糟糕透了！

最后一行，或许出自戈达尔的《筋疲力尽》，台词出自主人公在电影行将结束前的一幕。

竹根义和貌似很中意这部电影。他在日记的一角写过好几次电影主人公对女主角说的话，像"成为不朽，然后死去"。

"竹根义和这个人至死都不明白宫崎保雄在动什么脑筋。"今道抓住驾驶员的座位，探出身体说道，"竹根义和如今已成白骨，埋于黄泥之下。要想知道这家伙的生前，只有依靠这本日记了。不过，他连小学都没怎么上，怎么能用文字表达内心呢？"

总而言之，宫崎保雄从主犯的复仇名单里去除了，而且在竹根义和的日记里，一次都没提到宫崎保雄的名字。

不过宫崎保雄也不能完全被排除在目标人物之外，主犯清楚地知道，宫崎保雄适合扮演一个手下的角色：没胆量、没脑子，对犯罪行为的心理防线很低；没有良心，自私；自我感觉良好，容易膨胀；为了保障自身的利益，可以毫无顾忌地出卖至亲。

"刑事案件有时效[27]，民事案件可没有时效。"在佐坂等人的面前，保雄哭着说，"因为我和竹根犯下的抢劫案的受害人，时至今日，都为受伤导致的后遗症而痛苦。那个人现在威胁我，说要出卖我的信息，我很害怕。我已是个年近六十的老人，又在退休的节骨眼上。一方面没有可供精神赔偿费的存款，另一方面，要是别人知道我是那场抢劫案的共犯，退休金就没了……"

能说出这种话来，真是卑劣至极。都这种时候了，竟然还有脸说出这种话。

协助绑架和拘禁鸨矢亚美的共犯，不用说就是宫崎保雄，也就是鸨矢亚美听见的，说出'不要再这么做了''请放过我吧'的人。

岸智保正是因为追踪父亲，才会在监禁鸨矢亚美的公寓周边徘徊。

北野谷歪着脑袋，脸上满是嫌恶的表情。

"竹根义和自不用说是个垃圾，共犯宫崎保雄也是个粪球。"

"他为了保住自己的退休金，不惜把亲生儿子卖掉。自从在妻子的葬礼上见过儿子一面后，便与儿子恢复了一些联系。而这些信息，全部被他上交给了主犯。"

主犯说的"民事案件没有时效"是不对的。但是，损害赔偿请求权的时效是"以确定加害者身份的时间起三年内"。共犯宫崎保雄也属于加害人之一，所以主犯的这句话也不完全错，宫崎保雄依然在追诉时效内。

汽车越过县界，进入千叶县。

"在丹下薰子身边保护她的时候，她和她外公通过一次电话。"今

---

[27] 日本于二〇〇四年修改刑事诉讼法，延长了原来的诉讼时效，将杀人等罪行的诉讼时效延长至现行的二十五年，强奸致死等则由十年延长至十五年。

道大声说道。

佐坂不由得问道："佃秀一郎律师？"

"是的，佃秀一郎律师，他记得主犯。主犯的确和野吕濑辰男身材相似。在竹根义和的公审过程中，好像有不少驻守法院的记者还搞错了，他们对野吕濑辰男进行了采访。可能就是因为那次的乌龙，主犯才决定将自己扮演成野吕濑辰男。"

还有，侵入"被跟踪狂骚扰的受害者会·SVSG"盗取野吕濑辰男个人信息的应该是宫崎保雄。而被盗取的情报中，应该也包含了野吕濑亲子旅行时买风铃的片段。

"仔细想想，野吕濑辰男的模仿者露出脸颊上的痣，要么是时间很短，要么是距离很远，要么是场面混乱的情况下。

北野谷咬牙切齿。

"他用了德兰霜或者其他化妆品，证据就是他长时间面对鸫矢亚美，都坚持不摘下纱布，看来这块纱布的真实用途不是隐藏痣。

"……就是说，那家伙是为了隐藏没有痣的事实，才在脸上贴了块纱布？"

"没错。现在我们知道主犯为什么对车牌系统、监控以及对待人质的问题上这么熟悉了。这浑蛋长年混迹于监狱，那些惯犯会在监狱交换情报。他们从新入狱的人员那里得到外面的情报，再更新信息，以便出狱后有一个安身之计。"

"注意这家伙因为诈骗罪吃过牢饭。"今道愤恨地说道，"主犯是一个犯过保险金诈骗案的智能犯，同时又犯有故意伤害致人死亡罪。一连串的计划都由他自导自演，是非常少见的犯罪类型，不过也并非没有先例。昭和三十八年（一九六三年）的全国通缉犯西口彰，一路从福冈跑去关东，这一路上，他不断重复着杀人、诈骗的行径。

佐坂将车变道，超过一辆又一辆卡车。

西口彰。一个手握五条人命的穷凶极恶的罪犯。令人意想不到的是，以西口为原型的小说《复仇在我》，居然被改编成电影搬上了银幕，还获得了蓝丝带奖和日本电影学院奖。

这部电影，竹根义和应该也看过。

主犯也看过。

佐坂紧紧咬住嘴唇。

当竹根义和在监狱里病死后，这个主犯拿到了竹根义和的骨灰和日记。他恨鸨矢美玲，恨佃秀一郎，恨千秋母子。他相信这些人就是将竹根义和送进监狱，最后导致他死在狱中的罪魁祸首，从而燃起了复仇的火苗。

他于八年前出狱，离开福冈监狱后一直居无定所。如果现在还活着，今年应该有七十九岁。十九岁成为赌博暴力团伙下属成员，为前任帮派领袖服务。他有九次前科，其中三次是智能犯罪。在他漫长的人生中，有三十六年都住在监狱里。

这个人就是 —— 竹根作市 —— 竹根义和的亲生父亲。

8

竹根作市告诉宫崎保雄，他要如何着手为去世的儿子复仇。

竹根作市对他说："等到过完那个孩子的十三周年忌[28]。"

---

[28] 十三周年忌：指在死者死亡十三周年举行的年度追悼会。这一天，已经成佛的死者与宇宙的生命（大日如来）融为一体，被认为具有重大意义。

话虽这么说，但竹根作市没有在寺庙里举行正式的法事，只是一个人在公寓里上了一支香，念诵佛经。

儿子义和在狱中病死时，父亲尚在另一处监狱里服刑。头七自不用说，七七四九日以及一周年忌、三周年忌时，他都做了同样的事。

竹根作市在漫长的服刑期间和管教员时常保持交流。这个管教员和儿子义和差不多年龄，信仰净土真宗。

管教员曾对竹根作市说："光花费金钱举办华美的法事，并不能净化你孩子的灵魂。重要的是你要诚心诚意地念诵佛经，众生的一切，阿弥陀佛都看在眼里。"

他还对竹根作市说："儿子在往生的世界等着你。"

这些语言让竹根作市感触良多。因此，他在狱中就开始哀悼自己的孩子。即使出狱了也一样，七周年忌的时候，他独自一人完成了祭奠。

竹根作市几乎不懂一般冠婚葬祭的礼法，他和双亲之间形同陌路。但自从他加入暴力团伙之后，出席葬礼的机会就增加了，被教了些最基本的礼法，之后自学成才。

竹根作市决定为儿子祭奠到十三周年忌。等法事结束后，他要给那些人点颜色看看。

那些人包括把儿子逼上犯罪道路的女人、没能将儿子从死刑判决中救出来的无能律师，还有他们的子孙。

之后，他拿到竹根义和的狱中日记，发现日记中出现最多的名字是岸千秋。

对岸千秋，竹根义和直到生命的终结都在爱与憎之间徘徊。日记中，既有"背叛了我"这样充满悲愤的字句，也有通过电影台词表达爱意的字句。

但是对于同居对象鸨矢美玲，还有国家指派的律师佃秀一郎，通篇都是愤恨的话语。

竹根义和写过"我之所以对女人做出这些事，全部都是美玲的错"。

他写美玲模样邋遢、对男人的品味糟糕、腻烦的外表，他责怪美玲："你知道你和千秋差多远吗？"之后又开始转嫁责任，"如果美玲更像千秋，我就不会去找别的女人了。"

竹根义和提到美玲时，完全不引用电影台词，只是一味地说脏话，"死女人""荡妇""烂……"对律师佃秀一郎也是这样。

对于那些女性被害人的叙述则几乎没有。唯有一个人例外，就是野吕濑百合。

野吕濑百合是唯一一个尸体被损坏的被害人。事实上，她是竹根义和最中意的人。

根据日记里的描述，在袭击百合后，竹根义和跪在百合面前，求她做他的女人。百合当即严词拒绝。被激怒的竹根义和勒死了她，光这样还不够，他还将怒气发泄到尸体上，烧毁了百合的尸体。

佐坂驾驶的搜查专用车已经穿过千叶县，在东京市区疾驰。

在看到高楼林立的建筑群时，无线电响起："这里是本部，取证一组！"是中乡组长的声音。

佐坂急忙拿起无线电麦克风："取证一组，请说。"

"急赴贝沼4-3的搜查员们来电，晚了一步，没有逮住嫌疑人。对方现孤身一人逃亡。"

话音刚落，坐在后排的今道大叫起来："丹下薰子的公寓！"

佐坂猛地将方向盘往左一打。

"取证一组报告本部！即刻赶往丹下薰子的公寓！"

无须过问为什么会去丹下薰子的公寓。伪装成野吕濑辰男的竹根作市对薰子留下一句"以后再找你算账"便离去了。目前，他已经完成对美玲母子的复仇，既然暂时没机会对岸智保下手，那么在奔赴冥界的路上，最好的陪葬就是佃秀一郎律师的外孙女 —— 丹下薰子。

"浑蛋！发现无法和宫崎保雄取得联络时，他一定意识到情况不对了。"北野谷砸了咂舌，"果然是坐过多年牢的人，洞察得真快。"

竹根作市扮演成野吕濑辰男基本可以认定为转移别人对自己的怀疑，同时争取时间。佐坂双手操控着方向盘，思考着。

这是否也是一种报复行为？

竹根作市憎恨所有导致他儿子被判死刑的相关人员，而这些人中，是否也包含了野吕濑百合？

佐坂认为，竹根作市一定是这么考虑的。

百合如果能够接受他儿子，那么他会早一点收手。那时候，如果只是杀了 A，他最多被判十五到二十年。既然儿子最后被判死刑，百合也有错。

被夺走孩子的恨意，只有以相同的方式夺走别人的孩子才能纾解。

竹根作市对宫崎保雄说过，"不是孩子，孙子辈也行。总之要夺走这些人视作比自己生命还重要的东西。"

竹根作市要把这个重要的东西夺过来，让他们付出代价。

父母珍视子女。子女珍视父母。祖辈珍视孙辈。把他们生命中无可替代的存在折磨得痛苦不堪，等他们的恐惧到底极点时，将人质杀死。

佐坂甚至认为，竹根作市试图诋毁野吕濑辰男，从而完成对百合的报复。

"前面右转！"

佐坂根据今道的指示转过方向盘。

在熟悉的便利店招牌对面，看到了丹下薰子居住的公寓。公寓前停着两辆警车，其中一辆已经发动，向前驶去。

已经抓到了吗？佐坂心里的一块石头似乎可以放下了。

"喂，不对劲！"北野谷叫了起来。

他说得没错。后面有人在追那辆警车，那人跑得很快。

佐坂定睛一看，大吃一惊。

是菅原。他追上了警车，伸手撬开副驾驶的车门跳了进去，警车在马路上横冲直闯，拐着"S"弯向前疾驰。

佐坂开车超过了停着的另一辆警车，擦身而过时发现警车车身上有一抹红色，是血！

"快追前面那辆警车！"北野谷大叫。

就在佐坂即将提速前，那辆警车径直朝着道路尽头的丁字路口疾驰而去，时速应该已经超过八十公里，这绝不是正常转弯的速度。

警车转了一个巨大的弯，接着撞上了护栏，发出一声巨响。

佐坂立刻跟进，将车停在出事警车的旁边。

警车副驾驶的车门被打开了，一个人踉踉跄跄地走了一两步后，"扑通"一声双膝跪地，身上的血一滴滴落在水泥地面。

"菅原！"

佐坂大叫起来，菅原巡查用双手捂住自己的腹部。

北野谷将警车驾驶室的车门打开。

一位老人软绵绵地靠在座位上。

竹根作市。

他的右手腕上吊着手铐，左手紧紧地握着刀。侧腹同样染着鲜血，只是伤口看起来比菅原的浅一些。

数名警察飞奔而至，迅速将菅原巡查保护起来，一名警察给竹根作市重新戴好手铐。这些警察的嘴唇发白，没有血色。

"是我们疏忽大意了。"一个年轻的警察说道，他的外眼角痉挛般抽搐。

"警方本来已经抓到他了，要给他双手戴手铐时，这家伙用藏在暗处的刀具……捅了两，两个人，还强行夺走了警车……给警队丢脸了。"

"让开，站到后面去。"北野谷推开这名警察，走到仍然靠在座位上的竹根作市身旁，单膝跪地。

"愚蠢的老家伙，我们早就把丹下薰子和友安小轮转移到安全的地方去了。听说你是智能犯，这真令人震惊。不过，你已经老了，引以为豪的大脑早就迟钝了。"

竹根作市不理睬北野谷。

他用颤抖的手，指着北野谷的身后。"……是你。"

由于长年不注意身体，竹根作市看上去比实际年龄更老，他的脸上爬满了皱纹，好几块老年斑浮在皱纹上，廉价的假牙紧紧地贴在嘴上。他的脸颊上没有浅茶色的大痣。

"我可记得你哦，警察先生。"他的手指，直直地指向今道，"我……我儿子被判死刑那天，我还朝你们警察吼来着……那天，是你让我平静下来的，我还记得。"

竹根作市淡淡一笑，平静的脸上看不出半分悔意。

佐坂看明白了，这家伙直到现在仍然确信自己做的所有事情都是正当的。

背脊一凉。

竹根作市固执地认为如果鸨矢美玲是个好女人，儿子就不会犯下连环强奸杀人案；如果佃秀一郎更有才能，儿子就会被无罪释放；如果岸千秋当时选择和自己的儿子结婚，儿子就不会上鸨矢美玲的当。总之，儿子没有错，一切都是那些追着儿子不放的家伙的错。

"喂！"北野谷一把扣住竹根作市的下颌，用力将他的脸转向自己，"野吕濑辰男在哪里！我知道他不可能还活着。快点交代，你把他埋在哪儿了？快说，趁你失去意识前，赶紧交代这个。"

救护车的警笛声越来越近。

"那个家伙……自己想死。"竹根作市咳嗽了几声，说道，"女儿和妻子都死了，他已经找不到活着的意义。所以，我就成全他了。"

"成全？什么意思？"北野谷的声音变得低沉，凶相毕露，怒发冲冠。

站在他身后的警察畏缩地向后退了一步。

"你在开什么玩笑！有什么资格剥夺一个好人的生命。野吕濑辰男一直都在为家人的稳定生活拼命努力着。连那点小小的幸福都被剥夺了，就是因为你们这对畜生、人渣父子。别胡说八道了，赶紧交代！"

"我要跟……那位警察说……"

竹根作市已经连举起手指的力气都没了，只是抬了抬眼，用眼神示意北野谷，他要告诉今道。

"你要跟那个警察说？也行。"

佐坂本以为北野谷会被激怒而大吼大叫，但他只是发出了一声响亮的咂舌声，然后起身给今道让位。

今道单膝跪下来，竹根作市在他耳旁轻声说了几句。今道点了点头。

"义和他……不会表达。"竹根作市嘀咕道。

"一个正常人不会表达自己，很可怜。如果没有语言，就无法认识、甄别自己的情绪，也没办法告诉别人自己的想法……他犯罪大部分是为了宣泄情绪。因为无法与人沟通，总是事与愿违，积累到最后就爆发了。"

竹根作市的声音透露着疲惫。

"现在想想，我真是个白痴。一个父亲该做的，不是在儿子死后为他报仇，事后诸葛。身为父亲，孩子出生后就应该陪着他成长，让孩子拥有自己的语言……"

救护车到了。

菅原被抬上担架送上车。紧接着，救护人员又迅速抬着担架跑到竹根作市的身旁。

在被送上救护车之前，竹根作市再次看着今道："你啊，真是个好人。"爬满皱纹的嘴微微上扬，"……你肯定会长寿的。"

说完，救护车的后门"砰"的一声关上了。

9

幸运的是，刺穿菅原腹部的刀刃并未伤及重要的脏器。经医生诊断，大概两周就可痊愈。他躺在医院的病床上，略显害羞地笑着说："终于可以挽回点颜面了呢。"一周后，待竹根作市彻底恢复后，即可交由警方审讯。他在病床上一点一滴的供述，与今道和北野谷的推理并无大异。

令佐坂意外的是，他与佃秀一郎律师再次见了面。

二十六年未见的佃秀一郎律师已经谢顶，看起来整个人都矮小了不少。

"啊，你是那次事件的……"佃秀一郎的话说了一半，然后就是长达一分钟的语塞。

"外孙女的事感谢你们……真的太感谢你们了。"他深深地鞠了一躬。

"请别这样，这是职责所在。您行如此大礼，让我们……"

宫崎保雄作为共犯接受审讯。

对岸智保的情况听审也在继续进行，但他不太可能被起诉。友安小轮将作为岸智保的取保担保人，她已经将自己的名字提交上去。

三天后，野吕濑辰男的遗体被发现了。

根据竹根作市之前在今道耳边呢喃时提供的信息，野吕濑辰男的遗体被埋在了栃木县的山里。遗体早就变成了一堆白骨，从留在胸骨的伤口来看，恐怕是被菜刀在接近心脏的位置扎了三次。

"短时间内立马就死了，没有过多痛苦。"

法医的话，成了唯一的安慰。

竹根作市在病床上一再强调野吕濑妻子的死与他无关。"我和那家伙的身高、体重很接近。他的妻子去世，失去了近亲，这成为我冒充他的完美条件，一切都是上天安排的。"

法医验尸后，野吕濑辰男的遗体由一位远亲侄女领回，并举行了下葬仪式，葬于他妻子的旁边。

还在拘留中的鸩矢亚美对负责审讯的警察说："斯德哥尔摩综合征? 没有, 不对……嗯, 确实感觉和那个老人心灵相通。但是, 他绝对绝对没有给我洗脑, 一切都是我自愿做的。

"我不想掩盖自己的罪过。我一直憎恨婆婆, 厌恶至极。从结婚的第一天开始, 每天都希望她快点死掉。杀了她一点都不后悔。"

亚美的脸像打了石膏一般毫无波澜。停顿了一下, 继续说道:"你们看过我的社交动态了是吧。你们应该知道那个女人是如何折磨我的, 还有我的神经衰弱到了什么地步。每天晚上不吃安眠药根本无法入眠。"

鸩矢美玲就像牛皮糖一样不断骚扰亚美。她缠着从公司下班回家的亚美, 像念经一样重复:"离开我儿子, 离开我儿子……"搬新家后, 她不请自来, 继续骚扰。看到亚美的同事, 她就开始造谣生事。最过分的是, 她甚至威胁亚美, 宣称让黑社会的人轮奸亚美。

"我丈夫非常讨厌这样的母亲。我知道丈夫是站在我这一边的, 所以才能一直忍受。"当亚美对审讯的警察说这句话的时候, 她的眼睛就像两颗玻璃球般透亮。

"但是……但是, 我开始不相信丈夫了。亨一的的确确讨厌他母亲、疏远她, 但他真的有保护我的能力吗?"

亚美将失去小指的左手紧握成拳头。

"我忍不住往这方面想, 丈夫莫非不是我的坚强后盾? 他把那个女人的憎恶引向我, 这样他就可以落得个清静? 其实我是一个挡枪的?"

丈夫和外婆之间依然有来往, 这也为亚美埋下了不信任的种子。

"那个女人和他外婆毕竟是亲生母女, 你不远离外婆, 怎么可能真正切断和那个女人的关系？我几次拜托丈夫：'你要见你外婆我不管，但别把我卷进去。'可亨一就是犹豫不决……"

鸨矢亨一被杀之前，亚美和他还围坐桌旁，商量着关于外婆的话题。

"知道了。"亨一语气生硬。

亚美接着说道："既然知道了，那就别再跟你外婆、母亲有任何来往。我今后也不会跟她们有任何接触，我们约定好。"

就在这时，门铃响了。

门禁系统里传来的正是外婆的声音。亨一毫不犹豫地打开门禁，迎接外婆。

"我绝望了。"亚美像个泄了气的皮球，"那一瞬间，我确信这场婚姻失败了。本来以为嫁给他会变幸福，没想到把自己送进了不幸的牢笼。"

"我第一次说这样的话，亨一死的时候，我一点都不悲伤，反而觉得他活该。我一直承受着巨大的胆怯与恐惧，他的死甚至让我觉得解气。我当时脑子只想着，哦，他死了。"

"等，等一下，我稍微整理一下。"警察打断了她的叙述。

亚美摇了摇头。"没事，我知道的，那个绑架我的老人是伪装的，对吧？我被他骗了。虽然他伪装成别人对整起事件来说很重要，但对我而言无所谓。我只是把我憎恨的人杀了，仅此而已，毫不后悔。"

亚美抬起头，紧紧地盯着警察。

"我遵从个人意愿，杀掉了那个女人。我现在的夙愿就是，让法律审判我。"

第二天，今道弥平即将离开搜查本部，返回千叶县警局。

北野谷和佐坂再一次邀请今道吃饭。他们去了上次去过的酒吧，那里有美味的牛舌煨炖菜。

三个人喝着黑啤和红酒，享受着美食。他们不仅点了炖菜和梭子蟹意面，还点了只有常客才知道的隐藏菜品"田园风味法式肉酱"。他们将这些肉酱厚厚地涂抹在法棍上，吃了个精光。

"不是什么特别的礼物，就当作饯别。"北野谷将自制烤牛肉的秘方递给了今道。

北野谷应该是上次听今道说准备在退休后学会做菜，便放在了心上，准备了这份秘方。

佐坂没有准备任何东西，只是和今道交换了联系方式。

北野谷在车站前与今道作别，佐坂则和今道一起穿过闸机，将他送到站台上。

"后会有期。"今道挥了挥手，转身离去。

佐坂目送着电车驶离站台，站在原地一动不动。

下过雨的味道弥漫开来，夜空中笼罩着潮湿的空气。

佐坂感受到自己的呼吸充斥着酒精味，脸庞滚烫。他的目光久久地停留在铁轨上电车尾灯留下的那一抹红色上。

公交车里弥漫着甜甜圈的甘甜，又带着一股油炸的气味。

座位上，几名女性乘客将相同设计的包装盒放在自己的膝盖上。这是千叶站里有名的甜甜圈专卖店的包装盒。

佐坂闻着这股香味，单手握住车厢内的吊环，随车摇晃着。他今天没有穿制服，而是便衣。一身批量生产的便宜连帽衫和牛仔裤，十分朴素的打扮。

车程二十分钟后，佐坂又回到了这座纪念馆。但他的目标——永尾刚三，现在不在停车场的管理室。

佐坂问了前台："一直在停车场的那个叔叔，今天休息吗？"

佐坂装作和对方闲聊。前台毫不起疑，微笑着回答："是的。他说他爱好旅行，想出去转转，差不多请了三天假。一直待在那里的一个人，突然没来上班，挺让人奇怪的。"

"没错。"佐坂面带微笑，走出纪念馆。

他有一种不祥的预感。

以往只要佐坂有时间，就会调查永尾刚三。根据这些调查记录，佐坂能确信他的兴趣爱好根本没有旅行。永尾刚三是个没有任何爱好的人，并且独来独往。

佐坂下车。

他的目标是私立高中。永尾刚三在工作时，贼眼直勾勾地盯着那些少女就读的高中。

莫非是那个少女让他想起了生前的姐姐？

那个少女黑发垂肩，脸颊好似一颗水蜜桃。佐坂从她们身上穿着的校服判断出高中的名字。这所学校的偏差值在千叶县内排名二十以内，是一所私立女子学院的附属高中。

佐坂瞄了一眼手表，离放学还有一会儿。他转身往回走。

那位女高中生的家庭住址和回家的路径，他都调查好了。

佐坂亲自走了一遍少女离开校门，走到车站的路径。先在第一个十字路口向西，走过一家药店后左转，路过一座加油站；当他走到一家挂着耳鼻科招牌的私人医院后右转，进入一条羊肠小道。

佐坂停下了脚步。

一辆黑色的面包车，紧挨着停靠在一户民宅围墙边。

根据车牌号开头的字母判断，这是一辆租赁车。

佐坂单手拿出手机，装作在看信息的样子，从面包车旁走过。透过贴了膜的侧面车窗，他发现驾驶室里空无一人。

走出小路，又向前走了大约五百米。佐坂停下脚步，打了一个电话。之后，他选择了另一条路，返回私立高中。

下午四点二十二分。

佐坂坐在高中斜对面一家便利店的休息区，盯着高中的校门。

放学了。

学生们鱼贯而出，那名女高中生也在其中。佐坂将手上的咖啡杯扔进垃圾桶，走出便利店。

那名少女没有和朋友们一起回家，而是一个人走着。佐坂和她保持着一定的距离，在她身后跟着。十字路口向西，药店左转，走过加油站，耳鼻科招牌的私人医院右转，进入一条羊肠小道。

黑色的面包车依然停在路上。佐坂躲在电线杆后面，屏住呼吸，聚精会神地观察着面包车的动静。

就在这个时候，面包车的后门打开了，一个男人从车上下来。

永尾刚三！

就是他！佐坂全身的肌肉紧绷起来，心脏加速跳动，连太阳穴都在跳。

永尾刚三左手插袋，右手拿着当地的生活信息杂志。

佐坂看到永尾刚三和女高中生搭话，这让他紧张得喘不过气来。

他听不见他们之间的对话，不过永尾刚三很明显是在问路，这真是个老掉牙的手段。那个女高中生看上去完全没有戒心。

永尾刚三现年六十八岁。在女生的眼里，他等同于祖父。她觉得碰到有困难的人，应该出手相助，所以无法忽视一个迷路的老人，佐坂美沙绪以前也是这样。

佐坂凝视着永尾刚三。

永尾刚三的左手依然插在口袋里，另一只手则将已经翻开的杂志横在女高中生面前。两人的距离又近了一步，也许他在问"这家店怎么走"，女高中生的视线落在杂志上，两人的距离进一步缩短。

五、四、三。

佐坂的心中开始倒数。

少女低下头，朝着杂志的某一页呈前倾姿势。永尾刚三的双眼则滴溜溜地四下扫视。

二、一。

永尾刚三左手从口袋里拿出……一把电击枪。

佐坂确认之后，以迅雷不及掩耳之势飞奔过去。

三小时后。

佐坂坐在了公园的长凳上。

夜幕早已降临，整个世界沉浸在黑夜中。夜空如同被画笔刷上了深藏青色。

白天成群结队的鸽子聚集在公园，人们下脚的空间都没有，现在只有稀稀拉拉的几只。佐坂面前有一座喷水池，溅起清凉的水花，街灯在黑暗中昏暗地漂浮着。

今道弥平坐在佐坂身边。

"刚刚辖区警局来了电话。"今道优哉地说着，"调查了永尾刚三的手机，发现里面有大量女初中生和女高中生的偷拍照片。这家伙其他的罪行还有一堆。"

三小时前，佐坂将掏出电击枪的永尾刚三抓了个现行，并且从租赁车上发现了工具包，里面有绑架用的尼龙绳、胶带、弹簧刀等作案工具。

另外，在永尾刚三极力反抗时，女高中生也受到了一点擦伤。除了绑架未遂、违法持有枪械刀具外，永尾刚三又多了一条伤害罪。

面对接到路人报警赶来的警察，佐坂拿出警察手册，自报家门："我是荻洼警局刑事科的。"

赶来的警察吓了一跳，又听到佐坂说："我一直受千叶县警地域部今道室长的照顾，今天恰好路过，想去打个招呼。"

"啊，今道前辈啊，好的，好的。"警察的脸上露出笑容。

其实，在发现黑色的面包车后，佐坂立刻给今道打了一个电话："我要在永尾刚三图谋不轨时当场抓住他。但想用顺路拜访今道前辈作为理由，非常抱歉，麻烦您要跟我统一口径。"

年轻的警察说要例行公事，必须走一遍流程。因此，辖区警局还是向佐坂询问起了事件经过。

佐坂隐瞒了调查少女回家路径的事情。

"发现一辆车有点可疑。"

"我注意到从车上下来的男人，左手一直放在口袋里。"

"这地方不归我管辖，不能随意执法。我担心万一有什么情况发生，所以就躲在电线杆后面静观其变。"

一小时后，今道来到辖区警局。

在询问佐坂的工作结束之前，今道和警察们边喝着茶边聊天。

后来，佐坂由今道带领着离开了警局。他们来到了一处公园，并肩坐在长椅上。

一对穿着工作套装的情侣从两人的眼前走过，似乎是刚下班。女生的耳环在街灯的照耀下闪闪发光，高跟鞋底嗒嗒嗒地敲打着鹅卵石。

这时，今道轻声嘟哝了一句："你可是击出个本垒打。"

"嗯。"佐坂点了点头。

其实在电话里，今道已经给了佐坂忠告："如果要制服永尾刚三，一定要一击即中！否则可能会产生其他问题。"

佐坂十指交叉，手肘放在膝盖上。

"那个女孩子和姐姐有几分相似。"

"是吗？"今道简短地附和了一句。

"快到姐姐的忌日了……太好了，没有出现新的受害者，真的太好了，我心里悬着的石头终于放下了。"

"是啊。"

月色温柔，情侣的欢声笑语伴随着街道的喇叭声一同消失在空气中。一个戴着头巾的男人在公园里慢跑，连呼带喘地从两人身旁跑过。

"真是个美丽的夜晚。"

"嗯嗯。"

沉默。

但这并不是不愉快，也不是尴尬。佐坂侧过头看向今道，他正嘴角含笑，似乎对现在的结果很满意。

佐坂听着跑者的脚步声远去。开口道："对不起，我……刚刚说谎了。"

"什么？"

"准确来说，我不只打了一下，还多打了一下，一共两下。可今道前辈在事前已经给我忠告了。对不起，我可能太兴奋了，脑子有点乱，我的手下意识就……"

再次沉默。

终于，今道"扑哧"一下笑了。

佐坂好像受到了感染，也笑了起来。最初两个人还顾忌着周围，掩面憋笑，紧接着就一发不可收，笑出声来。

"这有什么！"今道笑到发颤，"第一下是为你自己打的，第二下为你姐姐！可以原谅，完全可以原谅，哈哈哈哈哈。"

"嗯，嗯……谢谢前辈。"佐坂想做出一个认同对方的表情，但没做到。他又笑了起来。

"前辈说得没错！"

说着，他弯下身子。因为笑得太厉害了，腹部肌肉有点抽动，眼角挤出了眼泪。佐坂用手指拭去眼泪，继续笑，笑到嗓子都痛了。但是那种畅快感让他无法停下。

这是时隔二十七年才涌现出的笑意。

（全文完）

本故事纯属虚构。作品中的名称与实际存在的人物、团体等一概无关。此外，作品中出现的法律理论，存在一定的夸张或省略。在处理实际案件时，请勿参考本书，请咨询律师。

图书在版编目（CIP）数据

老蜂 /（日）枡木理宇著；邵懿译 . -- 北京：北
京联合出版公司 , 2024.3

ISBN 978-7-5596-7302-2

Ⅰ . ①老… Ⅱ . ①枡… ②邵… Ⅲ . ①长篇小说—日
本—现代 Ⅳ . ① I313.45

中国国家版本馆 CIP 数据核字 (2023) 第 241382 号

北京市版权局著作权合同登记　图字：01-2024-0039

老　蜂

作　　者：[日] 枡木理宇
译　　者：邵　懿
出 品 人：赵红仕
策划监制：王晨曦
责任编辑：牛炜征
特约编辑：陈艺端
装帧设计：陈雪莲
封面插画：山佳卌
营销支持：沈贤亭

北京联合出版公司出版
（北京市西城区德外大 83 号楼 9 层　100088）
北京联合天畅文化传播公司发行
上海盛通时代印刷有限公司印刷　新华书店经销
字数 219 千字　890 毫米 ×1240 毫米　1/32　9.5 印张
2024 年 3 月第 1 版　2024 年 3 月第 1 次印刷
ISBN 978-7-5596-7302-2
定价：59.00 元
